A CAIXA no BOSQUE

A Caixa no Bosque

Uma história de Cordialmente CRUEL

Maureen Johnson

Tradução
Paula Di Carvalho

Rio de Janeiro, 2024

Copyright © 2021 por HarperCollins Publishers
Copyright da tradução © 2024 por Casa dos Livros Editora LTDA.
Título original: *The Box In The Woods*

Todos os direitos desta publicação são reservados à Casa dos Livros Editora LTDA. Nenhuma parte desta obra pode ser apropriada e estocada em sistema de banco de dados ou processo similar, em qualquer forma ou meio, seja eletrônico, de fotocópia, gravação etc., sem a permissão dos detentores do copyright.

HarperCollins Brasil é uma marca licenciada à Casa dos Livros Editora LTDA.

Editora: *Julia Barreto e Chiara Provenza*
Assistência editorial: *Isabel Couceiro*
Copidesque: *Thaís Carvas*
Revisão: *Daniela Georgeto e Lui Navarro*
Adaptação de capa: *Julio Moreira | Equatorium Design*
Diagramação: *Abreu's System*

Publisher: *Samuel Coto*
Editora-executiva: *Alice Mello*

Dados Internacionais de Catalogação na Publicação (CIP)
(Câmara Brasileira do Livro, SP, Brasil)

J65c
    Johnson, Maureen, 1973-
        A caixa no bosque / Maureen Johnson ; tradução Paula Di Carvalho. – 1. ed. – Duque de Caxias [RJ] : Harper Collins, 2024.
        304 p. ; 23 cm.

        Tradução de: Box in the woods
        ISBN 978-65-6005-132-4

        1. Romance americano. I. Di Carvalho, Paula. II. Título.

23-87184   CDD: 813
                            CDU: 82-31(73)

Gabriela Faray Ferreira Lopes – Bibliotecária – CRB-7/6643

Os pontos de vista desta obra são de responsabilidade de sua autora, não refletindo necessariamente a posição da HarperCollins Brasil, da HarperCollins Publishers ou de sua equipe editorial. Todos os personagens neste livro são fictícios. Qualquer semelhança com pessoas vivas ou mortas é mera coincidência.

Rua da Quitanda, 86, sala 601A – Centro – Rio de Janeiro, RJ – CEP 20091-005
Tel.: (21) 3175-1030
www.harpercollins.com.br

Para Billy Jensen, solucionador de crimes da vida real

"O investigador deve levar em consideração que ele tem uma responsabilidade dupla: eximir o inocente tanto quanto expor o culpado. Ele está apenas buscando os fatos: a verdade em sua essência."

— Frances Glessner Lee

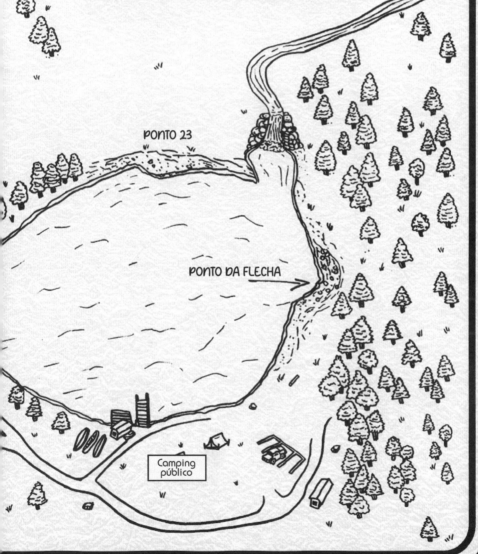

6 de julho, 1978
23h45

SABRINA ABBOT ESTAVA FAZENDO ALGO *ILEGAL*.

Impossível.

Ela nunca fizera nada do tipo. Era o modelo de virtude de Barlow Corners. A oradora da turma. A voluntária que lia para crianças. A pessoa que hiperventilou por dez minutos quando acidentalmente perdeu uma aula porque estava absorta demais em sua pesquisa na biblioteca da escola. Aquela para quem todos os pais de alunos mais novos apontavam e diziam: "Seja como Sabrina quando chegar ao ensino médio".

O que eles diriam agora se a vissem no famoso Jeep marrom de Todd Cooper enquanto o veículo quicava pela estrada de terra bosque adentro, trepidando conforme seus pneus encontravam os muitos buracos e lombadas pelo caminho? Os dados verdes de pelúcia pendurados no retrovisor interno se chocavam com o impacto, quase seguindo o ritmo da música do Led Zeppelin que pulsava nas caixas de som. Os faróis eram a única luz que cortava a escuridão por entre as árvores e o céu com sua lasca de lua. Sabrina não gostava nem confiava em Todd, que era o capitão do time de futebol americano e filho do prefeito. Todd era um babaca. Mas ele veio com o pacote esta noite. Afinal, o carro era dele.

Lá estava ela, desrespeitando o toque de recolher do acampamento e entrando no bosque; duas atividades proibidas. Mas essas infrações não significavam nada quando comparadas ao que eles fariam quando chegassem ao destino.

Sabrina pressionou o corpo contra a lateral do seu acompanhante. Eric Wilde era seu novo... namorado? Os dois ainda não tinha discutido sobre o status da relação. Sabrina sabia que Eric queria esse título, mas ela acabara de terminar um namoro de três anos; não havia motivo para se apressar. Estava na hora da nova Sabrina, a que vivia, que fazia coisas, que não se preocupava tanto.

Ela precisava de um descanso dessa imagem de garota boazinha. As últimas semanas tinham lhe mostrado isso.

— Você está bem? — perguntou Eric por cima da música.

— Estou — disse Sabrina.

Um inseto voou para dentro de sua boca enquanto respondia, e ela o tirou.

Ela estava bem? Suas preocupações continuavam ali, mordiscando as beiradas de todos os seus pensamentos. Ela tentou expulsá-las. Essa era justamente a função desta noite: quebrar o feitiço do medo.

— Tem certeza?

— Só estou com frio — respondeu.

Isso era verdade. Era uma noite fresca, principalmente com o teto do Jeep aberto. Sabrina vestia apenas um short e uma camiseta verde do Acampamento Cachoeira Encantada. Normalmente ela teria se preparado melhor e levado um casaco de moletom; mas a nova Sabrina ficaria com frio. Os cachos loiros de Eric fizeram cócegas no nariz dela quando ela se recostou em seu ombro.

O Jeep saiu da estrada e estacionou na lateral, ficando encoberto por algumas árvores. A música parou, e os quatro passageiros saíram do veículo.

— É isso? — perguntou Sabrina.

— Não é aqui — disse a garota no banco do carona. — Mas está perto. Temos que andar.

O nome da garota era Diane McClure, e ela era uma colega recém-formada no Colégio Liberty. Diane era ruiva e alta, com sardas por todo o corpo. Ela e Sabrina nunca foram do mesmo grupo de amigos na escola. Sabrina era a primeira aluna da turma; Diane parecia passar a maior parte do tempo recostada em armários e relaxando na área de fumantes. Ela era o tipo de companhia que os pais de Sabrina lhe diziam para evitar. Mas não era uma má pessoa, Sabrina passara a gostar de sair com ela. Era leal, esforçada à sua maneira, e a vida escolar não era para todo mundo. Diane era namorada de Todd, provavelmente a única qualidade redentora dele.

Sabrina desceu do banco traseiro do Jeep, o que deu um pouco de trabalho, já que eles o haviam entulhado com várias bolsas de suprimentos que dificultavam sua saída.

— É por aqui — disse Eric, pegando a mão de Sabrina. — Deixe-me guiá-la, minha querida. Sem medo, sem medo. Vamos lá!

Tanto Diane quanto Eric tinham lanternas potentes, mas seus feixes mal conseguiam penetrar a escuridão entre as árvores. Sabrina morara em Barlow Corners a vida toda e com certeza já havia ido no bosque, mas nunca adentrara tão profundamente, e nunca à noite. Não era algo que se fazia. O bosque era escuro e profundo, repleto de criaturas.

— Falta muito? — perguntou ela, tentando deixar a voz leve.

— Estamos quase lá. Confie em mim, eu venho aqui toda semana. Sei o caminho — assegurou Eric.

— Eu confio em você — respondeu ela.

— Tem certeza de que está bem? — perguntou o garoto.

— Tenho, por quê?

— Você está meio que esmagando minha mão.

— Ah! — Ela afrouxou o aperto. — Desculpe.

— Sem problemas. Eu tenho duas. Na verdade, eu tenho três, mas isso é porque o experimento deu errado...

Sabrina riu. Esse era um talento de Eric. Ele conseguia fazer suas preocupações desaparecerem. Eric sabia algo sobre viver, algo que ela queria aprender.

— Não vou contar a ninguém — prometeu ela.

— Ah, que bom. Não posso deixar que fechem meu laboratório, não quando estou tão perto. Em breve minha criação ganhará *VIDA*!

Ele gritou a última palavra, fazendo algo nos galhos acima se mexer e sair voando.

— Eric, seu esquisito — disse Diane, rindo.

— Você fala como se isso fosse ruim — respondeu ele. — Eeeeeee... chegamos!

Os feixes das lanternas iluminaram uma pequena clareira. Havia alguns troncos cortados no chão, assentos rústicos ao redor de um círculo de pedra.

— Muito bem — disse Eric, colocando a bolsa que carregava no chão —, vocês organizem aí. Nós vamos buscar o leite. Por aqui, minha querida. Só mais alguns passos.

Eric voltou a pegar sua mão para guiá-la pela escuridão. Os dois entraram de novo no bosque, pelo outro lado da clareira.

— Então, como você paga por isso? — perguntou Sabrina, avançando com cuidado por entre o emaranhado de raízes sob seus pés. — Qual é o esquema?

— Se continuar me acompanhando em minha jornada mágica, você aprenderá tudo, pequeno Bilbo.

— Você acabou de me chamar de Bilbo?

— É de *O Hobbit*.

— Eu sei de onde é, seu idiota — disse ela, rindo.

— Nunca questione uma garota que trabalha na biblioteca — respondeu Eric, fazendo uma reverência profunda. — Eu imploro perdão.

Algo estalou perto deles, e Sabrina soltou um gritinho involuntário.

— Está tudo bem — disse Eric, iluminando os arredores. — Tem muitos barulhos por aqui. No início assustam mesmo.

De repente, Sabrina não queria estar ali. O corpo dela transbordava ansiedade. Eric pareceu sentir isso e parou.

— Está tudo certo.

— Tem alguma coisa ali.

— Provavelmente. Um guaxinim. Um gambá. Uma doninha. Mas eles não se aproximam da clareira ou da fogueira.

— Tem certeza? — perguntou ela.

— Eu venho aqui toda semana, sempre ouço algum barulho. Estamos num bosque. Sério, eles não querem se aproximar das pessoas. Vão manter distância.

— Eu sei. Preciso relaxar. Estou tentando.

— Esse é o problema... você está *tentando* relaxar. Está se cobrando até para fazer isso. Você se cobra demais.

— Eu sei. Eu *sei*.

O mundo pareceu se alinhar lentamente. Sabrina respirou fundo e ajustou a postura.

— Vamos — disse ela. — Estou bem.

Eles continuaram por mais uns cinquenta passos, até a lanterna revelar uma pequena estrutura. Era uma caixa no bosque, de uns dois metros e meio de comprimento e um metro de altura.

— Aqui estamos — falou Eric, aproximando-se.

— O que é isso?

— Um antigo abrigo de caça — respondeu ele, entregando-lhe a lanterna e erguendo a grande tampa com ambas as mãos. — Caçadores se escondiam aqui dentro enquanto caçavam veados. Tem uma frestinha na lateral para eles poderem olhar para fora.

— Assustador — disse ela. — Mas o ato de caçar por si só já é assustador. Você rasteja atrás de animais para matá-los.

— Verdade. De qualquer forma, esse abrigo não é usado há muito tempo.

Isso era evidente. Apesar de não estar completamente apodrecida, a caixa estava seguindo por esse caminho. As tábuas estavam desgastadas pelo tempo e curvadas, e algumas já haviam começado a se soltar. Provavelmente abrigava aranhas e cobras e vários outros bichos agora, então Sabrina se encolheu um pouco enquanto Eric entrava ali e começava a vasculhar uma pilha de madeira descartada. Ela fez uma nota mental para conferir cuidadosamente se havia algum carrapato em seu corpo quando voltassem ao acampamento.

— Onde está, onde está... Ah. Aqui vamos nós!

Ele se levantou e ergueu orgulhosamente no ar uma sacola amassada do McDonald's.

— É isso? — perguntou Sabrina.

Eric saiu da caixa e fechou a tampa.

— Ilumina aqui — pediu ele.

Ele deixou a sacola no chão, abriu-a e tirou uma caixa velha de Big Mac, duas embalagens de hambúrguer e um copo usado, ainda com o canudo.

— Vejo que não está impressionada — comentou ele. — Mas atenção...

Eric abriu a caixa de Big Mac. O recipiente estava lotado de frescas e aromáticas flores de maconha. Assim como as embalagens de hambúrguer e o copo de refrigerante. Sabrina já vira maconha antes — pequenas quantidades, geralmente em formato de baseados —, mas nunca *tanto* assim.

Era uma quantidade extremamente ilegal de maconha. Uma quantidade destruidora-de-carreira-acadêmica. Uma quantidade definitivamente digna de prisão e ficha criminal.

— Ninguém olha para um monte de lixo — falou Eric com um sorriso. — Especialmente lixo dentro de algo que também parece lixo, no meio do mato. Bem esperto, não é?

— Acho que sim.

— Você *acha*? Vou ter que me esforçar mais. Vem. Hora de começar os trabalhos.

De volta à clareira, o local tinha uma aparência muito mais acolhedora e alegre. Havia uma fogueira queimando e um lampião de acampamento apoiado sobre um dos troncos. Dois sacos de dormir haviam sido abertos e esticados como mantas, com o interior macio de flanela xadrez virado para cima. O toca-fitas portátil bradava mais Led Zeppelin na escuridão aveludada. (Era a banda preferida de Diane. Sabrina não gostava nem um pouco, mas, se você quisesse andar com Todd e Diane, precisava se acostumar.) Todd e Diane estavam estirados num dos sacos de dormir, devorando batatas chips e observando o céu.

— Atenção! — exclamou Eric, brandindo a sacola no ar. — Vosso leiteiro chegou!

Ele curvou a mão livre por cima da boca e fez o som de uma corneta triunfante. Eric e Sabrina se sentaram no outro saco de dormir. Ele entregou a sacola para Diane, que a pôs sobre uma bandeja roubada do refeitório. Ela aproximou um pouco o lampião, despejou o conteúdo da caixa de Big Mac e examinou-o com experiência.

— E agora, nós bolamos — falou Eric, pegando um punhado de batatas chips —, pois bolar faz parte do serviço. Os primeiros são sempre para a gente. Ninguém supera a Diane. Ela é uma máquina.

Diane trabalhava tranquilamente, arrancando as flores. Em poucos minutos, ela já enrolara o primeiro baseado, que passou para Eric. A garota continuou enrolando, seus movimentos hipnóticos. Eric segurou o baseado entre os lábios e o acendeu, então tragou profundamente e passou para Todd. Todd fez o mesmo, então passou-o para Diane, que não ergueu o olhar de seus esforços quando deu um trago. O baseado chegou em Sabrina, que o pegou e o segurou. Ela conseguia ouvir o chiado suave do papel.

— Sem pressão — disse Eric. — A decisão é totalmente sua.

Ela pedira para ir até ali. Queria tentar algo novo, e de jeito nenhum queria ser a única caloura de Columbia que nunca fumou um baseado. Esse era o lugar perfeito para experimentar. Ninguém por perto, acompanhada de pessoas que ela conhecia. Sabrina levou o cigarro aos lábios e puxou; e imediatamente tossiu tudo de um jeito engasgado, por reflexo. Esperava que fossem rir dela, mas ninguém riu.

— Acontece com todo mundo na primeira vez — falou Eric. — Tenta de novo. Mais devagar, prende o máximo que conseguir.

Ela inalou de novo. A fumaça era acre e ardia um pouco, mas Sabrina prendeu-a por vários segundos antes de tossir, apesar de menos violentamente dessa vez. Depois de um momento, sentiu uma leve mudança. Um relaxamento. Sua atenção se voltou para a música; ela precisava subitamente que a música fosse diferente.

— Podemos trocar a fita? — pediu.

— Claro — disse Eric. — O que você quer ouvir?

— Fleetwood Mac.

— Podemos mudar? — perguntou Eric. — Bota *Rumours*.

Um grunhido baixo de insatisfação veio do outro casal.

— Ah, vai — disse Eric, sorrindo. — É a primeira vez dela. Deixa ela escolher a música.

Relutantemente, Diane revirou a mochila e puxou uma fita cassete. Ela tirou a que estava tocando e a substituiu. O tilintar assombroso da guitarra e a batida lenta e pesada da bateria ecoaram por entre as árvores, misturados ao estalo do fogo. Sabrina se recostou no tronco e deixou a música envolvê-la. Esse era seu álbum preferido. Ela provavelmente já o escutara milhares de vezes. Sabia as letras de trás para a frente, mas essa noite elas estavam especialmente claras.

Correndo nas sombras, dane-se seu amor, danem-se suas mentiras

— Eric — chamou Sabrina.

Ele se inclinou e olhou para ela. Tinha um rosto agradável. Um rosto gentil. Eric pairava sobre ela como a lua.

— Como você está? — perguntou ele.

— Danem-se suas mentiras...

— Isso aí.

Mais à frente, fora do alcance do brilho do fogo; o que era aquilo se mexendo entre as árvores? Uma coruja? Um guaxinim? Uma bruxa que ressoava como um sino na noite, ou um fantasma, ou...

Não. Era um pedaço do saco de batatas chip, que pegara fogo e flutuara.

— Com licença — disse Todd enquanto ele e Diane se levantavam e puxavam o saco de dormir para longe. Os dois seguiram em direção às árvores atrás deles e sumiram na escuridão. Sabrina se esticou para se virar e observá-los se afastarem, então voltou a olhar para Eric.

— Está tudo bem — disse Eric. — Não tem pressão nenhuma para isso. Vamos só relaxar, comer batatinhas, ouvir música.

Sabrina relaxou e se acomodou embaixo do braço de Eric, descansando a cabeça em seu ombro.

— Minha garganta está seca — falou ela.

Ele se inclinou para a frente e pegou uma latinha de Coca, abriu e passou para ela. Estava quente, mas caiu bem, descendo pela garganta, melada e doce, descolando seus lábios. Era tão gostosa. Sabrina tomou metade da lata de uma vez só.

— O que acha? — perguntou Eric.

Ela respondeu arrotando e caindo na gargalhada.

— Agora sim — disse ele. — É isso que eu gosto de ouvir. Viu? Não é tão ruim.

As coisas realmente não eram tão ruins; eram inexplicavelmente hilárias. Sabrina sentiu os músculos relaxarem e se acomodou de volta no acolchoado macio do saco de dormir.

— Isso é... estar chapado? — perguntou ela.

— É — respondeu Eric. — Relaxe, ouça a música. Não há nenhum lugar para ir, nada para se preocupar. Eu vou fazer xixi. Volto rapidinho.

Ele se levantou com um impulso e seguiu em direção às árvores. Ao se afastar, tropeçou de forma dramática em um tronco e deu de cara no chão; foi claramente uma encenação para divertir Sabrina, que caiu na gargalhada de novo. Então ele adentrou o bosque.

Ela recostou a cabeça contra o tronco. Estava cercada pelas longas sombras, o véu de fumaça que escorria com a música feito mel. Sabrina tinha certeza de que, se fechasse os olhos, tudo giraria e o mundo deixaria de fazer sentido. Ele mal fazia sentido do jeito que era.

A batida do bumbo dessa música era como batimentos cardíacos. *Tum. Tum. Tum.*

Quebre o silêncio, dane-se a escuridão, dane-se a luz

Parecia tão sério, ser integrante do Fleetwood Mac. Ela os amava. Esse álbum lhe dera tanto consolo naquele ano, em meio a todas as coisas horríveis que tinham acontecido. Coisas nas quais ela *não* pensaria agora, lembrou a si mesma. Sabrina tentou focar o olhar acima do halo da fogueira. Em algum lugar às suas costas, Diane e Todd faziam muito barulho, realmente envolvidos no que quer que estivessem fazendo.

Tum, tum, tum.

Sabrina encarou a bandeja cheia de pedacinhos de folhas e flores, o saco de batata chips, o fogo e a lua em forma de gancho. Tantas coisas a estavam incomodando recentemente. Por que ela se deixara ficar tão *estressada?* Eles estavam em Barlow Corners, e o ponto principal de Barlow Corners era justamente que nada nunca acontecia aqui. Certo?

Sabrina se deu conta de que a música tinha mudado. Espera aí, estava tocando "Gold Dust Woman". Era a quarta música do segundo lado do álbum. Ela nem tinha notado as músicas ou o tempo passando. Quanto tempo fazia? Dez minutos? Algo assim? Por que ela ainda estava sozinha?

— Eric? — chamou ela.

Nenhuma resposta.

— Eric! — chamou de novo, mais alto dessa vez.

Não havia nada além de Stevie Nicks cantando sobre a viúva-negra e a sombra clara e o dragão, a música ficando cada vez mais intensa. O corpo de Sabrina estava pesado e as sombras longas e, quando ela tentou se mexer, tudo tinha um aspecto lento, pegajoso. Ela se impulsionou com os cotovelos até o toca-fitas e abaixou o volume.

Só havia silêncio ao redor.

— Diane! Todd? Eric?

Ninguém respondeu.

Uma parte de sua mente tentou convencê-la de que estava tudo bem. Talvez Eric tivesse voltado para o abrigo de caça. Diane e Todd estavam ocupados. Porém a outra parte de sua mente, a mais barulhenta, lhe dizia que algo estava errado, errado, *errado*.

Sabrina decidiu escutar a segunda voz.

Ela se levantou. O chão estava ao mesmo tempo perto e longe demais, e seus olhos estavam confusos por encararem o fogo e depois mirarem na escuridão. Sabrina piscou para mudar o foco e pegou o lampião. Provavelmente não seria legal atrapalhar Diane e Todd agora, mas ela teria que fazer isso mesmo assim. Ergueu a luz e espiou ao redor, então deu alguns passos hesitantes na direção que achava que eles haviam ido. Precisou de um ou dois minutos para conseguir se localizar na escuridão, tropeçando em raízes de árvores e nos próprios pés, até finalmente ver o casal no chão, pressionados um contra o outro.

— Ei — disse ela, cambaleando à frente. — Ei, Eric está...

Os dois não se sentaram quando ela falou. Não mexeram um dedo. Havia algo estranho na maneira como estavam deitados ali. O coração dela parecia errado, batia com muita força, provocando gorgolejos de ar e agitação ao longo do seu corpo, que afunilavam no seu pescoço.

Passos soaram às suas costas.

Ela se virou.

Não era Eric, como, de alguma forma, bem no fundo, ela sabia que não seria.

A ESTUDANTE DETETIVE DO INSTITUTO ELLINGHAM

por Germaine Batt

A maioria dos alunos do ensino médio tem hobbies. Alguns tocam instrumentos musicais. Outros praticam esportes. Alguns escrevem, ou desenham, ou constroem coisas.

Stephanie "Stevie" Bell soluciona crimes.

Stevie é aluna do exclusivo Instituto Ellingham, próximo a Burlington, Vermont — a lendária instituição aberta pelo magnata Albert Ellingham com o objetivo de ser um local de aprendizado criativo, lúdico. Ellingham não tem mensalidade nem programa de admissões; os alunos entram por meio de uma apresentação, falando sobre suas paixões, seus interesses e habilidades. Ellingham aceita alunos que querem *fazer* ou *ser* algo em particular, e os ajuda a atingir esse objetivo. Essa era a missão da escola quando abriu, em 1935. Em 1946, a instituição se tornou o cenário de um dos crimes mais famosos do século XX, quando Iris Ellingham, esposa de Albert, e Alice Ellingham, a filha do casal, foram sequestradas numa das estradas locais. Uma aluna, Dolores "Dottie" Epstein, também desapareceu nos terrenos da escola. Os corpos de Iris e Dottie foram encontrados nas semanas seguintes; Alice Ellingham nunca mais foi vista. O caso é um dos favoritos entre entusiastas de crimes reais e assunto de incontáveis artigos, livros e documentários.

Stevie Bell se inscreveu em Ellingham com o objetivo declarado de solucionar esse caso. Era um objetivo ousado e possivelmente inalcançável, mas a escola deu uma chance a ela e aceitou sua inscrição. Semanas depois de chegar a Ellingham, seu colega de turma e sensação da internet, Hayes Major, morreu em um suposto acidente. Ellingham era novamente o cenário de uma tragédia.

Stevie Bell, a aluna detetive, não achou que a morte de Hayes havia sido um acidente. Mais duas pessoas associadas à escola morreriam nas semanas seguintes.

São muito acidentes, e muitas mortes. Mas Stevie não se deixou intimidar, mesmo quando o assassino projetou uma mensagem ameaçadora em sua parede no meio da noite. Com a ajuda de seus amigos, inclusive a autora deste artigo, ela continuou sua investigação e descobriu o responsável. O culpado [faça log in para continuar lendo...]

I

Assassinato é errado, é claro. O futuro de Stevie se baseava nesse fato. Ela queria solucionar crimes, não cometer um. Para solucionar os assassinatos, era preciso entender por que eles haviam ocorrido. Motivo. Essa era a peça-chave. Tudo girava em torno do *motivo*. Entender as razões por trás do ato. O que leva outro ser humano a chegar nesse ponto sem volta? Tem que ser um impulso forte.

— Eu quero... quinhentos gramas de... isso é... você tem... presunto com baixo teor de sódio?

— Sim — disse Stevie, encarando a mulher do outro lado do balcão de frios.

— É qual desses?

— Esse identificado como "presunto com baixo teor de sódio".

— Onde?

Stevie apontou para um retângulo de presunto com bordas arredondadas, o com a placa na qual se lia PRESUNTO COM BAIXO TEOR DE SÓDIO.

— Ah. Tá bom. Eu vou querer... eu acho... pode ser duzentos e cinquenta gramas desse, e quinhentos de... Você tem queijo suíço com baixo teor de gordura?

— Sim.

— Onde?

Stevie apontou para o queijo com uma identificação parecida.

— Ah. — O queijo suíço com baixo teor de gordura decepcionou a mulher de alguma forma. Ela mordeu o lábio superior e consultou o celular. — A receita diz para usar queijo suíço com baixo teor de gordura, mas... você tem provolone com baixo teor de gordura?

— Não — disse Stevie.

— Ah. Hum. Hummmm.

Quais eram as leis sobre homicídio na Pensilvânia? Certamente tinha que haver algo sobre pessoas que vinham até o balcão de frios do mercado e ficavam paradas perguntando coisas que estavam claramente informadas em placas, fazendo dez outras pessoas esperarem na fila. Era o turno do fim de tarde de sexta, o que significava que as pessoas estavam atrás da carne que prepariam no almoço do fim de semana e de itens do balcão de frios. Queriam ir logo para casa. E ali estava aquela mulher, perdida no baú do tesouro que era o balcão de frios.

— Você tem... — começou ela novamente.

Havia várias armas no balcão de frios. Tantas facas. A coisa mais perigosa era o fatiador de carne, mas seria difícil cometer um crime com isso. Era pesado demais, e tinha uma trava de segurança. Provavelmente daria para usá-lo, no entanto...

— Eu acho... — A mulher espiou através do vidro. — Quer dizer, acho que vou levar o suíço. O suíço com baixo teor de gordura. São cento e dez gramas, não... calma. Eu provavelmente vou dobrar a receita, então... bem... cento e dez deve dar. Ou...

Seria preciso botar a pessoa do lado em que a carne entra no fatiador. Realmente segurá-la ali. Daria para arrancar os dedos...

— Senhorita?

Stevie voltou a si. Ela estivera encarando o fatiador, enfiando dedos imaginários pela abertura.

— Serão cento e dez gramas de queijo suíço com baixo teor de gordura — repetiu a mulher.

A frase foi dita com certa aspereza, indicando que era ultrajante a forma como Stevie fizera essa mulher esperar por *segundos inteiros*. Não havia qualquer reconhecimento de todo o tempo que a mulher passara ponderando sobre a carne do almoço. Stevie a viu lançar um olhar de soslaio para outra pessoa da fila como se dissesse: "Dá pra acreditar no tipo de gente que eles contratam aqui?". Stevie contraiu a mandíbula e pegou a pesada peça de queijo no balcão refrigerado.

— Fino! — gritou a mulher. — Fino!

Stevie considerou o fatiador de novo. Não era a mais sofisticada das armas, mas cumpriria bem o serviço.

A fama é um negócio efêmero. Em um minuto, ela era a estudante detetive, celebrada na internet por capturar um assassino em seu internato exclusivo. As pessoas escreviam artigos sobre ela. Stevie viu seu rosto estampado no topo de algumas páginas de jornais, seu cabelo, curto e loiro, que ela mesma cortava, arrepiado em ângulos estranhos, seu rosto, redondo demais na foto, mas que era normal na vida real, e sua bela capa de vinil vermelha. No final do ano letivo, ela era uma celebridade. Mantivera sua escola aberta e segura. E, por mais que o mundo de forma geral não soubesse, solucionara um dos maiores casos do último século.

E então... o mundo seguiu em frente para a próxima novidade empolgante. O nome dela ainda aparecia de tempos em tempos, mas não tanto, até sumir de vez. Então ela voltou para casa, para os subúrbios de Pittsburgh. Seus amigos de Ellingham também voltaram para suas casas, espalhados por todo o país. Seu antigo emprego no shopping foi ocupado, e ela teve muita sorte de conseguir essa vaga no mercado, quatro dias por semana, das quatro da tarde às onze da noite.

Stevie não se incomodava tanto com o trabalho, na verdade. A primeira parte do turno era a mais irritante: o período das quatro às oito atrás do balcão de frios. Gostava de organizar as coisas, encher recipientes, fatiar, embalar. A situação degringolava quando ela precisava lidar com pessoas. Havia aprendido muito trabalhando com o público. Sabia quem iria papear com ela sem parar, quem sentia que tinha direito sobre a alma de Stevie enquanto ela lhe servia presunto. Ela via pessoas se estressando e ficando tensas, calculando orçamentos em suas cabeças. Ela aprendeu que as pessoas gostam muito de queijo americano, e que ela nem sequer sabia direito o que queijo americano era.

A segunda parte do turno era passada desmontando o balcão de saladas. Essa definitivamente era a melhor parte da noite. Daquele momento em diante, ela normalmente não precisava mais falar com clientes. Por mais que, em teoria, não devesse usar fones de ouvido enquanto havia pessoas na loja, ninguém se importava *tanto* assim, especialmente se você estava fazendo um trabalho como esse, no qual não era preciso lidar com pessoas. Stevie tinha uma hora e meia para escutar podcasts de crimes reais enquanto retirava as travessas aquecidas, enchia carrinhos com restos de vegetais e frutas e limpava a gosma estranha da lateral das garrafas de molho para salada de tamanho industrial. Ela estava descartando os restos sangrentos de uma travessa de beterrabas em conserva quando seu celular tocou.

— Oi — atendeu ela baixinho.

— Como está minha princesa? — perguntou David.

— Ainda trabalhando. Pode falar.

— Bem, eu estou aqui em... Não me lembro o nome da cidade. Jantamos no Cracker Barrel. E agora estou no corpo de bombeiros ajudando a organizar uma rifa para um grupo de candidatos daqui. Se você for estratégica, talvez uma cesta cheia de sais de banho de lavanda a espere no futuro. O que você tem para *mim*?

— Você gosta de salada de batata velha? — perguntou ela.

Stevie percebeu que seu gerente a observava com curiosidade.

— Preciso ir — sussurrou ela. — Acho que ele sabe que eu estou no telefone.

— Nos falamos mais tarde. E lembre-se, se esses descansos de copo na minha frente estão falando a verdade, é sempre hora de beber vinho em algum lugar. Pense nisso.

Às onze da noite, Stevie Bell, estudante detetive e destruidora de balcões de salada, bateu ponto e saiu para a noite abafada. A minivan marrom da mãe dela já a esperava na esquina. Stevie não tinha um carro; isso definitivamente estava fora do orçamento da família Bell. Toda noite, seu pai ou sua mãe vinham buscá-la.

— A noite foi boa? — perguntou sua mãe quando ela entrou.

— Foi tudo bem. Trouxe o queijo que você pediu.

Queijo americano, é claro.

— Falou com David esta noite? — perguntou a mãe enquanto elas saíam do estacionamento.

— Aham.

— Como ele está?

— Bem — respondeu Stevie.

— Ele é um bom garoto.

Historicamente, Stevie e seus pais não se davam bem. Ela não era o que eles esperavam de uma filha. Filhas deveriam gostar de vestidos de formatura, de arrumar o cabelo e de fazer compras. Stevie presumia que todas essas coisas fossem ótimas, mas não as entendia de verdade; pelo menos não da forma que se deveria entendê-las. Ela nunca na vida tivera vontade de se arrumar, fazer o cabelo e as unhas, usar acessórios. Encarava inexpressivamente anúncios de novas paletas de maquiagem no Instagram que pareciam, para ela, exatamente iguais a qualquer outra paleta de maquiagem. A única peça de roupa que ela realmente adorava era sua capa de chuva de vinil vermelha dos anos 1970. Costumava usar roupas pretas, porque combinavam com ela e sempre pareciam funcionar com tudo. Às vezes ela sentia como se lhe faltasse um chip ou um gene ou algo que a fizesse se importar com essas coisas, mas isso nunca a incomodou muito.

Antes de Ellingham, a falta de graciosidade feminina de Stevie era um ponto de discórdia, mas já fazia meses que a paz reinava na casa de sua família, e não porque Stevie solucionara um assassinato. Não. Era porque ela tinha um namorado; e não simplesmente qualquer namorado. O namorado de Stevie era David Eastman, que por acaso era filho do senador Edward King. Os pais de Stevie amavam Edward King. O fato de Edward King recentemente ter sido o pivô de um enorme escândalo e precisar retirar sua candidatura à presidência não reduziu o amor da família dela por ele. Como qualquer seguidor fiel, eles sentiam que, quanto mais Edward King era acusado de más condutas, mais certo ele devia estar, mais tinha que ser culpa de outra pessoa.

Os pais de Stevie não sabiam que fora David quem levara o próprio pai a ser pego. Eles certamente não sabiam que ela vira a prova contra Edward King com seus próprios olhos.

David foi retirado da escola quando o pai descobriu o que ele fizera. Ele terminou o ano letivo remotamente, então saiu de casa para trabalhar em uma campanha de incentivo ao voto que rodava o país. Era por isso que ele não sabia em que cidade estava esta noite, e porque estava passando tempo num Cracker Barrel com cestas cheias de sais de banho de lavanda e descansos de copo.

Os detalhes disso tudo eram amplamente desconhecidos pelos pais de Stevie. Eles sabiam apenas que David completara o ensino médio fora do campus e que estava fazendo algum tipo de estágio em algum lugar. Só o que importava é que Stevie tinha um namorado — o namorado perfeito, aos olhos deles — e, portanto, ela completara sua missão.

Era a coisa mais revoltante de todas, e fazia Stevie ter vontade de gritar o tempo todo, mas ela também queria manter essa estranha paz que fora estabelecida de forma a poder voltar a Ellingham no outono, e então ir para a faculdade.

Mas e depois? Ela entrara na escola com o propósito declarado de solucionar o caso de Ellingham. Fizera isso. Parecia impossível, mas ela conseguira.

O que você faz depois disso? Ela deveria fazer faculdade de quê? Aonde iria a partir daí?

Stevie sentia um vazio estranho toda noite, geralmente enquanto desafivelava o cinto de segurança e saía do carro, ainda cheirando à seção de frios do mercado, mordendo a língua para não dar um fora na mãe sobre essa história de namorado.

Ao ir para a cama, Stevie olhava suas mensagens no celular. Logo depois que o caso Ellingham estourou, ela recebera muitas: solicitações da imprensa, estranhas ofertas para fazer publicidade em suas redes sociais ("Achamos que você seria perfeita para promover nossos kits de refeições paleolíticas"), pessoas bizarras e outras que queriam que ela as ajudasse a encontrar seus parentes ou cachorros perdidos. As solicitações da imprensa não eram um problema, mas morreram aos poucos. As ofertas bizarras para divulgar produtos tinham parado. Stevie sentia compaixão pelas pessoas que tinham perdido seus parentes ou cachorros, mas geralmente não havia nada que podia ser feito à distância. Então, no fim das contas, só haviam sobrado os bizarros. Eles eram leais.

Esta noite havia um recado sobre um gato perdido, duas mensagens que diziam "oi" e nada mais, e uma foto aleatória de um urso de pelúcia segurando um coração. Mas, bem no meio disso tudo, o assunto de uma mensagem se destacou: "Acampamento Cachoeira Encantada".

Só havia um Acampamento Cachoeira Encantada.

Bem, isso provavelmente não era verdade. Talvez existissem vários outros acampamentos chamados Cachoeira Encantada. Mas só havia um Acampamento Cachoeira Encantada relacionado a crimes reais.

Ela abriu a mensagem.

Stevie,

Meu nome é Carson Buchwald, e eu sou o dono e fundador da Caixa Caixa (você provavelmente já ouviu falar). Recentemente adquiri um acampamento no oeste de Massachusetts chamado Acampamento Pinhas Solares. Ele costumava se chamar Acampamento Cachoeira Encantada. Sim. *Esse* Acampamento Cachoeira Encantada.

Estou fazendo um podcast/documentário de crimes reais sobre os assassinatos da Caixa no Bosque. Li sobre o que você fez no Instituto Ellingham. Gosto de pensar fora da caixinha (o que é irônico, sabe, porque eu administro a Caixa Caixa)...

(Stevie franziu a testa para a tela.)

... e pensei em você na mesma hora. O que acharia de vir trabalhar aqui este verão e investigar o caso comigo? Você poderia ser monitora do acampamento, mas, de maneira geral, teria liberdade para fazer o que fosse necessário para investigar o caso. Posso fornecer fundos para a viagem e pagar pelo seu tempo. Você pode trazer amigos, se isso tornar a oferta mais atraente. É um acampamento; tem espaço de sobra.

Se tiver interesse, entre em contato comigo. Espero receber notícias suas.

Carson Buchwald
CEO e fundador, Caixa Caixa
"É o que tem dentro que importa!"

Bem. Isso era uma evolução.

7 de julho, 1978
7h30

Os anúncios matinais explodiram dos alto-falantes, chacoalhando as árvores e agitando os pássaros.

— *Bom dia, Acampamento Cachoeira Encantada! Sejam todos bem-vindos a mais um lindo dia!*

Brandy Clark enfiou o rosto no travesseiro e apertou o tecido contra os ouvidos, tentando bloquear a voz, a luz, os pássaros, o som de dez crianças acordando e rindo. Cedo demais. Manhã demais.

Só mais alguns minutinhos de sono. Por favor.

Brandy se levantara com Claire Parsons cinco vezes durante a noite. Claire tinha oito anos e morria de medo de ir ao banheiro sozinha. O banheiro ficava do lado de fora, a uns dez metros da cabana, e Claire precisava fazer xixi mais do que qualquer outra criança na face da Terra. Brandy tentara de tudo: cortar o suco depois do jantar, levar Claire ao banheiro três vezes antes de as luzes se apagarem, oferecer algo no qual ela pudesse fazer xixi na varanda da cabana para não precisar ir até o banheiro. Se você dissesse a Claire para ir sozinha, ela ficaria ao lado da sua cama e cutucaria você com um dedo molhado até você levá-la. (Por que o dedo dela estava sempre molhado? Do quê?)

Geralmente, Brandy dividia essa função com sua colega monitora, Diane McClure, mas Diane não voltara de seu encontro da meia-noite com o namorado.

"Vamos beber uma cerveja e fumar um", dissera Diane na noite anterior. "Volto até umas duas da manhã. Prometo."

Claro.

— *Hoje nós serviremos panquecas no refeitório, e é dia de softbol, então vamos nos levantar para comer, galera!*

— Cala a boca cala a boca cala a boca cala a boca... — murmurou Brandy para dentro do travesseiro. — Cala a boca e morre. Cala a boca e morre.

— O quê?

Brandy se virou e ergueu o olhar para Bridget Lorde, outra de suas campistas, parada bem ao lado de sua cama. As campistas dormiam na parte principal da cabana; os monitores tinham privacidade na forma de uma meia-parede feita de madeira compensada. Os campistas não deveriam ultrapassar esse limite a não ser que precisassem de algo. A maioria seguia essa regra, mas não Bridget. Bridget era uma dedo-duro nata com faro para problemas, e ela literalmente o enfiava na sua cara para descobrir o que estava acontecendo.

— Cadê a Diane? — perguntou.

— Não sei — respondeu Brandy, esfregando os olhos.

— Ela passou a noite toda fora?

Por mais que Brandy estivesse irritada com Diane naquele momento, ainda havia um código por ali: não se dedurava os outros monitores. Se você quisesse ir para o bosque para um momento de privacidade, ou pular uma inspeção de alojamento, ou flexibilizar qualquer uma das regras, todo mundo acobertaria você.

— Não — disse Brandy, impulsionando-se para fora da cama. — Ela provavelmente foi tomar banho mais cedo.

— Por quê?

— Mais água quente. Sei lá.

— Eu não a ouvi acordar — comentou Bridget.

— E daí? Você ouve tudo?

— Meio que sim. Uma vez eu ouvi minha irmã *fumando*. Na *garagem*. E eu estava no meu *quarto*.

Brandy acreditava. Bridget era apavorante.

— Bem, você não a ouviu. Vamos lá, pegue suas coisas. Hora do banho.

A garota estreitou os olhos. Ela sentia o cheiro do acobertamento de Brandy, mas não havia nada que pudesse fazer porque tinha oito anos, e ter oito anos era um saco. Você não tem poder nenhum. Algum dia, Bridget se vingaria. O mundo conheceria sua fúria.

Brandy abandonou as esperanças de ter felizes cinco ou dez minutos a mais de sono e se arrastou para a parte principal da cabana, sem se dar ao trabalho de calçar os chinelos. Todas as campistas estavam se arrastando para fora de suas respectivas camas. Ela se certificou de que todas estivessem com seus porta-xampus e toalhas e seguindo na direção dos banheiros.

— Cadê a Diane? — perguntou Bridget de novo, colando ao lado de Brandy enquanto as campistas formavam uma fila.

— Já disse. Ela se levantou mais cedo.

— E foi aonde? Ela não está nos chuveiros. Eu procurei as coisas dela.

— Bridget, dá pra parar?

Brandy ia matar Diane e Todd. Aqueles idiotas iam estragar tudo para todo mundo.

A pequena Claire foi a primeira a entrar no banheiro. Ela podia até ser uma mijona da meia-noite, mas era misericordiosamente rápida no banho. (Sem chance que ela se lavava. Só ligava e desligava a água. Brandy sabia disso, mas não se importava de verdade. Criancinhas eram imundas. Você simplesmente deve aceitar esse fato e seguir em frente.) Ela saiu correndo alegremente, vestindo seu roupãozinho felpudo. À luz do dia, Claire era toda borboletas e arco-íris. Cantava sozinha, dava piruetas e saltitava em direção à margem do bosque. Ela reapareceu segundos depois e correu de volta para Brandy.

— Tem alguém dormindo na trilha — disse ela.

Era tudo o que Brandy precisava: um de seus amigos apagado no chão.

— Ele está todo grudento — adicionou Claire.

Ótimo. Maravilhoso. Trabalhando sozinha? Confere. Limpando vômito de uma pessoa apagada antes mesmo de estar totalmente acordada? Perfeito.

— Onde? — perguntou Bridget, girando depressa na direção da menina.

Claire apontou para a trilha. Bridget disparou na direção indicada, sua postura toda gritando *"J'accuse!"*. Brandy a seguiu. Que manhã horrível.

Depois das cabanas e dos banheiros, havia uma abertura no bosque, uma estreita trilha de terra que serpenteava em direção ao campo de arco e flecha e a estrutura que era generosamente chamada de "teatro ao ar livre". Alguns metros à frente, havia uma figura com o rosto virado para o chão, em sono profundo.

— Não é Diane — disse Bridget, sua voz transbordando decepção.

A garota tinha razão. A figura no chão não era Diane. Era um cara, um cara de cabelo loiro cacheado. Isso e a camiseta esportiva informaram a Brandy que se tratava de Eric Wilde.

— O que ele tem? — perguntou Bridget.

— Vai escovar os dentes, Bridget — mandou Brandy.

— Eu quero ver.

— *Bridget*.

A menina estreitou os olhos, mas obedeceu.

Brandy continuou a seguir pela trilha. Agora ela entendia por que Claire dissera que o sujeito estava grudento; havia algo escurecendo a terra ao redor de todo o corpo dele, alguma explosão de emissões corporais. Essa seria difícil. Pelo menos não era tão problemático sendo Eric. Se fosse Diane, ela teria a obrigação de acobertá-la e de ajudá-la a tomar banho. Era isso que colegas de alojamento faziam. Com Eric, no entanto, as obrigações seriam menos árduas. Bastava sacudi-lo até acordar e fazê-lo seguir seu caminho. Não seria problema de Brandy depois disso.

— Eric, seu imbecil — falou ela, cambaleando pela trilha de terra com os pés descalços. — Que droga é essa?

Ele não se mexeu.

Agora que estava mais perto, Brandy percebeu que havia algo estranho na posição dele: caíra de rosto para baixo, braços e pernas esticados como se fosse o Super-Homem. Que jeito esquisito de cair. O vômito — ou o que quer que fosse — tinha pingado por toda a trilha até o lugar onde ele caíra e havia formado uma poça ao redor. A parte de baixo da sua pele estava ligeiramente roxa, e havia algo errado com seu cabelo. Estava mais escuro do que o normal.

— Acorda — disse Brandy, aproximando-se da figura inconsciente e se ajoelhando. — Eric, vamos lá...

Aquela quietude não era natural. Ele não emitia som algum. Havia apenas o suave canto dos pássaros, o barulho das árvores e a tagarelice dos campistas acordando.

— Eric? — chamou ela, e o rolou de barriga para cima.

Alguém gritava. Brandy levou um momento para se dar conta de que era ela.

2

NA MANHÃ SEGUINTE À MENSAGEM, STEVIE SE PLANTOU À MESA DA COZINHA com uma tigela de cereal e um livro da biblioteca de Ellingham que ela tivera permissão para levar para casa durante o verão. Essa era uma das muitas vantagens de estudar lá, e de ter uma boa relação com Kyoko, a bibliotecária da escola, que encomendara aquele exemplar especialmente para Stevie.

— O que você está lendo? — perguntou a mãe ao passar atrás de Stevie. Ela parou, debruçando-se para olhar, como a filha sabia que ela faria. — Isso é uma casinha de bonecas?

— Mais ou menos — disse Stevie, virando a página.

A mãe fez um barulho que parecia o de um hamster sendo delicada e persistentemente esmagado até virar uma panqueca.

A cena retratada era uma cozinha adoravelmente construída em miniatura. As paredes eram cobertas de um papel de parede alegre com estampa de veados e flores. Havia um ferro de passar roupa numa tabuazinha, uma panela na pia, duas batatas no escorredor, cada uma, no máximo, do tamanho da unha do dedo mindinho de uma criança. Das cortinas até a corda do lado de fora da janela, com sutiãs e meias-calças penduradas com pregadores e pilhas de lençóis dobrados, tudo na cena fora feito com cuidado. E isso incluía a figura inegavelmente morta no chão ao lado do fogão, com uma forma de gelo em miniatura na mão.

— Chama *Estudos resumidos de mortes não explicadas* — disse Stevie. — São dioramas feitos nas décadas de 1930 e 1940 para ensinar investigadores como analisar cenas de crimes. Esse se chama Cozinha. Olha como é incrivelmente detalhado. Está vendo as latas minúsculas nas prateleiras? Esses rótulos são reproduções fiéis. Reparou nos jornais minúsculos cuidadosamente impressos enfiados nas frestas das portas? E todas essas portas têm chaves minúsculas que funcionam. Tudo nessa cena foi feito e colocado aqui para ser examinado. Todos os objetos têm algum significado. Será que a própria mulher enfiou o jornal na porta para se envenenar com gás? Dá para ver que é gás com certeza. As bocas do fogão estão abertas, e a pele dela foi pintada de forma a evidenciar o rubor causado pelo envenenamento por monóxido de carbono. Mas será que ela fez isso sozinha ou alguém a nocauteou, então enfiou jornal nas portas e a deixou ali dentro? Olha, ela estava prestes a tirar coisas do forno...

A mãe de Stevie a encarou sombriamente.

— A mulher que fez isso se chamava Frances Glessner Lee — continuou Stevie. — Acontece que, quando alguém morria, não havia um método estabelecido para examinar o corpo e o local. Todo tipo de gente sem nenhum treinamento formal era chamado, e eles mudavam as coisas de lugar, ou tentavam adivinhar o que tinha acontecido, ou contaminavam a cena. Às vezes as pessoas eram acusadas de assassinato quando, na verdade, foi um acidente e vice-versa. Então essa mulher...

Stevie virou a página para a foto de uma mulher com jeito de avó, de óculos antiquados e coque, que observava amorosamente um crânio.

— ... era herdeira de uma fortuna colossal, e era amiga do legista-chefe de Boston. Ele lhe contou sobre todo o trabalho que estava tendo com a maneira como os corpos e as cenas eram tratados, e todas as coisas que se podia aprender sobre uma morte a partir da cena do crime e do corpo. Ela basicamente consagrou a ciência forense nos Estados Unidos. Então fez essas miniaturas, cada uma retratando uma morte não explicada. Cada uma é um mistério contido. Elas ainda são usadas no treinamento de detetives.

A mãe andou até a bancada, balançando a cabeça. Stevie a observou sorrateiramente.

— Queria que você arrumasse outro hobby, mas...

A frase ficou inacabada.

Stevie voltou à página da cena da cozinha e deixou alguns momentos se passarem enquanto esperava a mãe voltar a falar.

— O que você vai fazer esta tarde?

— Eu pretendia ler — respondeu Stevie.

— O dia está maravilhoso. Você poderia pegar um pouco de sol.

Stevie fez "hummm" e se inclinou sobre a imagem da morte na cozinha.

— Eu recebi uma mensagem — disse casualmente — de um cara que é dono de um acampamento de verão. Ele leu sobre mim, o que eu fiz em Ellingham. Perguntou se eu tenho interesse em um trabalho como monitora. Acho que ele pensou que eu seria uma adição interessante, sabe, algo extra para os campistas.

— Um acampamento de verão? — repetiu a mãe de Stevie. — Você?

— Pois é — disse Stevie. — Quem diria, né?

Stevie nunca fora exatamente do tipo que gosta de atividades ao ar livre. Tinha acampado com os pais uma vez, aos doze anos. Os vizinhos do fim da rua convidaram sua família para uma viagem de uma semana a um parque estadual. Ela passara a maior parte do tempo encolhida embaixo do toldo do trailer tentando ler, enquanto seus pais e a outra família bebiam chá gelado e cerveja, e conversavam sobre programas de TV e o que havia de "errado com os Estados Unidos". Ninguém podia nadar no lago porque, aparentemente, havia algum tipo de bactéria comedora de cérebros na água. Durante a viagem, periodicamente alguém a incentivava a caminhar pelo bosque ou a dar uma volta de bicicleta. Stevie enxergava essas ofertas com grave desconfiança e recusava sempre. Ela não podia ouvir nenhuma música nem falar com ninguém porque seus pais tinham tirado seu celular para que ela vivenciasse um pouco de "tempo offline", o que aconteceria mesmo se eles não tivessem pegado o seu aparelho, já que estavam no meio do nada, sem sinal de verdade ou Wi-Fi.

Acampar era um saco.

Stevie virou as páginas até outra parte do livro, uma imagem ainda mais explícita.

— Este é o mais elaborado dos Estudos Resumidos — disse ela. — Chama "Casa de Três Cômodos". Três cômodos, três corpos. A peça-chave nesse aqui são os respingos de sangue...

— Onde fica o acampamento?

— Em algum lugar de Massachusetts — falou Stevie. — Parece bonito, acho. Ele disse até que eu poderia levar meus amigos. Olha o sangue nessa coberta aqui...

— Como se chama?

— O quê? — perguntou Stevie.

— O acampamento. Como se chama?

— Ah. Hum. Solar alguma coisa. Solares... Pinhas. Algum tipo de árvore. Pera. Eu pesquisei no celular ontem à noite.

Era um movimento cauteloso. Os pais dela provavelmente nunca tinham ouvido falar dos assassinatos do Acampamento Cachoeira Encantada, e o site do Pinhas Solares certamente não anunciava a conexão, mas Stevie não poderia arriscar que eles procurassem no Google. Ela havia pensado em tudo.

A mãe olhou o celular enquanto ela continuava a contemplar os respingos de sangue no minúsculo chão da cozinha.

— Parece agradável — disse a mãe.

Parecia mesmo. Stevie analisara o site com atenção. Era composto por várias imagens de árvores, crianças pulando de um píer para um lago, crianças tocando instrumentos e fazendo artesanatos, fogueiras, cozinhando ao ar livre e tostando marshmallows.

— E disseram que você poderia levar amigos? — perguntou ela.

— Aham.

Stevie virou a página do livro, deparando-se com a cena de um enforcamento num sótão.

— E é uma oferta de verdade? — perguntou sua mãe, observando as imagens. — Foi mesmo o dono do lugar que entrou em contato com você?

— Aham.

— Deixa eu ver.

Stevie piscou, como se o pedido fosse uma surpresa.

— Ah — disse ela. — Quer dizer, claro.

Stevie pegou o celular e abriu uma mensagem, então passou o aparelho para a mãe.

Stevie,

Meu nome é Carson Buchwald, e eu sou dono e fundador da Caixa Caixa (você provavelmente já ouviu falar). Também tenho um acampamento de verão no oeste de Massachusetts chamado Acampamento Pinhas Solares.

Eu li um artigo sobre o que você fez no Instituto Ellingham e achei incrível. O que acha de vir trabalhar aqui neste verão? Você poderia ser uma monitora. Acho que seria maravilhoso ter alguém como você na nossa equipe! Nosso acampamento fica num bosque lindo. Temos um lago para nado, cachoeiras e uma cidadezinha ótima por perto com alguns dos melhores sorvetes do país. É um lugar fantástico com crianças ótimas!

Fique à vontade para trazer amigos, se isso tornar a oferta mais atraente.

Se tiver interesse, entre em contato comigo. Espero receber notícias suas.

Carson Buchwald
CEO e fundador, Caixa Caixa
"É o que tem dentro que importa!"

— Parece ótimo — comentou a mãe. — Você não preferiria fazer isso a trabalhar num supermercado e ler livros sobre casas de bonecas de assassinatos?

— Acho que é natureza demais para mim — respondeu Stevie.

— Natureza é bom. Um pouco de sol te faria bem.

— Câncer de pele — disse Stevie. — Além disso, eu pretendo botar a leitura em dia neste verão, e tem um curso online gratuito em patologia forense começando daqui a uma semana...

— Stevie, você não quer socializar? Não gostaria de passar um tempo com seus amigos?

Stevie fingiu pensar no argumento da mãe.

— Acho que sim — respondeu depois de um longo momento. — Vou pensar.

Essa pequena mágica fora conquistada com relativa facilidade.

Ela lera recentemente sobre Charles Manson, que usou muitas técnicas de persuasão populares para formar seu culto assassino. Uma dica que ele pegara de um conhecido livro de autoajuda foi: "Faça a outra pessoa pensar que a ideia é dela". Stevie não queria ter qualquer relação com a filosofia pessoal de Charles Manson, mas essa pequena informação era muito útil e, pelo visto, efetiva. (A única coisa pior do que dizer "Quero trabalhar num acampamento de assassinatos" provavelmente era "Ando estudando as técnicas de persuasão de Charles Manson". Então ela guardaria essa dica para si.)

O novo e-mail de Carson era verdadeiro. Ela escrevera de volta para ele imediatamente na noite anterior.

> Carson,
> Eu tenho muito interesse. Mas posso te garantir uma coisa: meus pais nunca vão me deixar ir se pensarem que o objetivo é investigar um assassinato. Você pode me mandar outra mensagem fazendo o convite e explicando que o objetivo é acampar e fazer coisas saudáveis ao ar livre?
> Stevie

Ela não fazia ideia se ele toparia, mas acabou que topou. O novo e-mail imaculado chegara com velocidade impressionante. Só o que Stevie precisou fazer então foi se posicionar com seu livro de casas de bonecas de assassinatos pela manhã e esperar. No meio da tarde, o problema estava resolvido. Stevie Bell seria monitora no acampamento mais notório dos Estados Unidos.

Mais importante: ela tinha um novo caso.

7 de julho, 1978
7h30

SUSAN MARKS TINHA ORGULHO DE SUA PAREDE DE PRANCHETAS.

Eram vinte e seis pranchetas no total, penduradas em ganchinhos aparafusados que ela mesma instalara havia cinco anos, quando começou a coordenar o acampamento. Desse centro de comando ela transformava o caos em ordem, organizava centenas de crianças e dezenas de adolescentes. Havia uma seção para tudo. Pranchetas para cada alojamento, listas de campistas, monitores, telefones de contato, alergias conhecidas. Outra fileira de pranchetas listava as atividades para cada semana do acampamento, que levava a uma seção diferente de pranchetas que descrevia as atividades de cada dia.

Durante a maior parte do ano, ela coordenava o departamento de educação física e saúde do Colégio Liberty. No verão, cuidava do acampamento, e aquele trabalho tinha tudo a ver com ela. Susan acordou cedo, quando o acampamento ainda estava adormecido, e foi dar uma corrida rápida de dez quilômetros, como sempre. Ela começou pela parte lateral do acampamento, deu a volta no lago, e então atravessou a estrada de terra que separava o Acampamento Cachoeira Encantada do camping público do outro lado. Ela continuou seu caminho ao redor do lago, onde as trilhas eram mais irregulares e rochosas e a inclinação, mais íngreme. Passou em silêncio por tendas cheias de turistas adormecidos e acenou para os pescadores zarpando em seus barquinhos. Para cima, para cima, para cima, pegando pesado ao subir a colina na margem mais distante do lago. Nessa parte do percurso, o caminho se afastava do lago e serpenteava por entre as árvores. Quando chegasse ao topo, ela pararia na Ponta da Flecha para recuperar o fôlego. O local levava esse nome porque lembrava a ponta de uma flecha de pedra escura, projetando-se vinte metros acima do lago.

Era a melhor vista que se poderia esperar. Abaixo, o lago Cachoeira Encantada se estendia, refletindo o sol do início da manhã. Nada se comparava a ver o nascer do sol dali de cima. Depois desse momento de reflexão, era uma jornada fácil ladeira abaixo e de volta à sua cabana no Acampamento Cachoeira Encantada para uma rápida ducha (fria). Exatamente às sete e meia, ela pegou a prancheta com as atividades do dia e ligou o alto-falante.

— Bom dia, Acampamento Cachoeira Encantada! Sejam todos bem--vindos a mais um lindo dia!

Não era da boca para fora. A adrenalina da corrida permanecia com ela por um tempo.

— Hoje nós serviremos... — deu uma rápida olhada na prancheta na qual se lia "cardápios" — panquecas no refeitório, e é dia de softbol, então vamos nos levantar para comer, galera!

Ela desligou o alto-falante e riscou "anúncio" da lista de tarefas diárias. Mesmo que você conhecesse sua rotina como a palma de sua mão, ainda era importante manter uma lista de tarefas.

Susan revisou os afazeres do restante do dia. O estábulo local faria uma visita e traria cinco cavalos para aulas de montaria. Haveria um teste de qualidade da água. A cabana doze tinha um vazamento no telhado. Alguém estava saindo de canoa à noite e ela precisava descobrir quem era, e algum outro palhaço havia posto uma cobra no vestiário das meninas da piscina infantil. Ela começaria ligando para o estábulo e...

Então ela ouviu um grito. Um único e contínuo grito.

Gritaria era comum no acampamento. Campistas gritavam quando nadavam e brincavam, e às vezes gritavam simplesmente pelo prazer de gritar. Mas esse grito tinha um tom agudo e límpido, e não se interrompeu por quase dez segundos. Ele perdurou sobre a água antes de soar de novo, dessa vez mais alto, mais insistente. Susan nunca ouvira um grito como aquele, nem quando Penny Mattis quase se afogou no lago ou quando aquele monitor caiu de uma árvore alguns anos atrás.

Ela não hesitou: pegou seu walkie-talkie na base de recarga a caminho da pequena varanda de sua cabana para inspecionar o acampamento. Era impossível saber exatamente de onde o grito viera, mas fora certamente do outro lado do lago, na direção das cabanas.

Seu walkie-talkie ganhou vida com um estalo.

— Susan, você ouviu isso?

Era Magda McMurphy, a enfermeira do acampamento.

— Ouvi. Não tenho certeza de onde veio. — Susan avançava depressa para a ponte. — Acho que veio da margem do bosque, perto do arco e flecha.

O grito soou mais uma vez e agitou o acampamento todo.

— Eu não gostei nada desse grito — disse Magda. — Te encontro lá com a minha maleta.

Susan não levou muito tempo para localizar a origem do som; o acampamento inteiro se voltara na direção dele, as pessoas atraídas pelo barulho. Ela abriu caminho, mandando os campistas voltarem ao que estavam fazendo. Quando chegou à margem do bosque, encontrou uma das campistas mais novas, Claire Parsons, parada do lado de fora de sua cabana em seu roupãozinho felpudo. Ela ergueu o olhar para Susan e apontou para a trilha do bosque.

— Ela foi por ali — falou Claire.

— Quem?

— Brandy.

— Entre e se vista, Claire — disse Susan ao sair apressada.

— Ele está dormindo.

Susan não tinha tempo para tentar entender o que aquilo significava. Andou depressa. Atrás de si, ouviu o som de uma bicicleta. Magda passou derrapando, saltou da bicicleta e largou-a no chão. À frente delas, a trilha fazia uma curva suave para a esquerda, infiltrando-se mais no bosque, em direção ao teatro e ao campo de arco e flecha do acampamento. Elas se depararam com uma cena estranhamente calma. Brandy Clark, uma das monitoras mais confiáveis de Susan, estava ajoelhada, olhando bem à frente. No chão da trilha, a talvez uns seis metros, havia uma figura. Susan reconheceu o cabelo cacheado na mesma hora. Eric Wilde.

— Ele está ali... — disse Brandy, parecendo sonolenta e distante. — Eu o coloquei de volta.

Novamente, isso não fazia sentido. Sem tempo para perguntas, Susan e Magda continuaram.

Eric estava com o rosto virado para a terra, como se tirasse um cochilo. Sua camiseta estava manchada, esfarrapada. Havia algo de errado com seu cabelo; Eric era loiro, mas seu cabelo estava escuro demais em alguns pontos.

Mas o sinal mais revelador? As moscas. Todas as moscas, zumbindo ao redor, pousando em grupos.

Magda fez um barulho estranho, como um pneu esvaziando, e saiu correndo. Ela se abaixou no chão ao lado de Eric e pressionou os dedos contra seu pulso.

— Ele está gelado — disse Magda.

— Vou chamar uma ambulância...

— Não adianta. Ele se foi. — Magda olhou seu relógio. — Vou registrar 7h46. O seu está marcando quanto?

Susan piscou uma vez, então consultou o próprio relógio.

— O meu está marcando 7h44.

— Então registramos em 7h45.

Magda virou Eric apenas o bastante para ver a parte de baixo do seu corpo. Uma expressão de choque tomou seu rosto.

— Susan, você precisa vir aqui.

Susan percorreu os poucos passos até o que já pensava como "o corpo". Ela jamais esqueceria aquela imagem.

— Tem facadas — disse Magda numa voz baixa. — E a cabeça... Meu Deus, Susan.

A coordenadora levou o walkie-talkie até a boca, que ficara seca.

— Casa do lago — chamou ela. — Atenda.

— Casa do lago — respondeu uma voz sonolenta.

Shawn Greenvale. Ele sempre foi confiável, e a casa do lago era uma das únicas construções com telefone próprio.

— Preciso que ligue para a polícia. Diga para eles entrarem direto no acampamento, até a trilha que leva ao teatro. Diga que houve um acidente sério. Nada de ambulância.

— O que está acontecendo?

— Só faça isso, Shawn.

Atrás delas, campistas começavam a se aglomerar. Estavam ficando mais barulhentos, falando, chorando, apontando. Não sabiam exatamente o que estava havendo, mas era evidente para eles, assim como fora para Susan, que algo terrível acontecera.

— Crianças — disse ela —, fiquem calmas e se afastem.

Ninguém ficou calmo. Ela precisava estabelecer a ordem imediatamente. Então fez a primeira coisa que lhe veio à cabeça: assoprou o apito pendurado no pescoço. O som assustou todo mundo o suficiente para criar um silêncio chocado.

— Sigam para o refeitório — ordenou ela. — Agora.

Ela marchou até Brandy e a ajudou a se levantar.

— Vamos lá — disse ela. — Vamos lá. Hora de ir.

Brandy se deixou guiar, mas era quase um peso morto, cambaleando em meio ao choque. Patty Horne, que passara as últimas noites hospedada na cabana da enfermeira como parte de uma prisão domiciliar, chegou correndo, rompendo a barreira de campistas que relutantemente deixavam a cena.

— É o Eric? — perguntou ela.

— Patty, vá buscar seus campistas e leve-os para o refeitório.

— E os outros? — perguntou Patty. — Eles estão bem?

Susan congelou.

— Outros? — repetiu.

3

Trens atravessam incontáveis livros de mistério. Pessoas são empurradas para fora deles ou desaparecem quando eles avançam entre os carros. Quando trens passam por túneis, pelo menos um passageiro levará uma machadada no rosto enquanto o vagão estiver escuro. Pessoas que parecem estar dormindo em trens na verdade estão mortas, vítimas de venenos estranhos em seu chá. Se você não é assassinado num trem, provavelmente acabará sendo uma testemunha, vendo algo pela janela enquanto ele se locomove em alta velocidade; um homem com uma arma se esgueirando em direção a uma casa, um estrangulamento numa janela. Os horários dos trens sempre importam. Jasper não poderia estar no trem das 7h14 de Londres porque esse trem não passa aos domingos!

Stevie nunca havia pegado um trem de verdade para lugar algum. Sua família só viajava de carro, já que trens tinham um ar ligeiramente europeu e suspeito. Porém, no fim das contas, o trem não passava de um metrô bem silencioso e meio entediante onde você praticamente só ouvia conversas telefônicas de outras pessoas ou sentia o cheiro dos sanduíches dos passageiros.

Os últimos dias tinham sido frenéticos. Depois que Stevie recebera permissão para ir ao Pinhas Solares, ela precisou se virar para reunir seus amigos, enquanto Carson mexia seus pauzinhos e arrumava empregos que se adequassem às habilidades de todos eles.

Em Ellingham, Stevie morara numa pequena casa chamada Minerva, com três alunos no primeiro andar e três no segundo. Ao fim do ano letivo, esse número se reduzira a quatro, por vários motivos lamentáveis. Stevie era uma das quatro, assim como David. Os outros dois eram

Janelle Franklin, sua vizinha de porta, e Nate Fisher, que morava no andar de cima.

Ela começou por Nate.

Nate Fisher escrevera um livro aos 14 anos, uma fantasia que ficara tão popular na internet que uma editora acabou comprando os direitos para publicação. A coisa que ele criara para se manter afastado das pessoas acidentalmente o lançou para o mundo. A editora queria que ele saísse em turnê, gravasse vídeos, sorrisse e promovesse a obra, e — mais importante — escrevesse um segundo livro.

Nate estava sempre "trabalhando" em seu novo livro, o que significava que ele nunca estava trabalhando em seu novo livro. Ele foi até Ellingham para não escrever seu livro. Nate iria até Marte se isso significasse que não precisaria escrever seu livro. Nunca ficou claro para Stevie por que ele não queria isso; provavelmente gostava de escrever, já que havia escrito um livro, para começo de conversa. Às vezes ela tentava tirar uma explicação dele, mas sempre terminava com o amigo dizendo algo do tipo "Não é assim que funciona" antes de girar os braços que nem um moinho e se enfiar no quarto. Stevie sentia que tinha alguma coisa a ver com ansiedade de desempenho, o que ela entendia. Ou talvez Nate simplesmente não quisesse fazer o que outras pessoas queriam que ele fizesse, o que ela também entendia.

Nate era a única pessoa do grupo que odiaria a ideia de acampar mais do que Stevie, mas ela tinha certeza de que, quando oferecida a oportunidade de reencontrar os amigos e não escrever, ele a agarraria. E estava certa.

Carson encontrara o trabalho perfeito para ele. Havia alguma espécie de biblioteca na casa da árvore que não era usada com muita frequência. Nate poderia ser o bibliotecário do acampamento, o que nem sequer era um cargo de verdade. Carson até providenciou que um alojamento de madeira compensada fosse rapidamente construído para que Nate pudesse ficar lá em cima o quanto quisesse.

"Eu vou poder morar sozinho no alto de uma árvore, fazendo um trabalho de mentira para ninguém?", disse Nate quando Stevie lhe convidou. "Esse é o meu sonho, Stevie. Meu *sonho*."

Então Nate topou.

Em seguida, foi a vez de Janelle. Stevie a considerava sua melhor amiga. Ela era a pessoa que Stevie poderia chamar no meio da noite quando tinha um ataque de pânico. Ela era a pessoa que incentivava Stevie a assumir seus sentimentos. Conhecera Vi no primeiro dia de aula, e o casal estava junto desde então. Janelle era uma engenheira em potencial, uma criadora, uma construtora; alguém que só ficava feliz com fios numa das mãos e uma pistola de cola quente na outra. Quer você precise construir um drone em miniatura ou fazer um vestido, Janelle era a pessoa certa.

Ao contrário de Nate e Stevie, Janelle não tinha problemas com a ideia de acampar, mas não ficaria satisfeita com um trabalho sem sentido nem responsabilidades. Carson mexeu alguns pauzinhos e conseguiu a vaga perfeita: Janelle poderia coordenar o setor de artes e artesanato.

— Vai ter *muito* artesanato — explicou Stevie para a amiga. — E vão ter vários materiais para organizar.

Isso deu a Stevie o seu emprego de fachada: ela seria assistente de Janelle. As duas dividiriam um alojamento atrás do pavilhão de arte, que geralmente ficava com funcionários sêniores.

Nem todo mundo conseguiria ir. Vi, companheire de Janelle, foi passar o verão no Vietnã para visitar a família. Era parte do motivo pelo qual Stevie achou que Janelle fosse topar: ela estava solitária sem Vi, sem seus amigos.

Então faltava David. A conversa não tinha saído do jeito que Stevie esperava. Ela pensou que ele fosse aceitar de cara. Seu cargo na campanha, apesar de não ser voluntário, pagava mal. Era o tipo de trabalho que precisava mais de você do que você dele, e estava claro que David e Stevie sentiam saudade um do outro.

— Eu quero ir... — disse ele.

Stevie sentiu o peito inflar, mas havia um peso pendurado no fim da frase.

— Mas...

— Mas... esse trabalho que estou fazendo agora, ele é importante para mim. Ainda não me inscrevi para a faculdade. Eu me comprometi a isso, e...

Uma estranha constelação de emoções a dominou. Houve uma onda úmida de tristeza, seguida de uma urgência de sentimento, algo como pânico, mas menos incisivo. Depois, um soco de raiva fervente. E então, tristeza de novo, um ovo de gansa brotando em sua garganta. Tudo isso aconteceu em cerca de cinco segundos.

— Você ainda está aí? — perguntou ele.

Stevie tossiu de leve.

— Aham. Estou. Tudo bem, eu entendo.

— É sério — insistiu David. — Eu realmente quero ficar com você. É só que... sinto que estou reparando parte do dano que minha família causou com esse trabalho. Eu realmente odeio ter que dizer não. É um *saco* ter que dizer não.

Por mais que a resposta ainda atingisse Stevie como um golpe, havia muito sentimento na voz de David. Dava para perceber que ele estava sendo sincero. Ela cutucou um furinho na camiseta que estava vestindo.

— Claro — respondeu. — Você precisa ficar.

A frase saiu um pouco seca, porque Stevie não sabia direito como ter conversas sensíveis.

— Não precisa ficar tão triste assim — disse ele sarcasticamente.

— Não, eu... é sério. Eu entendo.

Eles ficaram em silêncio por um momento.

— Mas... — continuou ele. — Eu posso tirar um tempinho para visitar vocês. Estarei lá. Vamos acampar. Ah, como vamos acampar.

E então Stevie se viu num trem seguindo para as montanhas Berkshire de Massachusetts. O Acampamento Cachoeira Encantada, ou Pinhas Solares, ficava mais ou menos uma hora depois de Springfield, não muito longe de Amherst, na paisagem verde e extensa salpicada de lagos.

O acampamento tinha providenciado uma lista precisa de coisas a levar: um jogo de lençóis de solteiro, um travesseiro, um cobertor, três toalhas; tudo identificado com seu nome. Chinelos, tênis, meias grossas com altura mínima até os tornozelos, maiô ou biquíni, repelente, pomada para picada de inseto, uma lanterna de alta potência, pelo menos um par de calças de moletom ou calça de exercício similar, uma camiseta esportiva de manga comprida, um boné...

Ellingham também costumava enviar uma lista de itens para levar para a escola, mas a especificidade da lista para o acampamento era carregada de significado. As meias grossas com altura mínima até os tornozelos indicavam que haveria algum tipo de trilha no futuro. A calça de moletom e a camiseta de manga comprida tinham um ar agourento para Stevie, indicando atividades em locais selvagens que exigiam proteção, ou talvez caminhadas à noite para ir cutucar guaxinins.

Stevie lembrou a si mesma que ninguém iria obrigá-la a cutucar guaxinins. Por mais que, tecnicamente, ela fosse ser funcionária do acampamento, Carson lhe prometera que sua posição era especial. Ela teria a experiência de um acampamento sem as exigências de um acampamento.

Na pressa de se preparar para viajar, ela teve pouco tempo para estudar o caso da Caixa no Bosque. Sabia o básico, é claro — todos os fãs de crimes reais sabiam —, mas não conhecia o caso da forma que conhecera o Caso Ellingham. Stevie passara mais de um ano pesquisando sobre aquele caso antes de entrar na escola. Ela assistiu a tudo, leu tudo, participou de todos os fóruns, ouviu todos os podcasts, de forma que, quando chegou à cena, sabia se orientar sem um mapa e citar metade dos livros.

Não seria assim neste caso. Ela maratonou podcasts enquanto fazia as malas e leu o máximo que podia à noite. A ansiedade, sua velha amiga, começou a borbulhar dentro de Stevie, pronta para festejar. Desta vez era demais, cedo demais. Ela fracassaria, e isso significaria que ela era um *fracasso*. Nunca mais solucionaria um crime. Jamais seria uma detetive. Sua vida não iria a lugar nenhum.

As mensagens de Nate chegaram num bom momento.

Stevie.

STEVIE

TEM UM TRAPÉZIO AQUI

Isso a confundiu a ponto de acalmar seu conflito interno.

Quando chegou a Springfield (ela ficou espreitando no vestíbulo metálico do trem pelas duas últimas paradas, paranoica de que perderia a estação), arrastou sua mala pesada de rodinhas para o terminal.

Outra mensagem, desta vez de Carson, que havia combinado de encontrá-la.

Aqui fora.

Ela saiu e viu um homem, não muito mais alto do que ela, recostado na parede, digitando furiosamente no celular. Ele malhava muito, isso era evidente; tinha braços musculosos e um tanquinho que exibia numa camiseta preta apertada. A parte de baixo do seu corpo estava adornada por calças de ioga esvoaçantes de estampa de mandala roxa e verde. Sua cabeça era totalmente raspada. Ele tinha as palavras À BASE tatuadas em letras enormes que desciam por seu braço esquerdo, e as palavras DE CARBONO no direito.

— Ei! — disse ele, acenando como se fossem velhos amigos. — Stevie! Stevie!

Ao se aproximar, ela notou que o homem fedia a sálvia queimada. Não num nível estúdio de ioga; mais como se ele tivesse saído de um incêndio numa fazenda de sálvia.

— Meu carro está por aqui — disse ele.

Stevie continuou a segui-lo, arrastando a mala em direção ao Tesla verde que ele abria. O interior do veículo era de couro numa paleta creme que provavelmente se chamava "café latte" ou "coco tostado" ou algo assim. Havia um conjunto de contas de madeira para meditação pendurado no espelho retrovisor e um cristal rosa no porta-copo. O cheiro de sálvia era muito mais forte dentro do carro, e Stevie ficou sedenta por ar.

— Barlow Corners fica a mais ou menos uma hora daqui — disse ele, dirigindo o carro sinistramente silencioso para fora do estacionamento. — Seus amigos já estão lá.

— Eles disseram que tem um... trapézio?

— Ah, sim. Eles estão na Casa Pula-Pula.

Stevie não conseguiu se forçar a perguntar por que o local se chamava Casa Pula-Pula, e não importava. Ela sabia que ele estava prestes a explicar.

— Eu chamo de Casa Pula-Pula porque é onde eu recebo todo tipo de criadores e nós deixamos as ideias pularem à vontade. Chamamos essas reuniões de Rolês de Pensamento.

Ela resistiu ao impulso de abrir a porta do carro e saltar para fora.

— Esta noite vocês vão ficar nos quartos de hóspedes — continuou ele. — Amanhã eu posso levá-los para dar uma volta de carro pela cidade e depois para o acampamento. Melhor ter uma noite com ar-condicionado e água quente, não é? Além disso, nada de cobras.

A ansiedade é um negócio muito flexível. Minutos antes, a ansiedade de Stevie estava toda focada no fracasso. Mas ela se converteu prontamente numa preocupação com lugares chamados Casa Pula-Pula e com falta de água quente e ar-condicionado. E já estava perfeitamente pronta para convidar as cobras para a festa. *O espaço é grande. Todos os problemas são bem-vindos.*

— Cobras?

— Quer dizer, tem algumas nos arredores do lago, mas não no acampamento.

— O acampamento fica no lago.

— É, mas as cobras ficam... Tipo, elas ficam por perto, mas do outro lado. Nada de cobras no acampamento.

Com certeza havia cobras no acampamento. O lugar provavelmente estava lotado de cobras. Por que ela não pensara nas cobras?

— Pensei em fazermos uma reunião esta noite — disse Carson —, para revisar os detalhes do caso. E amanhã eu tenho uma coisa muito especial planejada.

As cobras serpentearam para o canto da mente de Stevie.

— O quê?

— Um grande evento, patrocinado pela Caixa Caixa. Veja bem, eu doei uma sala de leitura para crianças para a biblioteca da cidade, então vou fazer um grande piquenique para inaugurá-la, com comida e entretenimento gratuitos. Eu me certifiquei de que terão muitas pessoas lá, inclusive algumas que estavam no acampamento em 1978. Você poderá conhecer algumas testemunhas e até alguns suspeitos. Vamos começar nosso trabalho com o pé direito. O caso da Caixa no Bosque... finalmente solucionado!

— *Se* for possível solucioná-lo — disse Stevie.

— É claro que é. Com tudo que temos disponível hoje em dia? Alguém só precisa fazer uma pressãozinha, botar as coisas para andar, investigar todas as pistas que vêm sendo ignoradas há décadas.

— Mas já têm pessoas fazendo isso.

— Mas essas pessoas não são proprietárias do acampamento — disse ele com um sorriso.

Stevie precisava admitir, aquele era um bom argumento.

Uma cordilheira de colinas verdes levemente onduladas apareceu à distância. Construções se tornaram mais escassas, e a paisagem se abriu como uma página em branco esperando uma história. Carson fez uma curva entre dois campos extensos. A estrada ficava menor e mais entranhada nas árvores. Lembrava um pouco a viagem de carro até o Instituto Ellingham, pensou Stevie, exceto que a estrada até a escola subia, subia e subia. Esta era mais suave, o terreno bem menos imponente. Tudo tinha a suave estética da cultura americana: bandeiras, lojinhas de produtos agrícolas, varandas teladas. Havia uma espessa cobertura de árvores ao longo da estrada, sob a qual pessoas passeavam com seus cachorros, andavam de bicicleta ou praticavam corridas cheias de propósito com fones de ouvidos e olhos estreitados para uma linha de chegada invisível.

O primeiro sinal de que haviam entrado na Carsonlândia era o Buda de pedra ao lado da caixa de correio coberta por uma mandala verde. Eles viraram numa pequena entrada para carros, passaram por um trampolim, uma piscina e um campinho com três cabras. Stevie saiu do carro e se deparou com um lugar sossegado margeado por um riacho gorgolejante, aninhado entre as árvores. Havia pilhas de pedras na água rasa, delicadamente equilibradas uma na outra.

— Esta é a Casa Pula-Pula — informou ele, carregando a bolsa de Stevie em direção a um celeiro, ou o que provavelmente foi um celeiro um dia.

Tudo parecia moderno e novo, desde a pintura azul elétrica até as enormes janelas com parapeitos amarelo-mostarda.

— E ali fica a minha casa — disse Carson, apontando através das árvores para uma grande casa roxa com um olho pintado no ponto em que a fachada se encontrava com o cume do telhado.

O olho encarava Stevie de cima, sonolento.

A porta do celeiro se abriu. Houve um barulho agudo, e então Janelle Franklin avançou em disparada como se seus pés tivessem asas e envolveu Stevie num abraço.

— Você está usando seus limões — disse Stevie.

— É claro! Estamos todos aqui! Quase todos!

Janelle amava limões e, quando usava o vestido de estampa de limões, era um sinal de que estava feliz. Ela enrolara o cabelo trançado num lenço amarelo de mesmo tom e arrematara o look todo com uma sombra amarelo-sol que se destacava alegremente contra sua pele negra. Janelle era assim: sempre se expressava através das roupas. Ela entendia como as coisas se complementavam, como ficar perfeitamente arrumada, se maquiar e fazer parecer fácil. Provavelmente era fácil para ela. Janelle fazia cálculos de cabeça, por diversão.

Atrás dela estava Nate, seus lábios retorcidos num sorriso irônico. Mesmo quando sorria, a expressão dele remetia à de um pescador das antigas observando resignadamente seu barco ser devorado por uma serpente marinha. Seu cabelo sempre estava um pouco bagunçado e suas roupas meio grandes demais. Na escola ele geralmente usava calças cargo ou de veludo cotelê surradas; em seu look de verão, optara por uma bermuda cargo surrada. Usava as mesmas camisetas que costumava vestir na escola; nessa se lia CAMARÃO OPCIONAL.

— Vou deixar vocês botarem o papo em dia — disse Carson. — Tenho minha meditação da noite. Volto em uma hora. Todo mundo topa pizza vegana?

Houve uma pausa educada.

— Ou eu posso trazer pizza com queijo. Até já. Sinta-se em casa, Stevie.

— Ah — disse Nate numa voz baixa, abrindo a larga porta do celeiro —, espere até ver a casa.

A primeira coisa que chamou a atenção de Stevie foi o laranja vibrante das paredes; fazia seus globos oculares tremerem no crânio.

— Relaxante, não? — zombou Nate.

Não havia cadeiras nem mesas. Para todo lugar que se olhava havia pufes chiques feitos de algum tipo de espuma de qualidade NASA que fazia você sentir como se estivesse flutuando e acomodava você em qualquer posição. Cordas grossas caíam penduradas do teto com nós nas pontas, para que você pudesse escalar ou se balançar. Havia bolas de ioga e bolas infláveis normais e uma bola de hamster tamanho humano meio murcha no canto.

— Bem-vinda à casa construída por caixas, pelo visto — disse Janelle.

Como relatado, havia de fato um único trapézio suspenso bem alto nas vigas.

— Como usam o trapézio aqui? — indagou Stevie. — Não tem espaço o suficiente para balançar, pelo menos não muito. E se alguém cair?

— Passamos as últimas horas nos perguntando isso — respondeu Janelle. — Achamos que eles usam um gancho para puxar o trapézio até o mezanino, então devem saltar de lado com bastante cuidado e meio que ficar pendurados. Provavelmente usam isso para descer.

Ela indicou uma grande lona enrolada contra a parede.

— Então eles só meio que ficam pendurados e caem numa lona? — perguntou Stevie.

— É. Não é tanto um trapézio, é mais um... pêndulo?

— Ele chama as reuniões de Rolês de Pensamento — disse Nate, afundando mais no pufe. — Ele te contou isso? *Rolês de Pensamento.*

— Tipo, o pior é que não odeio — comentou Janelle. — E isso faz com que eu *me* odeie.

Ao longo da lateral do cômodo principal havia centenas de pedaços de tecido de cinco metros quadrados, várias abas num padrão gradeado, presas à parede com fita. Não se tratava de uma obra de arte, Stevie tinha bastante certeza disso.

— Não fazemos ideia de para que serve esse negócio — disse Janelle. — Talvez ele curta muito fazer colchas de retalhos.

Stevie se jogou num dos pufes gigantes, que a amparou com suas bolinhas espaciais ou espuma ou fosse lá o que fosse.

Engraçado como o mundo muda quando você está no mesmo lugar que seus amigos. O ar fica energizado, a luz fica mais quente. As duas semanas que os três tinham passado separados evaporaram, e eles começaram a conversar como se tivessem se falado pessoalmente pela última vez momentos antes.

— Estou prontíssimo para isso — declarou Nate. — Amo filmes de terror sobre acampamentos de verão, então reassisti a um monte na semana passada para me preparar. Querem ouvir sobre filmes de terror sobre acampamentos de verão?

— Nate... — começou Janelle.

— Você não pode me negar isso — argumentou ele. — É uma *história de assassinato* num *acampamento*. *É como eu quero morrer*. Meu filme favorito se chama *Acampamento sinistro*. É o que faz menos sentido. Para começar, os campistas nesse filme têm, tipo, 18 anos. Não os monitores. Os campistas. Todo mundo é péssimo. Eles passam basicamente o tempo todo tentando transar. No entanto, em termos de assassino, obviamente Jason ainda é o melhor. Ele mora num lago e comete assassinatos no espaço.

— Acabou? — pergunta Janelle.

— *Você* mora num lago?

— Tá bom — disse Janelle, levantando-se e alisando o vestido. — Tenho que ligar para Vi. Não vou demorar, precisamos ligar em horários marcados por causa do fuso.

— Como está Vi? — perguntou Stevie.

— Bem. Aproveitando Da Nang. Muitas atividades em família. Elu está basicamente praticando seu vietnamita, além de aprender mais mandarim. Mas... sabe como é. Muito longe. Já volto. Tá bom? Já volto!

— Você precisa fazer uma ligação romântica? — perguntou Nate quando Janelle saiu.

— Não — respondeu Stevie. — Nós não agendamos um horário.

— Como está David?

— Bem — respondeu ela, dando de ombros.

Uma das coisas que estreitava o laço de amizade entre Nate e Stevie era o ódio mútuo por compartilhar emoções. De alguma forma, os dois conseguiam ter uma ligação mais forte ficando na superfície; como se estivessem fazendo mergulho com snorkel em seus sentimentos, flutuando lado a lado, observando todas as maravilhas da natureza sem se aproximar a ponto de serem picados por algo embaixo de uma pedra.

— Então aqui estamos, de volta à Cidade do Assassinato — disse Nate. — Onde você mora.

Ambos ergueram o olhar para o trapézio, suspenso no teto. Era um objeto aparentemente inocente, feito para ser divertido, mas naquele momento lembrou Stevie de outro Estudo Resumido, um chamado Sótão, que retratava um enforcamento.

— O que acha? — perguntou ele.

Nate não precisava explicar. Stevie sabia o que o amigo queria dizer, porque ele queria dizer várias coisas. Como era estar de volta a um caso? O que ela pensava sobre aquele crime?

— Ainda não sei — respondeu ela.

— Eu acho que vai ser ótimo — disse Nate. — Passar um tempo no acampamento dos assassinatos, morar numa árvore, não ver ninguém.

Esse é o meu verão. É o meu momento de brilhar. Vou atingir meu ápice. E não há túneis por aqui, então você provavelmente não vai ficar presa no subterrâneo. Estou com um bom pressentimento, sabe?

O fato de Nate estar se sentindo tão positivo deveria ter servido como alerta, mas as pessoas raramente reconhecem sinais quando eles aparecem.

7 de julho, 1978
8h05

O XERIFE ELLIOT REYNOLDS E SEU SUBORDINADO, DON MCGURK, FIZERAM A curva para a entrada de carros do Acampamento Cachoeira Encantada. Don batucava distraidamente na janela do carona.

— O que você acha que aconteceu? — perguntou ele. — Afogamento?

— Espero que não — respondeu o xerife Reynolds.

— Não é possível que alguém tenha morrido. Oito da manhã num acampamento?

Aquela hipótese também não fazia sentido para o xerife Reynolds. Pelo tom da mensagem confusa que ele recebera pelo rádio, algo muito sério acontecera. Um acidente grave, sem necessidade de ambulância. Mas, como Don observou, parecia improvável que houvesse uma pessoa morta no acampamento numa manhã ensolarada de um dia de semana.

Por outro lado, desde Michael Penhale, o xerife Reynolds sentira algo mudar em Barlow Corners. É claro, acidentes aconteciam em todo lugar. Mas aquela história... ela manchara as coisas, manchara sua reputação. Um cheiro de podridão quase imperceptível, mas inevitável, que tomou conta desse cantinho outrora imaculado dos Estados Unidos.

Maldita história. Que ela fosse para o inferno. Tudo sobre ela era horrível; mas qual era o sentido de arruinar a vida de um rapaz daquele jeito? Quem se beneficiaria com isso?

Não. Ele realmente não queria outro jovem morto em Barlow Corners.

Susan Marks esperava por eles na entrada do acampamento, junto de uma chorosa Patty Horne. A expressão em seu rosto confirmou o pior. Quando ele parou o carro, Susan abriu de imediato a porta traseira e empurrou Patty para dentro do veículo, então a seguiu.

— O que está havendo, Susan? — perguntou o xerife.

— Um dos monitores morreu. Eric Wilde. Ele foi assassinado.

— Ah, por favor — disse Don.

— Eu mal estou conseguindo manter esse lugar sob controle. O corpo está na trilha em direção ao bosque. Siga em frente e essa estrada vai dar lá. Rápido.

O xerife Reynolds não precisou ouvir duas vezes. Ele avançou pela estrada o mais rápido que pôde sem arriscar atropelar um campista errante.

— Não é só isso — disse Susan. — Tem mais três desaparecidos. Aparentemente, eles foram para o meio do bosque ontem à noite.

— Quem desapareceu? — perguntou ele, olhando para ela pelo retrovisor.

— Diane McClure, Todd Cooper e Sabrina Abbott.

— Sabrina Abbott? E Todd Cooper?

— Merda — disse Don baixinho.

O xerife lançou um olhar para ele.

— Patty — disse Susan. — Explique a eles o que você me contou.

Patty explodiu numa torrente de soluços.

— Vamos lá, Patty — disse Susan, com a voz firme, mas delicada. — Não temos tempo a perder. Conte a eles.

A jovem soluçou, então se controlou o suficiente para falar.

— Eles saíram por volta das onze da noite... Eles costumam sair... Eric pega a...

— Pega o quê? — insistiu o xerife ao fazer uma suave curva para entrar no caminho de terra.

— Eu... eu não posso...

— Pode, sim — disse ele. — Eu não ligo para o que estavam fazendo, só preciso saber o que aconteceu.

— Ele... pega a erva. No bosque. Eles foram buscar a erva.

— Merda — repetiu Don, mas conseguiu reduzir a palavra a um sussurro.

— Pare aqui — mandou Susan.

Don ficou no carro para organizar as coisas pelo rádio e tomar conta de Patty. Susan e o xerife correram trilha adentro. O dia estava sinistramente silencioso, todos os campistas reunidos no refeitório. Era uma manhã esplêndida, tranquila e encantadora, o canto dos pássaros preenchia o ar. O que tornava a cena do corpo pálido e sem vida de Eric ainda mais grotesca. Magda McMurphy, a enfermeira do acampamento, estava com ele, por mais que desse para ver logo de cara que não havia nada que ela pudesse fazer além de espantar as moscas.

— Ele já está morto há um tempo — disse Magda. — Há algumas horas, pelo menos.

O xerife agachou ao lado do corpo.

— Vamos virá-lo — disse ele a Magda.

Com cuidado, eles rolaram o corpo, e a extensão total da carnificina ficou aparente.

— O que diabo aconteceu aqui? — perguntou o xerife em voz baixa.

— Consigo contar seis facadas — disse Magda. — Pode haver mais. É difícil dizer. Ele também está com um ferimento enorme na cabeça.

O xerife Reynolds respirou longa e profundamente e se levantou depressa.

— Vamos lá — disse ele para Susan, então saiu correndo de volta para o carro. A coordenadora do acampamento o acompanhou com facilidade. Ele escancarou a porta traseira do carro, onde Patty Horne estava sentada com os joelhos encolhidos contra o peito, seu longo cabelo caído por cima das laterais do rosto como se ela tentasse se proteger daquele horror.

— Patty — disse o xerife sem preâmbulos. — Onde eles pegam a erva?

— No bosque. Mais à frente da trilha.

— Você já esteve lá?

— Uma vez. — Ela assentiu pesadamente. — Eu não sei a localização exata, só sei que fica... em algum lugar do bosque.

— Vocês vão andando ou de carro?

— Todd nos leva. Vamos no Jeep dele.

— Qual é a distância mais ou menos? Vocês dirigem por quanto tempo?

— Não sei — disse ela, ainda chorando, mas mantendo controle. — Cinco minutos?

— Fique aqui com Susan.

Patty deslizou para fora do carro, parecendo aterrorizada.

— Mantenha todas as crianças juntas — disse ele a Susan. — Eu não quero nenhuma delas indo nem ao banheiro sozinha, entendeu?

Susan assentiu, e Reynolds sabia que ela estava mais do que à altura da tarefa. Ele voltou ao volante, onde Don o observava com perplexidade.

— O que está havendo?

— Temos um garoto morto com meia dúzia de facadas no peito.

— Merda. Acha melhor chamarmos o prefeito, já que Todd é um dos jovens desaparecidos?

— Não — respondeu o xerife, pisando no acelerador. — Não vamos envolvê-lo de novo. É melhor deixá-lo longe desse inferno o máximo que pudermos. Vamos ligar para a polícia estadual e seguir em direção ao bosque para ver se encontramos os outros. Bote-os na linha.

Eles pegaram a estrada esburacada pelo meio do bosque em um ritmo acelerado. Não demorou até que encontrassem o Jeep de Todd. A estimativa de Patty estava correta; o veículo estava a uns cinco minutos estrada acima, estacionado na lateral, levemente na diagonal. O xerife parou logo atrás dele. Pegou a arma e o coldre do porta-luvas trancado. Armas geralmente não eram necessárias em Barlow Corner; ele só a sacara uma vez em todo o tempo que trabalhou na cidade, durante uma suspeita de roubo que acabou sendo um guaxinim dentro da parede.

— Pegue o rifle no porta-malas — pediu a Don.

Já armados, os dois homens começaram a investigar a área. Não havia nada por perto que sugerisse um ponto de encontro.

— Todd! — chamou o xerife. — Diane! Sabrina!

Não houve resposta.

— Pegadas por aqui — disse Don ao analisar o chão de terra. — Parecem seguir nessa direção.

Os dois avançaram pelo meio das árvores, afastando galhos, chamando pelos jovens. Pássaros dispersaram, mas ninguém respondeu. Eles chegaram a uma pequena clareira, com uma manta no chão e os restos fumegantes de uma fogueira, que agora não passava de uma minúscula incandescência sob uma pilha de lenhas queimadas. Havia um toca--fitas sobre um dos troncos ao redor da fogueira. A manta era um saco de dormir que fora aberto e esticado, e uma lata aberta de Coca-Cola fora deixada sobre um tronco. Três cervejas fechadas estavam no chão, junto a uma bandeja de refeitório que continha um saco do McDonald's, alguns papeizinhos e um tipo de substância verde.

— Cannabis — disse o xerife, examinando-a. — Eles estavam aqui. Não vejo como deixariam isso para trás se não estivessem com problemas.

O xerife esquadrinhou o círculo de árvores ao redor deles. Numa clareira como essa, a pessoa fica vulnerável. Havia lugares de sobra para se esconder, e alguém poderia se aproximar por qualquer direção. No escuro, esse lugar seria aterrorizantemente fácil para se atacar um grupo de adolescentes.

Ele tirou a pistola do coldre.

— Todd Cooper é um cara grande — disse Don, como se pensasse a mesma coisa. — Ele lutaria. Diane também.

Mas não havia sinais de luta. A área estava organizada. Era como se eles tivessem simplesmente ido embora do acampamento, deixando a fogueira, o toca-fitas e uma quantidade significativa de maconha espalhada numa bandeja.

O xerife e Don circularam lentamente pela área, observando os espaços entre as árvores, examinando o solo.

— Aqui — disse o xerife. — Alguma coisa foi arrastada aqui.

Ele avançaram com cuidado por entre as árvores. Don alcançou um galho com um pedaço de tecido verde-escuro rasgado e um tufo de enchimento branco agarrado a ele.

— Parece que pode ter vindo de um saco de dormir — afirmou Don.

Os dois seguiram em frente, e cerca de um minuto depois chegaram a um abrigo de caça caído. Ao lado dele, caprichosamente enrolado, estava o saco de dormir com um rasgo na lateral. O bosque estava tomado por um silêncio aveludado enquanto eles se aproximavam da caixa. O xerife abriu-a lentamente. O cheiro o atingiu primeiro, segundos antes de seus olhos conseguirem processar o quebra-cabeças tenebroso diante de seus olhos.

— Ah, meu Deus — disse Don. — Que diabos... Que...

Havia uma mensagem de uma única palavra, toscamente pintada com tinta branca na parte de dentro da tampa. Nela se lia: SURPRESA.

4

Aparentemente, Carson havia captado o clima da sala quando chegou com uma pilha de caixas de pizza contendo todos os sabores possíveis cheios de queijos e carnes. A viagem, a alegria do reencontro e o doce ar da região arborizada pareciam ter estimulado o apetite do grupo, e as pizzas logo foram destroçadas. Para sua própria refeição, Carson levara um copo gigante de um suco azul espesso e observou a carnificina das pizzas como se assistisse a um documentário sobre vida selvagem.

— Então você é dono de um serviço de caixas, certo? — perguntou Nate inocentemente ao pegar sua quinta fatia. — Uma dessas coisas ganhe-uma-caixa-por-mês?

— Caixa Caixa — disse Carson.

Nate já sabia disso, o que significava que ele estava perguntando por entretenimento, e não por informação.

— Mas o que é exatamente?

— Todo mês você recebe uma conjunto selecionado de caixas — respondeu Carson.

— O que tem nas caixas?

— Caixas. É uma caixa cheia de caixas. Há alguns temas, tipo caixas para banheiro, ou caixas para guarda-roupa, ou caixas para presente, caixas para cozinha, caixas para jardim. Todo mundo precisa de caixas. Vamos começar um negócio novo em alguns meses. Vamos chamá-lo ou de Bolsa Caixa ou de Bolsa Bolsa. Você recebe bolsas reutilizáveis, ecobags. Está vendo todas aquelas amostras de tecido ali? São para as bolsas. Eu estava fazendo um Rolê de Pensamento sobre elas.

— Por quê? — perguntou Nate.

— Por que o quê?

— Por que alguém ia querer receber uma bolsa cheia de bolsas? Ou uma caixa cheia de caixas?

— É ecológico — retrucou Carson.

— Como?

— Você recebe as caixas, então não precisa comprá-las. Mesma coisa com as bolsas.

— Não é pior mandar um monte de caixas que as pessoas não precisam e das quais vão ter que se desfazer depois? Especialmente quando você adiciona a embalagem, o transporte e tudo mais?

— É uma questão de conveniência também — disse Carson.

— Qual é a utilidade de receber um monte de caixas e bolsas?

— As pessoas gostam — respondeu Carson, mas um pouco mais baixo. — Temos mais de quatrocentos mil assinantes. Enfim... é melhor começarmos nossa reunião.

Nate devorou alegremente metade de uma fatia de pizza em apenas uma mordida enquanto Carson os direcionava para os pufes e sofás no meio da sala. Os três o acompanharam, Nate levando uma caixa de pizza consigo. Carson pegou um controle remoto. As luzes reduziram suavemente e eles ouviram um zumbido baixo enquanto uma tela gigantesca se desenrolava do teto.

Um título de slide apareceu na tela.

OS ASSASSINATOS DA CAIXA NO BOSQUE,
6-7 DE JULHO, 1978

— É importante estabelecer o contexto dessa cidade, desse acampamento, dessa época, porque esses assassinatos são muito característicos de uma época e de um lugar...

Stevie percebeu na mesma hora que Carson escrevera essa frase com antecedência e tinha orgulho dela. Ele estava testando o roteiro para o seu podcast, com certeza.

— A década de 1970 era bem diferente. Por exemplo, informação e comunicação eram mais limitadas...

— Bem, sim — disse Nate. — É por isso que os filmes com assassinos dessa época funcionam. Ninguém sabe de nada e ninguém pode ligar para pedir ajuda.

— Isso — concordou Carson. — E a falta de comunicação impactava a segurança. Era uma época em que havia menos controle. Não era possível rastrear quem entrava e saía dos lugares. As coisas se baseavam mais no boca a boca e em quem sabia o quê. O mundo era menor. O acampamento era uma extensão do ensino médio, e a cidade... um ciclo fechado. Todo mundo conhecia todo mundo. O que nos leva a...

BARLOW CORNERS

O slide apresentava uma foto que Stevie já havia visto inúmeras vezes; era a imagem que praticamente todos os livros ou artigos ou documentários sobre o caso incluíam. Tratava-se de uma foto colorida com um tom sépia, as cores desbotadas e exageradamente claras ao mesmo tempo. Um grupo de pessoas estava de pé em frente a uma estátua equestre enfeitada com bandeirolas vermelhas, brancas e azuis. A maioria dessas pessoas era de meia-idade. Todos os homens usavam bermudas com cintos. As mulheres usavam vestidos ou calças que posteriormente seriam chamadas de "calças sociais".

— Essa foto — disse Carson — foi tirada no Bicentenário dos Estados Unidos, em 1976, dois anos antes do crime. A cidade construiu e dedicou uma estátua ao seu fundador, John Barlow, um herói pouco relevante da Guerra da Independência. Um fotógrafo local tirou a foto e a ofereceu para a revista *Life*, e ela foi publicada numa edição comemorativa especial. Algumas pessoas nessa foto estão associadas ao caso. Mas ela diz muito sobre a cidade: um lugar pequeno, todo americano, onde todo mundo conhece todo mundo. E praticamente todo mundo estava ligado de alguma forma às...

AS VÍTIMAS

— Começaremos com o básico — disse Carson. — As quatro vítimas. Todos recém-formados no Colégio Liberty. Todos residentes de Barlow Corners. Os quatro trabalhavam no acampamento. Esse é Eric Wilde... —

Ele exibiu a foto de um garoto com um cabelo claro rebelde e cacheado e um sorriso bobo. — Dezoito anos. Filho da bibliotecária da cidade e de um professor do Liberty. Geralmente era benquisto, mas já havia se metido em problemas. Diane McClure...

Uma garota ruiva de aparência durona, sorriso singelo e rosto sardento apareceu na tela.

— Filha dos donos da Duquesa do Leite, a lanchonete da cidade. Histórico acadêmico medíocre. Gostava de rock e de se divertir. Uma clássica adolescente dos anos 1970. Ela era namorada desse cara, Todd Cooper.

Modas vêm e vão, mas maxilares são eternos. Todd Cooper tinha um belo maxilar, apesar de grande. Seu rosto era quase quadrado. O cabelo tinha um comprimento médio, e ele usava um corte desfiado típico dos anos 1970. Havia um sorriso discreto e irônico em seus lábios. Seu rosto transbordava confiança — arrogância, até.

— Filho do prefeito. Capitão do time de futebol americano. E muito problemático. Veremos mais sobre ele depois. O verdadeiro ponto fora da curva do grupo era...

A foto de uma garota apareceu. Era difícil dizer o que a diferenciava dos outros. A foto tinha a mesma qualidade, e seu cabelo preto era cortado em longas camadas arredondadas estilo anos 1970. Ela tinha grandes olhos castanhos e um sorriso sincero. Havia algo nela, algo na maneira como olhava para a câmera. Tinha uma faísca brilhante ali, algo que se conectava visceralmente a Stevie.

— ... Sabrina Abbott, a garota certinha da cidade, filha do dentista. Melhor aluna do Colégio Liberty. Trabalhava como voluntária na biblioteca, lendo para criancinhas. É um dos eternos mistérios que cercam esse caso: por que a garota certinha da cidade foi com três péssimas influências comprar drogas no bosque? Mas vamos chegar lá...

OS ASSASSINATOS

— Aqui estão os fatos incontestáveis. Na noite de seis de julho, Sabrina, Eric, Todd e Diane saíram do acampamento por volta das onze horas da noite no Jeep de Todd. Eles foram ao bosque para buscar a encomenda semanal de maconha. Eric Wilde era o traficante do acampamento. Todd e Diane eram um casal, e Sabrina Abbott resolveu acompanhá-los na aventura, sabe-se lá por qual motivo. Na manhã seguinte, um dos campistas encontrou Eric Wilde de bruços numa trilha de terra do bosque que levava ao teatro e ao campo de arco e flecha. Ele fora golpeado na cabeça e esfaqueado seis vezes. Cinco dos ferimentos eram fatais.

Carson abriu uma foto preta e branca da cena, tirada de uma curta distância. Havia um lençol por cima do corpo na trilha, e um grupo de policiais parado ao redor dele, confabulando uns com os outros.

— A equipe do acampamento logo percebeu que os outros três estavam desaparecidos, então a polícia saiu de carro para procurá-los. O Jeep de Todd estava estacionado na lateral da trilha. Eles encontraram a clareira...

Ele abriu uma foto da clareira: uma fogueira fumegante, uma coberta, um lampião de acampamento, uma bandeja de plástico com alguma coisa espalhada, alguns refrigerantes, uma mochila.

— Nenhum sinal de luta — disse Carson. — Parecia que os quatro simplesmente tinham ido embora do local. A polícia investigou a área e encontrou um antigo abrigo de caça. Quando o abriram, bem, essa era a caixa no bosque. Não há fotos dos corpos disponíveis para o público, apenas uma descrição. Eis um diagrama...

Era um desenho assustador de três corpos indistinguíveis num retângulo, com pontos e riscos para indicar ferimentos e amarras. Stevie já vira esse tipo de desenho antes, mas eles sempre a afligiam.

— Os corpos estavam cuidadosamente arrumados na caixa. Diane e Sabrina estavam viradas para um lado, e Todd para o outro, com a cabeça entre os pés das garotas. Assim como Eric, tanto Todd quanto Diane tinham ferimentos enormes na cabeça. O casal foi esfaqueado múltiplas vezes; Todd levou dezesseis facadas, e Diane nove. Sabrina era a única sem ferimento na cabeça. Ela foi esfaqueada vinte e uma vezes e tinha marcas defensivas nas mãos, então provavelmente enfrentou o assassino. A evidência sugere que eles foram mortos no local do acampamento e então levados para a caixa. O assassino amarrou as pernas e os pulsos deles com uma corda de nylon vermelha. Havia uma única palavra escrita em tinta branca na parte de dentro da tampa da caixa...

Carson abriu a foto mais famosa do caso, uma das únicas imagens da cena do crime divulgadas ao público: a palavra SURPRESA pintada em letras toscas e grossas. Era tão comicamente mórbido que não parecia real.

— Existem três grandes teorias sobre o assassino — disse Carson. — Vejamos a menos provável primeiro...

TRÁFICO DE DROGAS

— A princípio, a polícia suspeitou que fosse um tráfico de drogas que dera errado. Eric Wilde era o traficante de maconha do acampamento, e os quatro foram para o bosque naquela noite para buscar o suprimento semanal. Então as pessoas pensaram: atividade ilegal no bosque, deve ter alguma relação com os assassinatos. Além disso, Eric foi encontrado num local diferente dos outros. Sabrina, Todd e Diane estavam na caixa. Eric estava quase no acampamento.

— Mas essa teoria é burra — disse Stevie. — Eles encontraram a maconha toda na cena do crime, então a venda foi concretizada. Não há motivo para alguém ser morto por um pouquinho de maconha que ninguém nem se deu ao trabalho de levar embora.

— Concordo — falou Carson. — Basicamente, ninguém acredita mesmo que isso teve qualquer ligação com as mortes, mas era uma explicação fácil, especialmente naquela época. Maconha no bosque terminando em múltiplos assassinatos? Claro, por que não. Agora, a próxima teoria é mais convincente e foi a mais popular por muito tempo...

O LENHADOR

— Então, os anos 1970 foram meio que a era de ouro dos assassinos em série. Havia um monte. Um deles, conhecido por atuar na região, era chamado de Lenhador. O primeiro assassinato foi em 1973, em New Hampshire. Então aconteceram dois em Massachusetts, um em 1974 e outro em 1976, e dois ao norte de Nova York em 1975. Houve mais dois casos, em 1979 e 1980, ambos de novo em New Hampshire. O Lenhador esfaqueava suas vítimas e as deixava no mato, cobertas de gravetos e detritos, com as mãos e os pés amarrados com corda vermelha. Em todos os casos, a palavra "surpresa" estava escrita em algum lugar próximo à cena, geralmente numa árvore. Então faz sentido pensar que o Lenhador foi o responsável pelos assassinatos do acampamento, certo? Porém, eis o problema... Os crimes do Lenhador estavam na mídia. O jornal local até cobriu a história em 1976.

Carson abriu uma fotocópia de um antigo artigo de jornal intitulado: "Assassino Lenhador Ataca Próximo a Hawley".

— Esse assassinato aconteceu a uns quarenta minutos de carro daqui, então era perto o suficiente. É um tipo de história bem típica dos anos 1970. Becky O'Keefe, uma garota de 19 anos, era um espírito livre e estava passando o verão acampando em Berkshires. Seus amigos a viram pela última vez quando ela saiu para pedir carona até outro local de acampamento para encontrar um cara. Ela foi encontrada dois dias depois. Esse artigo diz que seus pulsos e pernas estavam amarrados com uma corda vermelha e que a palavra "surpresa" estava escrita numa árvore. É praticamente igual à maneira como os corpos da caixa no bosque foram encontrados. Mas a polícia ocultou alguns detalhes da imprensa: em todos os assassinatos do Lenhador, os corpos eram amarrados com retalhos de tecido vermelho sedoso, e todas as mensagens eram escritas com giz. Então parecia óbvio desde o começo que alguém estava copiando o *modus operandi* que havia sido descrito na reportagem. O assassino da caixa no bosque usou tinta branca e corda de nylon vermelha.

— Então era um imitador — disse Stevie. — Eles encontraram alguma coisa sobre a tinta ou a corda?

— A tinta branca foi identificada como um tipo comum que poderia ser encontrado em praticamente qualquer loja de material de construção no noroeste dos Estados Unidos. A corda era um pouco mais interessante... — Uma imagem aproximada de um pedaço de corda vermelha num fundo branco apareceu na tela. Havia uma régua sob a corda, mostrando que aquela seção tinha quinze centímetros de comprimento. — Essa corda em particular era vendida em lojas de artigos esportivos, e era comumente usada na região em esportes aquáticos. Além disso, pescadores a usavam para prender barcos e suprimentos. O acampamento a usava para amarrar canoas. A polícia tentou rastrear todas as compras da corda feitas nos dias que antecederam o crime, mas o palpite mais certeiro é que alguém provavelmente a roubou de um barco ou de uma barraca de suprimentos. Isso seria bem fácil.

— Eles não podem testá-las em busca de DNA? — perguntou Janelle.

— É aí que as coisas começam a ficar ridículas nesse caso: a polícia se desfez da maioria das vestes que as vítimas usavam.

— O quê? — reagiu Nate.

— É surreal, mas é verdade. Eles ainda têm a camiseta de Eric, mas todo o resto? Alguém simplesmente... jogou tudo fora. Chegaram a fazer alguns testes na camiseta e conseguiram um DNA, mas não batia com as amostras do Lenhador. Poderia ser do assassino. Poderia ser de qualquer um. Não havia nada de útil na corda.

— Eles não fizeram testes nos moradores da cidade nem nada do tipo? — perguntou Nate. — Não é comum fazer isso, coletar amostras de todo mundo?

— O material que eles encontraram não era bom o suficiente para sair testando todo mundo. E agora chegamos à terceira teoria...

VINGANÇA

— Vingança — leu Nate numa voz grave. — *Vingaaaaançaaaa.*

Carson abriu uma foto de um menino sorridente.

— Em dezembro do ano anterior — disse ele —, em 1977, um garoto de 11 anos chamado Michael Penhale foi atingido e morto por um carro. Ninguém nunca foi preso ou acusado. O caso foi encerrado como um atropelamento com omissão de socorro. Mas, aparentemente, todos na cidade sabiam que Michael havia sido atropelado por Todd Cooper. O irmão de Michael, Paul, era amigo das vítimas e trabalhava no acampamento. Os vizinhos disseram que a família Penhale estava em casa na noite dos assassinatos, e Paul Penhale tinha alguém que podia confirmar que ele estava no acampamento naquela noite. Essa pessoa era Shawn Greenvale, ex-namorado de Sabrina Abbott. Sabrina terminara com ele poucas semanas antes do crime. Algumas pessoas especularam que tanto Paul quanto Shawn podem ter desejado matar Todd ou Sabrina, respectivamente, mas os dois também foram vistos por Susan Marks, diretora do acampamento. Além disso, nada os conecta ao caso, exceto o fato de que Todd provavelmente atropelou Michael Penhale e Sabrina terminou com Shawn. E isso é tudo o que temos de informação. O caso foi tão malconduzido desde o começo que acabou naufragando.

Carson apertou o controle de novo, e a tela deslizou de volta para o teto. As luzes se acenderam como o nascer do sol.

— Nosso objetivo este verão — disse ele — é fazer algum avanço na investigação de um caso que está engavetado há décadas. Pode parecer difícil, mas temos muito a nosso favor. Eu sou dono do acampamento, então podemos virá-lo de ponta-cabeça se quisermos. Muita gente que estava na cidade na época do crime ainda mora por aqui. Nós temos internet. E temos Stevie. Vamos começar amanhã cedo. Venho buscar vocês por volta das sete, ok?

Quando Carson saiu, os três amigos ficaram em silêncio em seus respectivos pufes por um momento.

— Esse lance de assassinatos no acampamento ficou um pouco menos divertido agora — disse Nate finalmente.

5

Stevie tentou focar seus olhos recém-abertos na coisa pendurada no teto. Para o que diabo ela estava olhando?

Ah, sim. O trapézio.

Ela passara a noite numa pilha de pufes no chão da sala principal. Havia vários quartos de hóspede na Casa Pula-Pula, mas Stevie acabou adormecendo ali enquanto conversava com Nate. Ficaria satisfeita em continuar ali um pouco mais, flutuando na espuma ou nas bolinhas, adormecendo e despertando, mas Janelle já estava de pé e ativa, e parecia que Nate estava no banho. Então ela obrigou a si mesma a se levantar e começar a se preparar para o dia.

Carson apareceu vários minutos antes do horário combinado, sem se dar ao trabalho de bater antes de entrar no celeiro.

— Temos muito a fazer hoje — disse ele. — Primeiro, vamos dar uma volta de carro pela cidade para eu poder mostrar a região para vocês. Então vamos para o acampamento! Vou levá-los às suas instalações e fazer o tour completo.

A viagem até a cidade foi tranquila. As casas tinham uma varanda frontal, a maioria telada. Para todo lugar que se olhava havia bandeiras, canteiros de flores, gramados verdes e espaços à sombra. Era o tipo de cidade em que todo mundo parecia ter um balanço de pneu no quintal. O carro fez uma curva incrivelmente acentuada numa via arborizada, e então o grupo passou por um outdoor azul enorme onde se lia: COLÉGIO LIBERTY, LAR DAS PODEROSAS CORUJAS.

— Dá uma segurada, outdoor — disse Nate. — Por que você está gritando sobre corujas?

O anúncio era ridiculamente enorme, quase da altura das árvores ao redor, e parecia extremamente deslocado na estrada. O Colégio Liberty era uma construção de tijolos vermelhos e tamanho modesto, de arquitetura estilo mid-century e um tanto feio comparado a todos os outros lugares que Stevie vira ao longo do caminho. A escola e seu outdoor foram substituídos por mais uns oitocentos metros de mata e riachos, antes que eles chegassem a um semáforo.

— Aqui é Barlow Corners — disse Carson, entrando numa rua ligeiramente mais movimentada. — Dois mil habitantes. Esta é a rua principal, com todos os comércios.

Havia os estabelecimentos que vemos em toda cidadezinha. Uma butique cheia de artesanatos locais, cachecóis e bugiganga. Uma lotérica. Um restaurante de tacos. Um estúdio de ioga. E lá estava a Duquesa do Leite, a lanchonete que pertencia à família de Diane.

Carson indicou um café de aparência alegre chamado Padaria Raio de Sol.

— Chegamos na nossa primeira parada — disse ele. — A gerente daqui é Patty Horne. Ela era amiga de pelo menos três das vítimas.

A Padaria Raio de Sol era um típico comércio terrivelmente adorável de cidade pequena, pintado com meia dúzia de tons de amarelo, partindo de uma tonalidade clara como manteiga até um tom de limão siciliano, chegando, por fim, a um alaranjado que refletia o nome do lugar, "raio de sol". Várias vitrines exibiam bolos genuinamente surpreendentes; verdadeiras obras de arte, detalhados e esculpidos. Janelle foi imediatamente atraída para eles, como uma mariposa diante da luz.

Atrás do balcão havia uma mulher de cabelo loiro-escuro preso num coque bagunçado. Ela usava calça jeans rasgada e avental azul. Aparentava ter cerca de 50 anos e parecia perdida em pensamentos, examinando uma lista.

— Bom dia! — disse ela, um pouco surpresa. — Acampamento já? Achei que os monitores só chegassem amanhã, não?

— Essa galera é especial — explicou Carson antes que algum deles conseguisse responder. — Essa é Stevie Bell. Foi ela quem solucionou aqueles assassinatos no Instituto Ellingham no outono passado.

— Ah — disse Patty Horne. Stevie percebeu que a mulher não fazia ideia do que havia acontecido no Instituto Ellingham, mas estava sendo educada e agindo como se tentasse se lembrar dos detalhes. — Uau. Impressionante. E vocês... serão monitores?

— Aham! — respondeu Carson depressa. — Viemos tomar um café e... — ele encarou a vitrine de pães e bolos como se olhasse uma coleção de aranhas em cativeiro — ... bolinhos? Ou seja lá o que queiram. Eu não bebo café nem como açúcar.

Stevie olhou ao redor, analisando as fotos históricas de Barlow Corners ao longo dos anos emolduradas, junto a alguns retratos de um homem mais velho. Janelle analisava atentamente uma das vitrines, onde três bolinhos estavam em exibição. Um deles era azul-bebê, com delicadas bordas brancas elevadas, parecendo uma peça de porcelana Wedgwood. Havia outro coberto de borboletas, e um terceiro no formato de um vulcão em erupção.

— Seus bolos são lindos — disse Janelle. — Os detalhes são incríveis.

— Obrigada — respondeu Patty. — Essas são amostras que eu fiz para um casamento esta semana. Ficaram ótimos, então os deixei expostos.

— Como você consegue fazer essas borboletas?

— Elas são de açúcar — explicou Patty. — Tem interesse em decoração de bolos? Vem cá. Eu te mostro de perto.

Ela tirou os bolos do mostruário e os colocou sobre o balcão.

— Esse aqui — ela indicou o bolo azul — foi projetado como uma réplica de um prato Wedgwood que a avó da noiva ganhou no próprio casamento.

— Como você conseguiu esse nível de detalhe?

— Eu fiz um molde de silicone do próprio prato.

Os olhos de Janelle quase brilharam ao ouvir as palavras *molde de silicone*.

— Ah não — disse Nate baixinho. — Lá vai ela aprender um novo ofício.

Não havia como negar. Janelle Franklin nunca conhecera um trabalho artístico manual que não tivesse amado.

— No caso das borboletas, eu as fiz separadamente — continuou Patty —, mas está vendo essas vinhas aqui... Na verdade, eu acabei errando nessa parte e tive que cobrir o erro com mais folhas. Dá para disfarçar muita coisa com cobertura. A maioria dos confeiteiros começa no centro e vai trabalhando para fora ao decorar um bolo. Estabelecem seu elemento principal no meio, então seguem para as bordas e descem para as laterais. Ajuda muito a não danificar nenhum trabalho de borda relando com a mão. Mas eu sempre preferi trabalhar de fora para dentro.

— Como uma cena de crime — comentou Stevie. Ela não tinha a intenção de dizer isso em voz alta. As palavras escaparam por conta própria.

Patty ergueu o olhar da borda do bolo.

— Uma cena de crime?

— Ela é assim mesmo — explicou Nate.

Stevie rapidamente entendeu que essa era uma daquelas situações em que ela pareceria estranha se tentasse se explicar, mas muito mais estranha se não falasse nada.

— O que eu quero dizer é que cenas de crimes são investigadas de fora para dentro — disse. — Primeiro, deve ser estabelecido um perímetro amplo, fechando a área toda, para se certificar de que a cena inteira possa ser examinada em busca de pistas como pegadas, objetos, rastros de pneus, essas coisas. Então deve-se avançar mais para dentro, em direção ao corpo ou...

Patty começou a girar o bolo aleatoriamente, como você talvez fizesse se uma adolescente aleatória brotasse na sua frente e dissesse que seu bolo elaborado era como uma cena de crime.

— Ela é assim mesmo — repetiu Nate.

— Acho que nunca mais vou conseguir olhar para os meus bolos do mesmo jeito — respondeu Patty.

— Acho que ela nunca mais vai se esquecer de você — disse Nate quando eles saíram com seus cafés e bolinhos. — Você tem um dom.

— Só escapou — respondeu Stevie.

— Aqueles bolos são realmente impressionantes — comentou Janelle, com os pensamentos ainda dentro da padaria. — Eu adoraria fazer moldes de silicones. Talvez dê para fazer no pavilhão de arte? Talvez a gente possa fazer uma sessão de decoração de cupcakes? As crianças vão adorar isso, né?

Ela pegou o celular e começou a tomar notas.

— Ela é tão inocente — comentou Nate, observando a amiga e sorrindo de novo.

— Não tenho certeza se gosto dessa sua versão feliz — disse Stevie para Nate.

— Pode se acostumar. Ou não. Porque ninguém vai me ver depois que eu subir na minha árvore.

Na praça da cidade, Carson falava com uma equipe que tirava longos postes da traseira de um caminhão. Na vida em Ellingham, Janelle tinha construído uma máquina Rube Goldberg para uma competição nacional. Stevie tinha muitas boas lembranças da amiga arrastando seus postes pela oficina, soldando e construindo e sendo fodona de maneira geral. A máquina tivera um final ruim, mas não era culpa de Janelle.

— Você vai se inscrever de novo no ano que vem? — perguntou Stevie, gesticulando para os postes.

— Provavelmente não — respondeu Janelle, entendendo na mesma hora que a pergunta era para ela. — Estou procurando um novo tipo de projeto. Estou pensando em robótica por enquanto, mas ainda tenho algumas semanas para decidir.

Carson viu os três e acenou para que se aproximassem.

— Preparativos para o evento desta noite — disse ele quando o grupo se aproximou. — Para a inauguração da Sala de Leitura para Crianças Sabrina Abbott. Deixe-me mostrar para vocês, já que estão aqui.

Ele os guiou em direção à biblioteca ao lado do gramado; uma construção clássica pintada de um branco imaculado, com duas colunas sustentando o pórtico. A biblioteca era pequena e um pouco antiquada, mas havia várias pessoas do lado de dentro, e os livros expostos pareciam bem selecionados. Carson atravessou o prédio até a estrutura mais moderna nos fundos. Só havia uma pessoa lá dentro: uma mulher de vestido transpassado azul, classificando e organizando uma longa prateleira de livros infantis.

Essa só podia ser Allison Abbott. A semelhança com Sabrina era inegável; ela tinha os mesmos olhos grandes e castanhos, o mesmo olhar determinado. Aparentava ter 50 e poucos anos, com cabelo curto e escuro ficando grisalho só nas têmporas. Ela olhou para os cafés e os bolinhos nas mãos de Stevie, Janelle e Nate e abriu a boca para falar.

— Desculpa — disse Stevie.

— Ah, tudo bem, sem problemas — interveio Carson. — Vocês podem comer aqui dentro.

Allison mordeu o lábio inferior, mas não disse nada.

— Essa é Stevie Bell, do Instituto Ellingham — disse Carson, no que Stevie concluiu que seria a maneira padrão de apresentá-la pela cidade.

Janelle e Nate não foram apresentados.

As paredes da sala foram pintadas num tom de azul-celeste alegre. Havia luminárias no formato de nuvens fofas penduradas no teto, e Carson demonstrou orgulhosamente os vários efeitos que podia atingir com elas: claridade intensa, nuvens cor-de-rosa, efeito de dia chuvoso. Havia estações de leitura com pufes (esse homem amava pufes mais do que talvez qualquer um já amou qualquer coisa), uma árvore falsa com uma pequena casa no topo, mesas longas e baixas para jogos e estantes e mais estantes de livros.

— É uma linda sala — disse Allison. — As crianças vão amar. Já temos vários eventos marcados: contação de história, tardes de jogos de tabuleiro, aulas de escrita.

Carson assentiu distraidamente e continuou brincando com o controle das luminárias de nuvens.

— Minha irmã — continuou Allison, virando-se para Stevie, Janelle e Nate —, ela trabalhava aqui, na biblioteca. Ela faleceu.

— Nós íamos fazer um mural em homenagem a Sabrina — adicionou Carson. — Mas...

— Seria difícil — interveio Allison. — Acho que a sala é o tributo perfeito a ela, especialmente isso.

Ela indicou uma tartaruga gigante no canto que continha bancos e uma mesinha, perfeita para crianças.

— Ela amava tartarugas — disse Allison. — Teria adorado isso: crianças lendo dentro de uma grande tartaruga.

— Parece que está tudo certo para o evento desta noite, né? — perguntou Carson. — Vem muita gente?

— Acho que teremos um bom público.

— Que bom! Que bom. — Ele assentiu. — Bem, temos que ir para o acampamento. Te vejo à noite no piquenique!

Stevie prestou atenção a cada passo que dava, se esforçando para não derramar uma gota de café no chão.

— Bem, é isso — disse Carson enquanto o grupo voltava ao Tesla. — Esta é Barlow Corners. Allison é uma das mais expressivas representantes dos familiares dos sobreviventes. Mantém o caso vivo: permanece em contato com a polícia, esse tipo de coisa.

— Muito legal o que você fez — comentou Janelle. — Construir uma sala de leitura como aquela em memória da irmã dela.

— É — respondeu Carson, pegando a estrada. — Ajuda a trazer a cidade para o meu lado, para o programa. Eu gastei algumas centenas de milhares de dólares... mas, se eu mexer as peças certas, o programa pode chegar a valer milhões.

Janelle lançou um olhar de esguelha para Stevie.

— Caridade é uma via de mão dupla, não é mesmo? — disse Nate do banco traseiro.

6

O Acampamento Pinhas Solares ficava a alguns minutos de carro do centro da cidade, numa estrada que margeava um raso e lento riacho. O letreiro era feito de madeira marrom, com o nome do acampamento queimado e pintado com tinta branca. A estrada serpenteou por entre as árvores por um momento, então se abriu numa vasta extensão de área verde e construções baixas. Carson estacionou e o trio tirou suas coisas do porta-malas do carro. Eles seguiram Carson até o grande refeitório, puxando as malas e bolsas pelo cascalho do estacionamento. A mala barata de Stevie tinha rodinhas ainda mais baratas, que se soltaram quando uma pedra se prendeu nelas. Ela arrastou a bagagem pelo resto do caminho, raspando-a pelo chão de concreto do refeitório e deixando rastros de grama por onde passavam. Dentro do refeitório, uma mulher supervisionava uma pequena equipe que montava kits de boas-vindas enquanto atendia ligações.

— Essa é Nicole — disse Carson em voz baixa. — Concorde com tudo o que ela disser. Damos um jeito depois.

Aquela era uma declaração agourenta.

Nicole ergueu o olhar e notou a chegada do grupo com um aceno de cabeça, mas sem sorrir, e se aproximou enquanto continuava uma conversa sobre fossas sépticas. Ela era uma mulher alta, provavelmente com cerca de um metro e oitenta, e o cabelo castanho estava amarrado num rabo de cavalo. Usava uma bermuda, uma camiseta de corrida justa e um apito pendurado no pescoço. Stevie conseguiu enxergar muitas coisas em Nicole de uma só vez. Seja lá qual fosse a hora que você acordasse, Nicole já estaria de pé. Logo nas primeiras horas do dia, bem ao nascer do sol. Ela preparava um café da manhã completo, que continha proteína, fruta e talvez até um vegetal. Ela concluía tarefas que colocara numa lista na noite anterior. Alongava-se ao ar livre. Abria trilhas. Ela adentrava o futuro com um soco poderoso. Sabia quem era, aonde estava indo e como era melhor do que você. Mas vá em frente, choramingue sobre como está cansado. Ela vai escutar e te destruir com o olhar. Você vai sair desse encontro mais baixo porque ela terá comprimido sua coluna.

Ou algo do tipo. Aquela mulher tinha um apito, era o que importava.

Depois de feita a primeira rodada de apresentações, Nicole respirou profundamente pelo nariz e olhou para o grupo do outro lado da mesa de piquenique.

— Só para deixar claro — começou ela —, este lugar é um acampamento. É para crianças se divertirem durante o verão. Também faz parte de uma comunidade. Pinhas Solares não gira em torno do que aconteceu em 1978. Isso ficou no passado. Coisas horríveis já aconteceram em vários lugares. Nós seguimos em frente. Isso aqui não é um joguinho de *mistério de assassinato*.

Ela encarou Stevie por um longo momento. Stevie queria responder educadamente que aquele lugar meio que era sobre um mistério de assassinato, considerando que havia assassinatos e um mistério. Mas não disse nada, porque não queria levar uma apitada na cara.

— Então, enquanto estiverem aqui, vocês trabalham para o acampamento — continuou Nicole. — Isso significa fazer sua função e cuidar dos campistas. Nossas regras básicas serão apresentadas a todos na orientação geral, mas vou aproveitar para passá-las agora também, já que vocês chegaram alguns dias antes. É proibido nadar deste lado sem um salva-vidas presente. É proibido nadar à noite. Nada de pular das rochas, nunca. Nada de fogueiras ao ar livre que não façam parte das atividades autorizadas pelo acampamento. Nada de cigarro ou vape. Nada de álcool nem produtos à base de cannabis. Violações dessas regras resultarão em sua demissão, mesmo que estejam aqui com Carson.

Carson manuseava um conjunto de contas de meditação e contemplava o movimento das águas do lago.

Depois disso, o grupo recebeu uma série de formulários para assinar e regras de conduta para ler. Todos ganharam kits de boas-vindas, folhetos informativos, mapas e uma lista de números de emergência para adicionar aos seus contatos.

— Deixa que eu faço o tour com eles — sugeriu Carson. — Sei que está ocupada.

Nicole lançou um olhar demorado para ele e voltou ao que quer que estivesse fazendo. O grupo deixou as malas no refeitório e seguiu Carson para a área externa.

— Ela é a chefe do comitê da diversão, né? — perguntou Nate.

— Eu gostei dela — disse Janelle. — É uma mulher forte.

— Bom, eu tenho medo de todo mundo — lembrou Nate, e Janelle assentiu em concordância.

— Você tem a sua árvore — respondeu ela.

Um sorriso exultante voltou ao rosto de Nate.

O Acampamento Pinhas Solares era um conjunto de construções de madeira marrom ao redor de um lago, intercaladas com grandes pavilhões. No centro de tudo estava o lago Cachoeira Encantada, e, agora que ela estava olhando para ele, aquele nome parecia estranho. Não havia nenhuma cachoeira à vista, e pouquíssimo encanto. Não passava de um lago bonito e comum, com água de uma cor amarronzada, calma o suficiente para refletir as nuvens e o céu acima. Pequenos píeres se projetavam por toda parte, e havia um píer flutuante no meio para nadadores e mergulhadores.

— O formato do lago lembra uma ampulheta — disse Carson. — Essa parte aqui embaixo é menor, mais plana e rasa. Então vai ficando mais estreito, a estrada passa por cima daquela parte. O outro lado é aberto ao público. É maior, com as grandes rochas, e muito mais fundo. É como se fossem dois lagos separados por um canalzinho. Este lado é o mais seguro para crianças.

Deste lado do acampamento, o lago tinha uns trinta metros de comprimento, era cercado por uma faixa estreita de praia, com algumas áreas pantanosas e mato alto (casa das cobras). Havia uma piscina, uma quadra de tênis, campos e uma grande área de convivência com uma lareira externa no meio. Carson mostrou-lhes tudo, apontando os suportes de canoas, as fileiras de bicicletas que podiam ser usadas por todos os campistas e um pavilhão de ioga e de dança. O grupo seguiu até os pequenos e bem-cuidados alojamentos de madeira à margem do bosque. Foram construídos sobre plataformas elevadas de concreto, provavelmente para protegê-los se o lago transbordasse. Stevie notou que, apesar de todas as janelas serem teladas, também tinham grades de metal. Suspeitava que essa medida tivesse sido tomada após os assassinatos, para garantir que ninguém de fora conseguisse entrar.

— Esta — Carson apontou para a cabana com a palavra PUMAS pintada acima da porta — é a cabana em que Brandy Clark estava na manhã em que os corpos foram encontrados. Como podem ver, ela fica perto da linha das árvores. O primeiro corpo foi encontrado por aqui.

Ele os guiou por uma ampla abertura de grama entre as árvores, que se estreitava para uma trilha de uns dois metros de largura, coberta de lascas de cedro.

— Eric Wilde foi encontrado bem aqui — disse ele, tirando o tablet da bolsa-carteiro e abrindo a foto em preto e branco que havia mostrado ao grupo na noite anterior. — Dá para ver que ele estava mais ou menos alinhado com aquela árvore ali, a de tronco duplo.

Stevie pegou o tablet e comparou o lugar. Eric tinha sido encontrado de rosto para baixo, com a cabeça apontada na direção do acampamento.

— Parece que ele estava voltando para cá — disse ela.

— Era uma trilha de terra na época, então eles encontraram um rastro de pegadas por pelo menos parte do caminho. Acredita-se que ele provavelmente foi atacado e ferido no local principal, então correu pela mata para escapar. Deve ter ficado fora da trilha para despistar o agressor. Estava quase chegando no acampamento quando o assassino o alcançou. Eric quase conseguiu.

A paisagem e a trilha pareciam praticamente iguais. Parada ali, Stevie observou que o caminho contornava o teatro, o que significava que não havia uma linha de visão clara para o acampamento. Eric chegara perto, mas não o suficiente.

— Agora — disse Carson —, estão prontos para ir até o lugar em que o evento principal aconteceu? Vamos precisar do carro.

Nate articulou silenciosamente as palavras *evento principal*.

O grupo voltou para o carro e atravessou a curta ponte que cobria a parte estreita do lago. O caminho passava pelas construções do acampamento e seguia para dentro do bosque. Era surpreendente a rapidez com que as coisas iam de bem-cuidadas e habitadas para mata fechada. A cobertura das árvores era tão densa que o bosque ficava escuro em plena luz do dia. A estrada fazia uma curva suave para a esquerda e se fundia ao caminho de terra que eles tinham visto mais cedo. Era uma trilha estreita e irregular, com muitos trechos esburacados. O Tesla deu conta, mas ficou evidente que o veículo estava mais acostumado a superfícies refinadas, e o grupo quicou para cima e para baixo feito pipoca dentro do carro. Depois de alguns minutos, Carson estacionou na lateral da estrada.

— É aqui — disse ele. — Se você piscar, perde.

Eles saíram para o bosque. O ar ali tinha um aroma intenso de folhas e flora, e o sol ocasionalmente adentrava a cobertura, formando finos feixes de luz, mas de maneira geral se mantinha moderado e suave. Os passos de cada um deles se tornaram silenciosos sobre a terra e nas macias agulhas de pinheiro.

— Parece que estou dentro de um aplicativo de meditação — disse Nate, olhando ao redor.

Carson apontou para uma pequena estaca no chão à margem da trilha com uma fita preta amarrada.

— As pessoas vêm aqui e marcam o ponto onde você deve parar o carro. O departamento de parques vive tirando as estacas, mas aí vem alguém e coloca outra.

Ele continuou marchando alegremente para o meio das árvores. Stevie estava prestes a seguir, mas Janelle estendeu a mão, que segurava um frasco.

— Spray contra carrapato — disse ela. — Vai ter um monte de carrapatos lá dentro, e doença de Lyme não é brincadeira.

Carrapatos. Cobras. Era por isso que acampar era ruim. Isso e todos os outros motivos.

Depois de passarem o repelente, os três seguiram Carson por uma trilha indistinguível, um caminho aleatório e sinuoso por entre as árvores, cheio de raízes e troncos secos e galhos que se estendiam para agarrar o cabelo e a roupa de quem passava. Eles logo chegaram a uma pequena clareira. O único indício de que havia acontecido alguma coisa ali era um pequeno círculo de pedras onde já houvera uma fogueira, com algumas velas derretidas na grama.

— É isso — disse ele. — As pessoas vêm aqui, como podem ver. É um ponto turístico famoso entre os fãs de crimes reais e *point* dos góticos.

A primeira coisa que Stevie notou era como o local era... comum. Quando lera que o caso havia se passado em uma clareira no bosque, ela esperara uma área bem aberta. Aquilo era apenas um espaço entre algumas árvores, talvez um pouco maior do que a maioria, mas nada especial.

— Eu calculei a área toda a partir de um estudo das fotos — declarou Carson. — A maioria das árvores continua aqui. O lugar da fogueira está certinho. As pessoas vêm aqui há tanto tempo para marcar o local que basicamente tornaram a área da fogueira permanente. — Ele parou à esquerda do círculo de pedras. — Havia bancos de troncos ali, e ali. Tudo neste lugar ficou quase que intocado. Nenhum sinal de luta de qualquer tipo. Havia uma manta mais ou menos aqui, com a bandeja de maconha em cima dela. A caixa estava por aqui...

Ele andou de volta para o meio da mata.

— Ele é mais bizarro do que você — sussurrou Nate para Stevie. — Como você se sente com isso?

— Sinceramente? Muito bem — respondeu ela.

Dessa vez a trilha era muito mais densa, mais difícil de transpor. Stevie tinha que afastar galhos a cada passo. Eles estavam na natureza selvagem, bem literalmente. Quando Carson parou de novo, mal havia uma clareira; apenas um espaço estreito entre as árvores.

— Ficava bem aqui — disse ele, recostando-se num carvalho grosso. — A infame caixa. Na verdade, era um abrigo de caça.

— O que exatamente é um abrigo de caça? — perguntou Janelle.

— Basicamente um lugar para se esconder — respondeu Carson. — Parece uma caixa. Tem um buraco na lateral, grande o suficiente apenas para se olhar para fora. Caçadores entram no abrigo e espiam o lado de fora enquanto esperam por animais.

— Parece justo — disse Nate.

— E literal — adicionou Stevie. — Nesse caso. Sabe o que aconteceu com a caixa?

— A polícia levou a tampa — explicou Carson. — Caçadores de souvenires levaram o resto, há anos.

— Então a cena do crime desapareceu — disse Stevie.

Eles caminharam com dificuldade de volta à clareira. Ao ficar parada ali no local de um notório homicídio quádruplo, Stevie teve uma sensação estranha; e não a sensação estranha que alguém esperaria ter no local de um notório homicídio quádruplo. O sol brilhava no céu. Uma brisa suave de verão soprava por entre as árvores. Tudo tinha um cheiro suave e fresco. Esse local era...

Agradável. Era um local normal e agradável. Um bom espaço para um piquenique, ou para passar um tempo com seus amigos sob as estrelas. Seu isolamento quase contribuía para a sensação de segurança. Era protegido por árvores... um recanto. Um pequeno oásis. Sabrina, Eric, Todd e Diane tinham ido até ali, arrumaram as mantas, colocaram uma música para tocar, levaram lanchinhos e começaram a enrolar seus baseados, a conversar e a se divertir. Alguém esperara, talvez atrás de uma dessas árvores, pelo momento certo.

— O que está pensando? — perguntou Carson.

O que ela estava pensando? Qual era o sentimento? O que era aquilo, aquela sensação, como um dedo subindo por sua coluna?

— Eu sabia que o lugar ficava no bosque — disse ela —, mas pensei que fosse mais perto do acampamento. Aqui é afastado. E é tão... não é um lugar onde você pararia por acaso. Quem veio até aqui sabia aonde ir. Eram quatro pessoas. Quatro adolescentes. Um era capitão de futebol americano, mas todos pareciam estar em boa forma. Então um assassino solitário, ou mesmo uma dupla de assassinos, estaria em minoria. Como você ataca quatro jovens num lugar remoto como este, um que eles talvez conheçam melhor do que você?

— Mão armada — disse Carson. — Essa seria uma hipótese.

— Mas todos eles foram esfaqueados. Se você está com uma arma, você atira.

— E, apesar de os quatro terem se drogado, não estavam sedados nem nada assim — adicionou Carson.

— Eles podiam estar chapados ou bêbados, mas estavam conscientes... Conscientes o bastante para Eric conseguir correr seis quilômetros no escuro. Provavelmente não foi à mão armada. Talvez o assassino os tenha separado, ou eles mesmos se separaram. O ataque pode ter acontecido de dois em dois. Muitos assassinos já atacaram casais.

— Tipo o Assassino do Zodíaco — disse Carson, um pouco empolgado demais. — Que fez um amarrar o outro.

— *Cara bizarro, cara bizarro* — cantou Nate baixinho. — *Esse cara é bem bizarro.*

— Outra coisa — disse Stevie. — Não havia mais marcas de pneus, certo?

— Certo.

— Então essa pessoa, ou pessoas, provavelmente veio a pé. É uma longa caminhada à noite no meio do mato. Seja lá quem tenha sido, trouxe suprimentos. Alguém teve muito trabalho para matar quatro monitores de acampamento. Quem faz isso?

— Além de Jason Voorhees — falou Nate.

— Essa é a questão pra mim — respondeu Carson. — Tem alguma coisa errada em Barlow Corners, algo que ninguém nunca investigou a fundo. Não é possível que ninguém saiba de nada. A resposta está aqui, só precisamos procurar por ela. Eu sou subversivo, gosto de fazer as coisas acontecerem. Vamos subverter essa situação e escancará-la.

— Ai, meu Deus — disse Nate em voz baixa. — Eu preciso ir logo para a minha árvore.

11 de julho, 1978
18h00

Nada acontecia em Barlow Corners. Ou nada deveria acontecer em Barlow Corners. Era o tipo de lugar onde estava tudo sempre bem; não ótimo nem superempolgante, mas bem. Havia uma suave atmosfera tediosa que adolescentes odiavam e adultos aprendiam a amar.

Você conseguiria encontrar tudo o que precisa no comércio principal ao longo da rua Mamona e da avenida Bordo. Havia a loja de utilidades Ben Franklin e a loja de ferragens Equipamentos Harmônicos para todas as necessidades domésticas. A Duquesa do Leite, restaurante da família McClure, era boa para um lanche rápido ou uma refeição em família. O mercado e delicatéssen Anderson's providenciava os alimentos do dia a dia. Para suas compras semanais maiores, havia o mercado A&P a três quilômetros descendo a rodovia. Tinha até mesmo um aceno à população mais jovem na forma de uma butique chamada Zork's, onde os adolescentes compravam suas camisetas, pôsteres e luminárias de lava.

Numa bela noite de verão como esta, a maioria da população daria um passeio para tomar um sorvete ou um picolé, as crianças andariam de bicicleta, e haveria ferraduras jogadas no gramado. Mas não era uma noite de verão normal. Quando confrontados com uma tragédia dessa proporção, os residentes de Barlow Corners fizeram a única coisa que conseguiram pensar em fazer: organizaram um piquenique comunitário com toda a cidade.

Quatro dias depois dos assassinatos, o comércio local fechou às três da tarde. Grandes mesas dobráveis foram retiradas do saguão do corpo de bombeiros, do porão da igreja e do depósito do colégio de ensino médio. Elas foram postas na principal área verde da cidade: a praça ao lado da biblioteca. Os moradores de Barlow Corners se reuniram sob o crepúsculo azul e as longas sombras verdes de um início de noite de verão com suas cadeiras de jardim dobráveis, toalhas de piquenique e *coolers*.

Todo mundo levou alguma coisa. Na verdade, as pessoas pareciam tentar se superar levando mais de um prato. Potes de todos os tamanhos se amontoavam nas mesas, lotados de saladas de batata e repolho. Várias famílias levaram suas churrasqueiras, e uma linha de montagem foi criada para distribuir cachorros-quentes e hambúrgueres. Houve muita agitação sobre a organização dos condimentos, pãezinhos e saladas. Será que alguém teria uma extensão para ligar essa marmita elétrica de feijão? Alguém sabia como manter as abelhas afastadas do molho de picles? Nas mesas de sobremesa, os doces estavam dispostos em fileira dupla: tortas de pêssego e mirtilo e morango, quadradinhos de limão, gelatinas, pudins de banana com biscoito, saladas de frutas, bolos dos anjos e de chocolate. Enquanto deixavam a comida na mesa, as pessoas exibiam uma expressão nos olhos, uma expressão que dizia que todos os pratos eram uma oferenda, um agradecimento por terem sido poupadas. O anjo da morte visitara Barlow Corners mais uma vez, e novamente passara direto por suas portas.

Não se via nada nessa escala na cidade desde as enormes festividades para o Bicentenário dos Estados Unidos, dois anos antes, quando eles inauguraram a estátua de John Barlow, que dava nome à cidade. John Barlow era uma figura de menor importância da Revolução Americana que roubara o cavalo de um general britânico e o atrasara a caminho de uma batalha. A cidade ficava no terreno de sua fazenda e gigantesca propriedade, então, quando foi fundada, ela foi nomeada em sua homenagem. Dois anos antes, a atmosfera era jubilosa. O país inteiro explodia em fogos de artifício, e tudo estava decorado em vermelho, branco e azul. Barlow Corners era a cidadezinha americana perfeita, revelando a estátua de cidadezinha americana perfeita de seu próprio herói da Guerra da Independência.

Esta noite não havia fogos de artifício, estrelinhas, bandeirolas ou aglomerados de balões vermelhos, brancos e azuis; apenas pessoas se mantendo ocupadas em silêncio, enchendo os pratos de papel, colando etiquetas em potes para garantir que fossem devolvidos aos donos. As crianças menores, ignorantes ou pouco afetadas pela gravidade do momento, corriam umas atrás das outras pelo gramado enquanto os vagalumes começavam a ronda noturna. Algumas andavam de bicicleta ou triciclo pelas calçadas que margeavam a praça.

Todo mundo observava todo mundo.

Desconhecidos vagavam pelo pavimento. Havia várias vans de notícias da cidade de Nova York estacionadas fora de vista. Também havia outros tipos de desconhecidos. Alguns eram policiais: locais, estaduais e provavelmente alguns do FBI. E também havia as pessoas que simplesmente vieram dar uma olhada. Todo mundo observava todo mundo enquanto os triciclos e bicicletas davam voltas e voltas.

Depois de mais ou menos uma hora de piquenique, o prefeito Cooper, pai de Todd, estacionou seu Coupe DeVille em frente à biblioteca e atravessou o gramado em silêncio. Pessoas assentiram em sua direção e o cumprimentaram solenemente enquanto ele se aproximava de seus amigos, Arnold Horne e o dr. Ralph Clark. Ambos eram pilares da comunidade; Arnold era presidente do banco local e o dr. Clark, o principal médico da cidade. Ambos tinham filhas que foram afetadas pelos acontecimentos e até visto um dos corpos. Eles normalmente estariam acompanhados do dr. James Abbott, o dentista da cidade, mas os Abbot não tinham saído naquela noite; a dor pela perda da filha era forte demais. O prefeito Cooper, pai de Todd, só aparecera porque ele era o prefeito, e o prefeito precisava aparecer.

Cooper aceitou uma cerveja oferecida pelo dr. Clark, então os homens trocaram as educadas e sóbrias gentilezas esperadas.

— Como está Marjorie? — perguntou Arnold Horne.

— Ela... passou os últimos dias na cama.

Houve um aceno de compreensão dos dois homens.

— Eu posso prescrever alguma coisa para ela — disse o dr. Clark. — Para ajudá-la a descansar.

— Talvez seja útil.

— Vou pedir ao Jim para abrir a farmácia. Vou até lá com ele, busco o remédio e levo na sua casa mais tarde.

— Muita gentileza da sua parte — disse o prefeito Cooper.

Os três conversaram em voz baixa por vários minutos, bebendo suas cervejas e observando os vizinhos que fingiam não os observarem. As crianças faziam visitas repetidas à mesa de sobremesas, surrupiando brownies e quadradinhos de limão.

O prefeito Cooper pigarreou suavemente.

— As pessoas vão comentar — falou ele, mantendo o foco na mesa de sobremesa. — Sobre o que aconteceu em dezembro.

Seus companheiros ficaram em silêncio.

— Não teve nada a ver com isso, é claro — continuou ele. — Todd não teve nada a ver com aquilo, de qualquer maneira.

— É claro que não — disse Arnold Horne.

Talvez sem querer, os três homens olharam para a família Penhale, que estava sentada em sua toalha xadrez na lateral do gramado. Muitas pessoas da cidade achavam que Todd Cooper atropelara o pequeno Michael Penhale. Era certamente verdade que Todd era um motorista imprudente. Adolescentes muitas vezes o são, especialmente quando tomam algumas cervejas. E que adolescente não tomava uma cerveja de vez em quando? Acidentes acontecem. Além disso, ninguém sabia com certeza, e ninguém jamais saberia com certeza.

— É claro — adicionou o dr. Clark.

Numa parte diferente do gramado, Brandy Clark estava sentada com a irmã mais velha, Megan. Brandy não dormia uma noite inteira desde que encontrara o corpo de Eric. Ela virava, rolava na cama, andava em círculos. Colocava os fones de ouvido, sentava-se no carpete ao lado do toca-discos e ouvia seus álbuns repetidamente. Escovava o pelo do gato e reorganizava os bonecos em sua cômoda e chorava e andava em círculos de novo. Ela não se importava de estar sentada ali ou em qualquer outro lugar, só não queria ficar sozinha.

— Você precisa comer alguma coisa — disse Megan.

— Estou sem fome.

— Que tal um quadradinho de limão?

— Estou sem fome — repetiu Brandy.

Megan suspirou e encarou a fileira de hortênsias que margeava a biblioteca. No sol poente, elas assumiam uma intensidade hipnótica;

um tom framboesa e anil violentamente saturado. Acima delas, a figura eternamente montada de John Barlow mantinha-se de sentinela sobre uma cidade que sangrava, e toda a salada de macarrão do mundo não curaria aquela ferida.

Mas ela precisava tentar.

Megan se levantou e andou até os *coolers*. Ela ergueu uma tampa por vez, remexendo seus conteúdos, que boiavam no gelo derretido. Afundou a mão na água e pegou um refrigerante de *root beer* e outro de laranja. Talvez conseguisse convencer Brandy a dar uns goles em algum deles. Isso era tudo o que podia fazer pela irmã agora: pegar refrigerante. Ela voltou à cadeira e estendeu as latas para Brandy.

— Pegue um — disse ela.

Em silêncio, Brandy pegou o refrigerante de laranja e o abriu. As duas ficaram bebendo por alguns momentos, até Brandy finalmente falar.

— Quem seria capaz de fazer isso?

— Não sei — respondeu Megan baixinho. — Uma pessoa má.

— Talvez ela volte.

Sua voz foi carregada pela brisa, e algumas pessoas se viraram.

— Não — disse Megan. — Ela já está bem longe.

— Como você sabe?

— Ninguém ficaria por perto depois de fazer algo assim.

— Ficaria se morasse aqui. Ou se estivesse planejando atacar novamente. Sinto como se a pessoa estivesse aqui, nos observando.

— Vem. — Megan se levantou e pegou a mão da irmã. — Refrigerante não é o suficiente. Você vai comer alguma coisa.

Relutantemente, Brandy se ergueu e seguiu a irmã até as mesas dobráveis que rangiam sob o peso de toda a comida. Ela deixou que Megan fizesse para ela um prato com salada de ambrósia verde-água, melancia e bolo. Ela se permitiu ser tranquilizada.

O problema era que Brandy estava certa.

7

O TESLA VERDE SERPENTEOU PELAS ESTRADAS VERDEJANTES E ENTROU NO centro de Barlow Corners conforme o dia caía e as sombras se alongavam. Nate estava concentrado lendo algo no celular, e Janelle mandava mensagens para Vi. Todos no carro pareciam estar em outro lugar. Olhando pela janela, Stevie notou como o lugar parecia diferente dependendo do momento do dia. De manhã, as árvores brilhavam com halos de luz solar, e tudo tinha um frescor e uma vibração inegável. No calor da tarde, as árvores formavam um acolhedor guarda-sol, que abria um caminho tremulante entre elas. No entanto, à medida que o sol começava a se pôr, as coisas assumiam uma estranha característica. Os espaços atrás e ao redor das árvores se destacavam em forte contraste com os lugares iluminados. Eles eram como buracos, lugares onde as coisas poderiam desaparecer ou emergir na cidade tranquila. Portais.

Stevie franziu o nariz para dispensar o pensamento. Fora assim que aprendera a dissipar parte da ansiedade; os pensamentos podiam vir, mas ela não precisava segui-los para onde quer que eles quisessem levá-la.

O carro encostou no meio-fio próximo à biblioteca. Os postes e outros materiais vistos no gramado mais cedo tinham sido substituídos por várias tendas, conectadas por divisórias. Havia cordões de luz ao redor de toda a praça. As pessoas já tinham se reunido e estavam sentadas às mesas. Um sistema de som estava montado, e um DJ tocava um misto de músicas de casamento padrão que qualquer plateia toleraria.

— Preciso checar algumas coisas — disse Carson. — Vão pegar algo para comer e me encontrem aqui. Fiquem de olho.

Stevie não fazia ideia no que exatamente deveria ficar de olho; e isso lhe pareceu ao mesmo tempo uma confusão justa e um fracasso pessoal. Ela estava trabalhando nesse caso agora, o que significava que precisava absorver tudo, mas parte de trabalhar num caso é saber o que absorver e não se deixar distrair ou assoberbar pela imensidão do mundo e seus labirintos sem fim.

Carson não economizou na comida. Havia uma dúzia de *food trucks* estacionados ao longo da rua, servindo tacos, sanduíches de lagosta, bowls veganos, enroladinhos de salsicha e sorvete.

— Quanto dinheiro o mercado de caixas movimenta? — perguntou Nate, olhando ao redor.

— O suficiente — disse Janelle. — Pelo jeito as pessoas gostam de caixas.

— Mas é estranho, não é? — continuou Nate. — Construir um anexo a uma biblioteca, organizar uma festa, tudo para fazer uma cidade gostar de você o bastante para colaborar com o seu podcast?

Janelle deu de ombros de um jeito que dizia: "Faz sentido".

— Um monte de coisa funciona assim — disse Stevie. — Albert Ellingham costumava organizar grandes eventos para convencer Burlington a apoiar o instituto. Empresas vivem fazendo isso: "Esqueça como estamos destruindo o meio ambiente, toma aqui um boné de graça". Esse tipo de coisa.

Janelle fez outro gesto de "Isso também faz sentido".

— Vou comer muitos tacos esta noite — falou Nate. — Mas vou fazer isso julgando pra caramba.

Os três passearam pelos *food trucks* e logo estavam carregando mais comida do que conseguiam segurar. Ao seguirem para uma mesa, Stevie notou Carson supervisionando o descarregamento de um equipamento de vídeo e indicando onde queria as câmeras. Ele se aproximou e se juntou ao grupo.

— Consegui reunir quase todo mundo que teve associação com os assassinatos e ainda mora na cidade ou pela região — disse ele em voz baixa. — Bem na nossa frente, de camiseta azul, com o homem de short verde; esse é Paul Penhale e o marido. Ele é o veterinário de Barlow

Corners. O irmão dele, Michael, foi atropelado por Todd Cooper sete meses antes dos assassinatos.

Paul e o marido estavam conversando com Patty Horne, da padaria.

— Vocês já conheceram Patty — continuou Carson. — E Allison. Logo ali, de camiseta branca e boné de beisebol branco... aquele é Shawn Greenvale, ex-namorado de Sabrina. Foi bem difícil convencê-lo a vir. Ele tem um negócio de esportes aquáticos, caiaques e canoas e coisas do tipo. Eu patrocinei um monte de aluguéis gratuitos, então ele teve que dar as caras. Aquela mulher mais velha sentada com aquele grupo perto das árvores? Aquela de blusa listrada e cabelo curto? É Susan Marks, diretora do acampamento em 1978. E aquela...

Carson acenou para uma mulher de terno de linho cinza, destoando de todos aqueles shorts e vestidos leves.

— Calma aí — disse ele. — Tenho uma apresentação importante a fazer.

Ele se levantou e fez um sinal para Allison, que saía da biblioteca. Ela se aproximou da mesa.

— Allison! — exclamou Carson. — Está correndo tudo bem, não é mesmo?

— Está — respondeu Allison, olhando as festividades. — Está muito... Minha irmã teria gostado. Já temos uma multidão de crianças na sala de leitura brincando com jogos e escolhendo livros.

A mulher de terno de linho chegara à mesa.

— Ah, essa é a sargenta Graves — disse Carson. — Vocês se conhecem, certo?

Allison balançou a cabeça.

— Eu conheço você — falou a mulher. — Pelo menos já ouvi sobre você. Sou detetive de casos arquivados, e fui designada...

A parte inacabada da frase indicava que ela fora designada para este caso: a Caixa no Bosque.

— Prazer em conhecê-la — disse Allison, apertando a mão da mulher com formalidade. — Sabe como é, a cada um ou dois anos recebemos um detetive novo. Nunca dá em nada.

— Estou ciente disso. Deve ser muito difícil para você. Mas quero que se sinta à vontade para me procurar a qualquer hora. Aqui. — Ela enfiou a mão na bolsa e pegou um cartão de visitas. — A qualquer hora. Terei prazer em conversar, responder a todas as perguntas que puder, o que precisar. Considere-me um recurso.

Allison pegou o cartão e olhou para ele por um longo momento.

— Que gentil da sua parte — respondeu Allison. — Eu não tenho muita esperança, mas tem uma coisa que você poderia fazer por mim.

— É só falar.

— Minha irmã tinha um diário — disse Allison. — Era muito importante para ela. Ela estava com ele no acampamento, mas, quando nos enviaram suas coisas do alojamento, ele não estava junto. Sei que as coisas daquela noite ainda estão arquivadas como evidências. Já perguntamos antes se o diário estava lá... talvez estivesse na bolsa de Sabrina. Sempre nos responderam que não estava, mas ele tem que estar em algum lugar. Você pode dar uma olhada na papelada ou nas caixas de novo? Talvez tenha sido extraviado?

— Eu nunca vi nada nos arquivos sobre um diário — respondeu a sargenta Graves. — Mas não vou fingir que a investigação foi bem conduzida. Vou averiguar tudo e procurar o diário. Começo amanhã.

— Eu agradeço. É a única coisa dela que eu realmente, verdadeiramente, queria ter.

— Sem problema. Foi bom conhecê-la. Com licença... vou pegar algo para beber.

— Eu sempre pergunto sobre o diário — explicou Allison quando a detetive se afastou. — Eles sempre me falam que vão procurar para eu parar de pedir. Acho que não é por mal, sabe.

— Acho que está na hora de fazer a homenagem — disse Carson a Allison. — Se você estiver pronta.

Allison assentiu, e ele se levantou e assumiu sua posição atrás do microfone. O DJ diminuiu a música, e Carson pediu para a plateia se aproximar.

— Obrigado por estarem aqui esta noite! Eu me chamo Carson Buchwald, sou fundador da Caixa Caixa. Estamos aqui para inaugurar a Sala de Leitura para Crianças Sabrina Abbot. E, para isso, vamos receber Allison Abbott...

Allison assumiu o microfone e fez algumas declarações sobre a irmã, recebendo aplausos calorosos. Stevie esquadrinhou a tenda. A maioria das pessoas ali não estava viva na época dos assassinatos ou, se estivesse, provavelmente era criança. Parecia meio indelicado usar uma ocasião como esta para reunir pessoas associadas ao caso num único lugar, mas a verdade seja dita: também era muito eficaz.

Allison devolveu o microfone, e Stevie esperou que Carson concluísse o discurso, mas as coisas não seguiram por esse caminho.

— Agora — disse ele —, eu gostaria de contar a vocês sobre algo especial no qual venho trabalhando. Deixe-me trazer uma pessoa aqui que quero que vocês conheçam. Stevie? Pode subir aqui?

— O quê? — sussurrou Stevie. — O que ele está fazendo?

— Stevie! — chamou Carson de novo.

Ela devolveu o taco ao prato, limpou as mãos no short nervosamente e se juntou a ele.

— Essa é Stephanie... Stevie.... Bell. Talvez vocês já tenham lido algo sobre ela relacionado aos acontecimentos no Instituto Ellingham, em Vermont.

O vasto silêncio pontuado apenas por uma pessoa pedindo um cachorro-quente indicava que ou eles não sabiam ou não se importavam.

— Aquele era um notório caso arquivado até Stevie chegar e ajudar a solucioná-lo parcialmente...

(Na verdade, Stevie o solucionara totalmente, mas isso não era público. Ela cerrou o maxilar.)

— ... e eu soube que precisava me juntar a ela para minha nova empreitada. Obviamente, vocês têm um caso arquivado aqui em Barlow Corners. Bem, quero que saibam que estamos aqui para nos certificar de que ele não permaneça sem solução. Eu e Stevie unimos forças...

Stevie viu Nate esfregar a mão no rosto, tentando bloquear o que estava acontecendo. Ela sentiu os músculos abdominais se contraírem e flexionarem.

— ... para criar um podcast investigativo, adotando um novo olhar sobre o que aconteceu aqui, e eu gostaria de contar com todo mundo de Barlow Corners...

Silêncio total, abafado, mortal. Até mesmo os vaga-lumes pareceram sentir que estavam numa furada e saíram voando da tenda.

— ... para juntos chegarmos ao cerne do que aconteceu no Acampamento Cachoeira Encantada.

Carson parou e olhou ao redor de uma maneira que indicava que ele com certeza esperava alguns aplausos em resposta.

Isso não aconteceu.

— Portanto — continuou —, nós estaremos aqui, trabalhando. Se alguém quiser nos contatar a qualquer hora, vocês podem me encontrar no Twitter, no Instagram ou me mandar uma mensagem pelo Signal. Tudo o que vocês disserem será completamente confidencial. Então obrigado, e, por favor, aproveitem a noite!

Stevie meio que se perguntou se Carson mandaria um beijo para a plateia e largaria o microfone. Em vez disso, ele gesticulou para o DJ, que considerou "Single Ladies" a batida perfeita para esse momento desastroso em particular.

— Muito bem — disse Carson para Stevie, sorrindo. — Acho que foi um sucesso!

Ela cambaleou por um momento, os olhos arregalados, então tentou se afastar da mesa, mas Allison Abbott deu um passo à frente, acidentalmente bloqueando seu caminho.

— O que é isso? — perguntou ela.

— Um podcast — respondeu Carson ansiosamente. — Talvez uma minissérie. Venho conversando com alguns produtores...

— Isso! — disse Allison, gesticulando ao redor.

Carson olhou a tenda ao redor com confusão.

— Um piquenique?

— Isso é algum tipo de publicidade?

— Não, é para...

— Comprar nossa participação — disse Allison.

— Não. Não! Veja bem, eu quero ajudar. Quero...

— Você não quer ajudar — disse ela, sua voz como uma lâmina cega. — Várias pessoas vêm aqui para escrever um livro ou gravar um programa de TV ou um podcast ou seja lá o quê. Mas você... você nos dá uma sala de leitura para crianças na biblioteca, tudo como uma forma de *nos bajular*?

Ela dirigia o discurso para Carson, mas Stevie estava ali, contorcendo-se por dentro, enquanto a cidade inteira se virava para assistir a Allison retirar todos os ossos da espinha dorsal de Carson, um por um. As expressões mais caridosas exibiam constrangimento; a maioria era fria e enojada. Stevie sentiu que estava ficando um pouco tonta. Ela pensou em simplesmente se ajoelhar e sair se arrastando por baixo das mesas de piquenique, para fora da tenda, pela extensão do gramado, para dentro do bosque, para nunca mais ser vista. Nate e Janelle assistiam à cena a uns três metros de distância, impotentes. Daria no mesmo se estivessem do outro lado de um fosso cheio de jacarés.

— Vou te dizer o que você pode fazer — continuou Allison. — Você pode pegar seu piquenique e seus *food trucks* e seu podcast e enfiar naquele lugar.

— Eu realmente só quero dialogar...

Allison agarrou a toalha de plástico de uma mesa de piquenique próxima, e Patty Horne correu até eles.

— Vamos — disse ela para Allison. — Vamos sair daqui.

— Eu estou bem — respondeu Allison, com a voz seca.

Ela desviou o olhar de Carson e olhou para Stevie por um longo momento. Stevie não conseguiu ler sua expressão, mas, seja lá qual fosse o seu significado, ele impulsionou Stevie para trás e para longe de Carson e para fora da tenda. Stevie atravessou o gramado depressa, sem olhar para trás. Ouviu passos às suas costas, então Nate e Janelle a alcançaram.

— Eeeeeita — disse Nate. — Uau. *Uau*. Uau.

— Você está bem? — perguntou Janelle.

— Estou. Eu só...

— É. Nós vimos. Todo mundo viu.

Eles pararam ao chegar na estátua de John Barlow. A base era larga o bastante para que os três se sentassem e se escondessem atrás dela. Olhando-a de perto, Stevie percebeu que não era uma estátua muito bem-feita; era ligeiramente amorfa, uma figura genérica de um homem numa representação genérica de um cavalo de aparência entediada.

— É feia, não é? — disse uma voz atrás deles.

Patty Horne saíra da tenda e se juntara aos três. Ela veio andando, com as mãos enfiadas nos bolsos da calça jeans.

— Eu me lembro da inauguração — continuou. — Eles puxaram o tecido e todo mundo ficou quieto por um momento. Eu e meus amigos caímos na gargalhada. E... não se preocupe com Allison. Ela não quis dizer todas aquelas coisas.

— Ela definitivamente parecia querer dizer cada uma daquelas palavras — respondeu Nate.

— Bem, ela provavelmente quis dizer tudo aquilo para ele, mas não para você. Nós ficamos... *cansados* não é a palavra... Nós ficamos exaltados, eu acho, quando as pessoas chegam aqui e tentam se aproveitar do caso. Conseguimos cicatrizar a ferida, só para ser aberta de novo. Já foi difícil o suficiente para mim, mas Allison perdeu a irmã. Não importa que tenha sido em 1978.

— Eu não estou aqui para abrir feridas, nem... nada do tipo — disse Stevie.

— Sei que não. Você é uma criança. — Stevie percebeu que a mulher não havia falado aquilo com desdém, e não levou para o pessoal. — Tem dias que parece mentira, como se fosse uma história sobre outra pessoa. Em outros momentos, como esta noite, parece que acabou de acontecer. Eu me lembro de tanta coisa... As sensações. Estava quente como hoje. Nós nos sentávamos aqui no gramado ou íamos até a Duquesa do Leite tomar sorvete. Eu ainda vou lá às vezes e meio que espero ver Diane servindo as mesas.

Ela pareceu perdida em pensamentos por um momento, com o olhar erguido para a estranha cabeça de metal de John Barlow, então despertou de volta para o presente.

— Querem ir até a padaria comigo? — perguntou Patty. — Comer bolo e relaxar enquanto seja lá o que esteja acontecendo lá acabe?

Ela não precisou perguntar duas vezes.

8

A SINETA NA PORTA DA PADARIA RAIO DE SOL TILINTOU QUANDO O GRUPO entrou. Havia uma atmosfera vespertina no local, iluminado apenas pelos distantes postes de luz e pelo leve crepúsculo roxo. Os bolos eram silhuetas escuras dentro da vitrine.

Patty acendeu uma das luzes do teto, que alongou as sombras. Era sinistro de um jeito alegre. Acabava que o cheiro remanescente de bolo era diferente, e talvez até melhor, do que o de bolo no forno. Alguém precisava transformar aquele cheiro numa vela, para já.

— Escolham o que quiserem — disse Patty ao erguer a tampa do balcão para passar para o outro lado. — Tenho sobras de *red velvet*, baunilha dourada e chocolate duplo.

— *Red velvet*, por favor — pediu Janelle.

Ela estava de volta ao balcão, examinando o trabalho de Patty.

— Você deveria voltar aqui qualquer dia desses — disse Patty. — Eu posso te mostrar como faço os moldes de silicone. Pareceu bem interessada.

Ao ouvir isso, Janelle ergueu a cabeça na hora.

— Ela é que nem o Hulk — explicou Nate. — Mas, em vez de se transformar quando fica com raiva, acontece quando ela vê trabalhos manuais. E ela não fica verde e grande. Só trabalha. Então não é que nem o Hulk, na verdade.

Patty piscou lentamente.

— Chocolate, por favor — adicionou ele.

Stevie andava pela padaria e olhava as fotos nas paredes.

— Esse é o seu pai, certo? — perguntou ela, apontando para uma das fotos.

— Ele mesmo — respondeu Patty, erguendo cuidadosamente uma fatia gigantesca de bolo de chocolate para Nate. — Na mosca. Como sabia?

— Ele estava na foto em grupo da inauguração da estátua.

— Ah, é! Meu pai estava na foto, junto com o prefeito, o xerife, a sra. Wilde e mais alguém que eu não me lembro. A foto foi tirada para um guia local, mas ele ofereceu-a para a revista *Life* e ela foi publicada. Foi um bafafá. Meu pai *odiava* fotos. Aquela e essa que você está olhando são as únicas boas que eu tenho. Ele era um cara reservado, trabalhador. Bem a cara da Geração Grandiosa. Qual sabor você quer?

— Ah... chocolate?

Patty cortou outro pedaço gigante de bolo.

— Allison parecia muito esperançosa em relação ao diário — disse Stevie. — Mas ela também disse que só aceitam procurá-lo para agradá-la.

— Ela pergunta a todos os novos detetives sobre aquele diário — respondeu Patty, passando o bolo para Stevie. — Se não o encontraram ainda, não acho que a essa altura do campeonato ele ainda vai aparecer, mas isso dá a Alisson algo a que se agarrar, eu acho. Não sei se é melhor para ela ter esperança ou deixar para lá. É complicado. Você disse *red velvet*, certo?

Janelle assentiu. Outra fatia heroica foi servida.

Patty fez uma xícara de chá para si mesma e se sentou à mesa com os três. Ela puxou o prendedor do rabo de cavalo, deixando o cabelo loiro-escuro cair sobre os ombros.

— Então tudo isso é por causa de um podcast, é? — disse ela. — Quer saber nossas histórias? Eu te conto a minha, se quiser saber.

— Você se importa de falar sobre o acontecido? — perguntou Stevie. — Mesmo agora?

Patty fez que não com a cabeça.

— Não é como se eu nunca tivesse falado sobre isso. Tenho sorte de poder contar a história. Era para eu estar junto com eles naquela noite. Todd, Eric e Diane eram meus amigos, meu grupinho. A única razão para eu não ter ido com eles foi porque estava encrencada. Tenho culpa de sobrevivente. Sinto que é meu dever falar sobre o acontecido.

Patty fez silêncio por um momento. Stevie, Janelle e Nate olharam um para o outro e comeram bolo até ela se remexer.

— O que querem saber? O de sempre? Quem, onde, quando?

Posto desse jeito, parecia sujo e baixo. Stevie se contraiu imediatamente. Essa era a sensação de falar com sobreviventes de verdade; era algo com que ela precisaria se acostumar, quem sabe até ficar confortável.

— Como eram seus amigos? — perguntou ela.

Parecia a melhor maneira de conduzir delicadamente a conversa para os detalhes práticos.

— Divertidos — disse Patty sem hesitar. — Muito divertidos. A maioria deles. Vai parecer que eu tenho um milhão de anos, mas era uma época tão diferente. Era tudo solto, livre. Muitos eram bem irresponsáveis, mas nós nos divertíamos. Naquela época, eu não pensava no futuro. No ensino médio, eu era... sem foco. Mimada, para ser honesta. Eu era terrível. — Patty sorriu e deu de ombros como se pedisse desculpas. — Minha mãe morreu quando eu tinha onze anos, ela teve câncer. Foi tão horrível. Meu pai cuidava de mim, mas não conversávamos muito. Ele era um herói de guerra. Inteligência militar. Fez alguma coisa importante atrás das linhas inimigas, na Alemanha. Coisas sérias, do tipo que viram livros. Isso o tornou taciturno e severo. Ele tinha uma boa renda e, considerando seu salário e o pequeno seguro de vida da morte da minha mãe, nós vivíamos bem. Ele tentou cuidar de mim me dando qualquer coisa que eu pedisse. Eu tinha roupas de marca, tudo da última moda. Ganhava todos os discos que queria. Eu tinha cavalos. Ganhei um carro quando fiz dezesseis anos, um carrinho conversível MG, que era *muito* maneiro. Nossa casa tinha uma piscina grande. Eu era *aquela* adolescente. Enquanto todo mundo estava pensando sobre se formar e trabalhar, eu nunca pensava além da próxima festa, o próximo drama, a próxima novidade. Nem me inscrevi para a faculdade. Foi aí que eu e meu pai começamos a discutir. Tivemos algumas brigas sérias no meu último ano da escola. Ele queria que eu fizesse um plano para a minha vida, e queria que eu parasse de andar com vagabundos. Era como chamava meus amigos.

Ela tomou um gole demorado de chá.

— Você perguntou como eles eram — continuou, retomando a concentração. — Eric era fofo. Engraçado. Um cara genuinamente legal. Inteligente, também. Um monte de gente fez um drama sobre o fato dele vender maconha, mas é preciso entender... era um bico, uma coisa de adolescente do fim dos anos 1970. Ele teria feito coisas muito boas se tivesse tomado jeito, o que eu acho que aconteceria. Sinto saudade de todos eles, mas, por algum motivo, penso muito em Eric. Diane era uma das minhas amigas mais próximas, mas não posso dizer que a conhecia bem. Os pais dela eram donos da Duquesa do Leite, a lanchonete no fim da rua. Ela era durona, amava rock. *Amava*. Especialmente Led Zeppelin. Adorava ir a shows. Eu também curtia, mas Diane era realmente uma pessoa da música. Ela era namorada de Todd, e Todd era...

Stevie pôde perceber que Patty lutava com os pensamentos.

— Eu tenho dificuldade de me conciliar quando se trata dele — prosseguiu Patty. — Todd não era uma boa pessoa, e eu sabia, mas ainda assim gostava dele. Ele era o maioral no campus: filho do prefeito, capitão do time de futebol americano. Aquele garoto se sentia importante, o que é ridículo, é claro. Na época, no entanto, parecia mesmo. É tão fácil ser influenciada quando se é jovem. Eu deveria ter parado de andar com ele depois que Michael Penhale morreu, mas não parei.

— Você acha que ele teve alguma coisa a ver com a morte de Michael Penhale? — perguntou Stevie.

— Ah, foi ele — disse Patty. — Tenho certeza. Eu vivia naquele Jeep, sabia como ele dirigia. Rápido, bêbado, chapado. Alguém o *viu* naquela noite, e a polícia não fez nada para investigar. E eu vi como ele mudou depois que Michael Penhale morreu. Todd sempre foi metido, mas depois disso ficou insuportável. Eu aguentava porque estava dentro do grupinho. Acho que tentava dizer a mim mesma que tinha sido só um acidente horrível numa estrada escura. Todd não tinha feito de propósito. Eu justificava o acontecido na minha cabeça pensando que, por não ter sido intencional, era... *aceitável* não é a palavra, mas não era algo que precisasse ser elaborado? Não me orgulho de nada disso... só estou contando como era.

Janelle tinha parado de comer seu bolo. Ela não era o tipo de pessoa que conseguia ouvir uma história dessas e continuar se empanturrando. Nate sabia ser multitarefa. Stevie estava totalmente compenetrada, sua mente repassando os fatos.

— Como Sabrina entrou nessa história? — perguntou Stevie.

— Eu nunca entendi muito bem por que ela começou a andar com a gente — respondeu Patty. — Ela começou a se sentar com a gente na hora do almoço no fim do último ano. Acho que Diane a levou, mas nunca soube por quê. Sabrina era meio que a abelha-rainha do Colégio Liberty.

— Você gostava dela?

— Acho que sim — disse Patty. — É difícil dizer. Eu não *desgostava*. Talvez nós tirássemos um pouco de sarro dela por ser perfeita, toda certinha. Mas ela era legal. Não parecia ter um único pingo de maldade no corpo. Eu não era próxima dela. Mas foi Sabrina que acidentalmente fez com que eu perdesse a ida ao bosque daquela noite. — Patty inspirou profundamente e tamborilou os dedos na mesa. — Naquela época, minha vida girava em torno do meu namorado, Greg. Nós começamos a sair no começo do penúltimo ano. Eu estava completa, total e profundamente envolvida. Não conseguia pensar em mais nada. Ele era muito bonito, mas, sendo sincera, essa era sua única qualidade. Eu o idealizei como um espírito livre ousado e interessante. Mas, na verdade, ele era só o traficante da cidade até Eric assumir a posição e fazer um trabalho melhor. Greg não conseguia fazer nem *isso*. Ele se engraçava com outras meninas, eu sabia. Nós vivíamos brigando, mas eu não terminava com ele. Em algum momento, ele beijou Sabrina. Ela veio me contar, o que foi nobre da parte dela. Isso foi alguns dias antes dos assassinatos. Eu estava tão chateada que saí de lá, fui para casa e passei o dia chorando. Mas, honestamente, era chato ficar em casa enquanto todo mundo estava no acampamento, então voltei no dia seguinte. Greg me pediu desculpas e eu o perdoei, como sempre. Foi uma daquelas coisas de adolescente: você briga, beija e faz as pazes. Era dia quatro de julho, Dia da Independência, e a gente se embrenhou no bosque e estávamos... fazendo as pazes. Não preciso dizer mais do que isso. Fomos pegos pelo diretor adjunto do acampamento e postos em prisão domiciliar. Eu trabalharia com as crianças durante o dia, mas toda noite, às oito, eu tinha que ir dormir na cabana da enfermeira e ajudar no que ela precisasse. Na época, eu achei que era o fim do mundo... — Ela balançou a cabeça. — Então era lá que eu estava na noite em que tudo aconteceu — concluiu. — Foi por isso que não fui para o bosque com eles. Eu estava morrendo de tédio na enfermaria. Nem conseguia sair escondida porque a enfermeira tinha insônia. Ela passava a noite toda sentada numa cadeira de balanço, bordando. Só o que lembro é de acordar na manhã seguinte com alguém gritando do outro lado do lago, então a enfermeira pegou as coisas dela e saiu correndo. Eu corri também, porque queria ver o que estava acontecendo. E foi aí que eu vi o Eric. Foi... não consigo descrever. Você nunca ia querer ver algo do tipo.

Stevie entendia isso por experiência própria. Ela encontrara dois corpos em Ellingham. Eles não tinham morrido do mesmo jeito, mas era uma cena que nunca sairia de sua cabeça. Às vezes, especialmente enquanto tentava dormir, sua mente voltava àqueles momentos: ver um par de pés, uma figura no chão, a imobilidade, a...

Ela se sentiu revirando por dentro, o começo de uma espiral de ansiedade. Janelle, percebendo isso, empurrou o bolo de Stevie mais para perto da amiga e assentiu, indicando que ela deveria dar uma garfada. Às vezes, isso bastava. Abandonar o pensamento por um momento; quebrar o ciclo por tempo suficiente para saltar do trem da ansiedade.

— Só o que me lembro é de pessoas me fazendo perguntas — continuou Patty. — Eu contei à polícia que os outros também estavam no bosque. Então meu pai chegou e me levou para casa. Todo mundo foi para casa. Tudo parou... o acampamento, a vida em geral. A única coisa que aconteceu depois disso foi um grande evento na cidade. Alguns de nós nos reunimos no campo de futebol americano da escola. Eu estava lá com Greg. Ele estava bêbado e chapado, como sempre. Nós brigamos, o que também era habitual, e ele subiu na moto, sem capacete, é claro, e foi embora. Tem uma curva fechada no fim da rua da escola, bem perigosa. Acontecem acidentes ali o tempo todo.

Stevie se lembrou da curva no caminho que haviam feito pela manhã. Tinha quase noventa graus, margeada de um dos lados por uma grande parede de pedra.

— Ele conhecia bem a curva — continuou Patty —, mas estava tudo tão confuso naquela semana. Ele estava bêbado demais, ou chapado demais, ou só distraído... Não sei. Mas ele bateu. Morreu no caminho para o hospital. Todos os meus amigos estavam mortos.

Patty abriu as mãos sobre a mesa e olhou para eles.

— Se terapia fosse algo mais comum naquela época, meu pai teria me levado — disse ela. — Mas tudo o que ele realmente entendiaera trabalho pesado e negócios. Ele me convenceu a levar a confeitaria a sério, já que era a única coisa que eu gostava de fazer. Me incentivou a estudar culinária, o que ajudou. Eu mergulhei de cabeça. A gente trabalha por longas horas em padarias e cozinhas. Sua a camisa. Mentalmente, eu me recuperei cortando, misturando e mexendo em fogões e fornos. Eu mudei. Meu pai providenciou o capital inicial para eu abrir este lugar. Fico feliz por ele ter conseguido ver meu negócio decolar antes de morrer. É por isso que tenho essa foto dele na parede: ele foi meu investidor anjo. Acreditou em mim. Eu tentei fazer com que algo bom saísse de todo aquele horror.

Depois de uma pausa educada para deixar que a gravidade do que fora dito assentasse, Stevie voltou às suas perguntas.

— O que você acha que aconteceu?

— Eu sei que já houve dúvidas em relação ao Lenhador, mas é a única teoria que fez sentido para mim. Aquele cara, ou alguém o copiando. Eu não sei se você assiste a muitas coisas de crimes reais, mas tinham muitos assassinos em série naquela época...

Nate deu uma verdadeira gargalhada. Era a única palavra para descrever o som. Isso confundiu Patty por um momento, mas ela o ignorou.

— Acho que algum lunático entrou no bosque e matou meus amigos, e nós sempre reviveremos esses acontecimentos. Esta sempre será a cidade dos assassinatos. Isso nunca vai acabar. Depois de você, virá outra pessoa. É a nossa história, e precisamos conviver com ela. Mas tento fazer algo bonito aqui, algo do qual as pessoas possam desfrutar. Chamei este lugar de Padaria Raio de Sol porque é a atmosfera que eu quero passar. A verdade é: esta é uma bela cidade, e o acampamento é um ótimo lugar para passar o verão. Eu tive tantos momentos bons lá... Vocês também terão.

Ficou claro pelo tom e linguagem corporal que Patty tinha terminado. Ela insistiu em lhes dar uma sacola de muffins e brownies para levar quando os três foram embora. Eles voltaram para a noite abafada. O piquenique tinha acabado enquanto estavam lá dentro. Os *food trucks* já haviam partido e a praça estava praticamente vazia. Stevie identificou Carson, sentado sozinho a uma mesa sob o toldo, olhando para o celular. Uma sensação nauseante a invadiu; a vergonha ardente diante da chateação de Allison.

De alguma forma, ela precisava lidar com essa situação: o caso, Carson, os sentimentos à flor da pele. O sofrimento era tão palpável para Allison e Patty. O passado não estava no passado para elas, não de verdade. A corrente emocional estava de vento e popa, e as perguntas ainda pairavam no ar.

Stevie olhou para o fim da rua, para as vitrines tranquilas de Barlow Corners. Essa realmente era uma típica cidadezinha, com as cestas de flores penduradas nos postes de luz, tudo organizado e pitoresco. Sentiu algo se revirar dentro dela, mas dessa vez não era ansiedade; estava mais para empolgação, circundada por medo. Enquanto o caso permanecesse sem solução, o fantasma que assombrava Barlow Corners também permaneceria... inquieto, esperando que alguém o afastasse. Por mais idiota que se sentisse por ter uma ligação com Carson, talvez ela realmente pudesse ser a pessoa a dar uma conclusão àquela história.

Agora Carson estava de pé, fazendo ioga sozinho na tenda vazia.

A confiança de Stevie desapareceu tão rápido quanto chegara. Ela era uma adolescente, presa a um cara de startup, tentando solucionar uma história sobre a qual pouco sabia.

9

— Então — disse Nate —, o que aprendemos nesta noite, turma?

Os três estavam de volta ao acampamento, sentados no píer suavemente oscilante, assistindo ao luar se derramar sobre a água. Eles fizeram um segundo jantar de brownies e muffins enquanto milhões de mosquitos os atacavam, apesar dos melhores esforços de Janelle e seus muitos repelentes.

Afastando um mosquito do braço, Stevie respondeu:

— Que as pessoas não gostam quando descobrem que você chegou na cidade delas dizendo que quer doar uma biblioteca quando, na verdade, você quer mesmo é fazer um podcast sobre uma tragédia local.

— Muito bem. E o que *você* aprendeu, Janelle?

Janelle ergueu o olhar. Ela estava trocando mensagens com Vi. Stevie soube disso sem precisar ver as mensagens na tela do celular, porque Janelle assumia uma expressão particular quando se comunicava com Vi; um foco, mas também uma suavidade. Seus ombros caíram.

— Que as pessoas amam erguer estátuas para pessoas que possuíam outras pessoas — disse ela. — Aquele cara, John Barlow? Acabei de pesquisar sobre a figura. Ele tinha oito pessoas escravizadas na propriedade dele. *Oito*. E ele tem uma *estátua*.

Ah. Nada de mensagens com Vi, então. Stevie errou feio.

— E o que acontece agora? — perguntou Nate. — Você acha que esse negócio todo ainda vai acontecer? O sr. Rolês de Pensamentos certamente não vai se deixar abalar por críticas ou desdém público, mas não sei o que isso significa para o podcast ou seja lá o que ele estiver planejando.

— Acho que as pessoas vão ficar putas — comentou Stevie. — Mas acredito que o projeto ainda vai acontecer. Também parece que Todd

Cooper matou Michael Penhale. Esse é um belo de um motivo para alguém desejar vê-lo morto. Mas não faz sentido puni-lo por ter matado uma criança inocente matando mais três pessoas inocentes junto com ele.

— Precisa fazer sentido? — questionou Janelle. — Sentido importa em assassinatos?

— Nem sempre — respondeu Stevie. — Mas acho que importa quando se trata de um assassinato cuidadosamente planejado. Alguém pesquisou sobre o Lenhador. Alguém comprou suprimentos. Alguém perseguiu Eric Wilde pela mata por quilômetros. Por que alguém teria todo esse trabalho se só quisesse matar Todd Cooper?

Não houve resposta a essa pergunta.

— Vocês sabem o que Patty é, certo? — falou Nate depois de um momento. — Eu acabei de me tocar. Ela é a *última garota*, é como se chama o sobrevivente em filmes de terror. É quase sempre uma garota, e...

— Nate — disse Janelle.

— Não, ouve só. Essa história toda está cumprindo vários requisitos de filmes de terror. Assassinatos num acampamento. Um assassino em série. Uma última garota. Uma criança que morreu porque alguns adolescentes estavam sendo irresponsáveis.

— Mas esse caso é real — disse Janelle.

— Eu não estou negando isso — respondeu Nate. — Só estou apontando os clichês.

— Isso quer dizer que você sabe quem é o assassino? — perguntou Stevie.

— Jason Voorhees, e, como eu já disse antes, ele mora num lago. E já foi ao espaço.

Elas deixaram aquela profunda reflexão perdurar no espaço entre a lua e a superfície da água. Um leve chuvisco começou a cair, e um trovão ressoou à distância.

— A gente devia voltar para dentro antes que a chuva caia com vontade — disse Janelle.

O trio subiu pelo píer e adentrou o terreno do acampamento. Stevie e Janelle acompanharam Nate até a casa na árvore, então seguiram até sua cabana atrás do pavilhão de arte. Stevie se acostumara à escuridão do bosque do Instituto Ellingham; as noites de inverno nas montanhas de

Vermont são muito longas e muito escuras de fato. Mas em Ellingham sempre havia luzes nas janelas ou uma lareira acesa, e as paredes das construções eram de tijolo e pedra, feitas para manter as intempéries do lado de fora. Ali no acampamento, o véu entre o mundo externo e o interno era muito mais fino. Havia uma umidade espessa no ar, grudando tudo.

E, é claro, o bosque dos assassinatos.

Stevie afastou o pensamento e seguiu Janelle para dentro da cabana. Havia uma lâmpada no teto, que parecia lançar mais sombra do que luz. Cada uma tinha uma luzinha de leitura na cabeceira. Não iluminava muito bem. Elas começaram a desfazer as malas e a arrumar a cabana. Janelle tirou uma pilha de velas de citronela de uma de suas bolsas e começou a posicioná-las ao redor do cômodo de um jeito que parecia ritualístico, embora fosse mais provável que ela estivesse escolhendo lugares por onde insetos poderiam entrar, inclusive embaixo da tela furada. Stevie arrumou seus remédios em cima da cômoda. Ela aprendera por meio de sua experiência em Ellingham que às vezes precisava de algo para ajudá-la a descansar quando estava num lugar novo ou quando as coisas estavam especialmente estressantes. Tomou um comprimido, engolindo-o com o resto de refrigerante quente da lata. Jogou a mala em cima da cama e revirou seu conteúdo, enfiando-o em gavetas. Janelle abriu as gavetas de sua cômoda uma por uma, testando sua firmeza e cheirando-as.

— Essas gavetas não estão com um cheiro muito fresco — disse ela. — Vou deixá-las arejar durante a noite. Amanhã eu faço uns revestimentos aromatizados.

— Você sabe fazer revestimentos aromatizados? — perguntou Stevie.

Janelle olhou para a amiga como se tivesse perguntado se ela sabia soletrar o próprio nome.

— Eu não pude trazer todas as minhas ferramentas comigo, ou a máquina de costura, mas imaginei que, como vamos ter um pavilhão de artes inteiro para usar, não teria problema.

Janelle se sentou na beirada na cama.

— Estou cansada — disse ela. — Hoje foi estranho.

Stevie concordou com a cabeça.

Elas trocaram de roupa e se deitaram para descansar. Janelle abriu o notebook e Stevie pegou o tablet.

Do lado de fora ouvia-se o canto das cigarras e o pio ocasional de uma coruja. Elas ligaram o ventilador no máximo, mas ele mal atravessava o ar pesado. A chuva começou a cair com força; uma chuva de verão refrescante que revirava o solo e tamborilava no teto da cabana. Houve um trovão baixo e demorado. O ar estava doce com o cheiro de ozônio e terra.

Carson mandara a Stevie sua coleção inteira de arquivos sobre o caso. Havia mais de oitocentos documentos, organizados por assuntos como SUSPEITOS, CENAS DE CRIME, ARTIGOS. Ela os examinou, então abriu um dos trechos no arquivo intitulado SABRINA. Era de um livro sobre os assassinatos.

Das quatro vítimas daquela noite, a presença de Sabrina Abbott no bosque era a mais difícil de explicar.

Sabrina Abbott nasceu em 1960, filha do dentista da cidade, dr. James Abbott, e sua esposa, Cindy. Cindy Abbott se autodenominava dona de casa, e o lar dos Abbott passava a sensação de limpeza imaculada. Era uma casa onde sempre havia um assado ou uma torta no forno, em que a sra. Abbott fazia a limpeza e as compras de mercado enquanto o dr. Abbott atendia seus pacientes. Sabrina e a irmã mais nova, Allison, brincavam de jogar ferraduras juntas no grande quintal dos fundos. Allison tinha 12 anos quando sua irmã de 18 se formou no ensino médio. Elas patinavam juntas na rua ou no rinque local.

"Por mais que eu fosse mais nova, minha irmã nunca reclamou de me ter por perto", disse Allison. "Sabrina me amava. Ela me deixava entrar no quarto dela sempre que eu quisesse. Ela me ajudava com o dever de casa. Era a irmã mais velha perfeita, e eu a venerava. De verdade."

Perfeita é uma palavra frequentemente aplicada a Sabrina.

Ela era a melhor aluna do último ano de 1978 do Colégio Liberty e foi oradora da turma. Não tirou nenhuma nota menor do que 9,5 no boletim, era uma pianista altamente proficiente e foi editora-chefe do jornal da escola, o *Trumpet*. Nos finais de semana, trabalhava como voluntária na biblioteca local, lendo para criancinhas. Era o tipo de pessoa em quem os professores podiam confiar para levar as provas até o escritório, ou para tomar conta da turma por um momento. Ninguém nunca escutou Sabrina falando uma palavra maldosa sobre qualquer um. Ela era a típica garota boazinha, mas parecia ser muito querida.

Seu namorado por boa parte do ensino médio, Shawn Greenvale, também era um aluno dedicado, por mais que seus feitos não fossem tão grandiosos quanto os de Sabrina. No Colégio Liberty, ela era conhecida por ser boa em tudo e gentil com todos.

Stevie baixou o tablet e encarou o teto por um momento.

— Está tudo bem? — perguntou Janelle.

— Está — respondeu Stevie. — É só... O caso Ellingham parecia muito distante. Ele *estava* muito distante. Não sobrara ninguém para...

Stevie não conseguiu terminar o pensamento, então Janelle o completou.

— Sofrer?

— É. Allison ainda está tão triste. A dor nunca passou para ela. E aqui estou eu... neste acampamento, tentando solucionar o caso. Será que tenho algum direito de fazer isso?

Janelle pensou por um momento enquanto a chuva tamborilava seus dedos no telhado.

— Acho que é bom que você esteja se perguntando isso — disse ela depois de um momento. — Significa que sabe quais são suas prioridades. Mas você também é a pessoa que desvendou o que aconteceu no Instituto Ellingham em 1936.

— Eu sou?

— É. De verdade.

— Então por que me sinto uma farsa?

— Porque a maioria das pessoas se sente uma farsa — respondeu Janelle. — Síndrome do impostor. É de verdade.

— Você se sente assim também?

Janelle pensou na pergunta.

— Não — disse ela. — Mas o que eu faço é diferente. Eu construo coisas. Se elas funcionam, eu consigo vê-las funcionar. Se elas não funcionam, eu as desmonto até elas funcionarem. Tenho a ciência do meu lado. Você está criando coisas que não consegue ver.

Era bom ter amigos inteligentes.

— Eu só me sinto assim quando penso em Vi — continuou Janelle. — Não... tipo, não sobre nós. Mas agora que ele está tão longe... Eu não consigo pensar em outras coisas às vezes. Só em Vi. Penso na próxima mensagem, na próxima conversa, na próxima foto. Eu deveria estar mais centrada. Deveria estar pensando no meu projeto para o ano que vem, ou na faculdade, e eu estou... Mas aí fico conferindo o celular para ver se Vi mandou mensagem.

— Isso não é normal? — perguntou Stevie.

— Acho que sim. Mas eu não quero ser normal.

— Você ama Vi — disse Stevie.

— Amo.

— E Vi te ama.

— Sim — concordou Janelle com um suspiro. — Ama.

— Então acho que você tem que segurar as pontas.

— Eu... eu quero Vi aqui. O Vietnã é longe demais. Setembro é longe demais.

Um silêncio assentou sobre elas, preenchido pela chuva.

— Imagina o quanto Nate odiaria esta conversa? — perguntou Stevie finalmente.

A risada de Janelle ressoou como um sino.

— Vou botar meus fones de ouvido — disse ela. — Eu ouço música para dormir.

Janelle desligou a luz de sua luminária e, depois de um momento, Stevie fez o mesmo.

Pela primeira vez em meses, ela se sentia completa de novo. Estava trabalhando num caso. Estava com os amigos. Janelle respirava suavemente em seu sono. O barulho do ventilador parecia batimentos cardíacos.

Por alguns momentos, os rostos das vítimas da Caixa no Bosque giraram em sua mente: Sabrina, Eric, Todd e Diane. A garota do cabelo preto lustroso. O garoto com os cachos loiros. O cara com os fios castanho-claros. A ruiva com o cabelo longo e liso e cheia de sardas. Os quatro estiveram ali, muitos anos antes. Dormiram neste acampamento.

Fosse lá o que tivesse acontecido com eles, a resposta estava ali em algum lugar. Ela a encontraria. Ela a identificaria. Ela...

Ela adormeceu com as imagens ainda flutuando em sua mente, mesclando-se ao som da chuva. Mexeu-se apenas para enxotar algum inseto que voava acima do seu nariz. A próxima coisa da qual tomou consciência foi Janelle gritando seu nome. Stevie piscou e acordou. Era uma manhã úmida, quase suada. Uma luz suave entrava pelas beiradas da cortina, e Janelle estava de pé ao lado da cama, olhando horrorizada em sua direção. Stevie se sentou num segundo para encarar a amiga, o coração já disparado.

— O que foi? Você está bem? O que aconteceu?

Janelle apontou para a parede acima da cama de Stevie. Ela virou o pescoço, então se levantou num pulo quando viu o que a amiga estava indicando.

Pouco mais de um metro acima de onde Stevie estava dormindo havia a palavra SURPRESA.

11 de julho, 1978
21h30

QUANDO O EVENTO NO CENTRO DA CIDADE SE DISPERSOU, OS ADULTOS E AS crianças voltaram para suas casas, para suas televisões e quartos. Para a segurança. Para a normalidade. Mas, no meio da cidade, os adolescentes, os que haviam chegado mais perto do mostro... esses estavam acordados.

Eles precisavam de um encontro só deles, um que não fosse abastecido por saladas de gelatina, hambúrgueres e conversas educadas. Os pais de Barlow Corners permitiram que eles saíssem, mas somente em grupos, e somente se eles prometessem não sair do campo de futebol. Porque, se os pais não os deixassem sair, eles dariam um jeito; entrariam escondidos no bosque para conversar. Melhor deixá-los ir em grupo, no isolamento aberto do campo, onde ninguém poderia chegar de fininho.

Então eles se reuniram, vindo de dezenas de carros no estacionamento. Uns chegaram sozinhos, outros em grupos. Alguém entrou na escola e acendeu algumas das luzes externas, mas a iluminação não alcançava o meio do campo. No entorno, a cortina escura do bosque os enclausurava. Todo mundo sabia o que acontecera; e ainda assim ninguém sabia o que acontecera. As informações vazadas só serviam para confundir os fatos. À medida que os dias se passaram, a história girava em círculos cada vez maiores, assumindo novas e estranhas características a cada volta. Dava para ouvir todo tipo de história passando de uma pessoa para outra:

"Ouvi dizer que todos os dedos foram decepados."

"Tinha uma mensagem escrita em sangue numa árvore."

"Ouvi dizer que eles encontraram a cabeça de Sabrina numa sacola do McDonald's."

Patty Horne chegara com mais três garotas. O pai de sua amiga Candice as levara até lá, ele se recostou no capô do carro e ficou observando o grupo. Por ser próxima das vítimas, Patty recebeu um lugar de honra nesse estranho encontro. Ela se sentou, a rainha implícita de um grande círculo de pessoas que falava baixinho e olhava respeitosamente em sua direção.

— E o Shawn? — Ela ouviu alguém dizer. — Ele estava surtado sobre a Sabrina. Aposto que foi ele. Ele nem está aqui...

Então agora as coisas seriam assim? Pessoas falando sobre cabeças e dedos decepados e tentando adivinhar quem era o assassino?

Aparentemente, sim.

Candice passou um cigarro para Patty, que aceitou. Ela enfiou a mão na bolsa de franjas em busca de alguns fósforos. Veja só como tudo isso era normal: sentada ali de chinelos em sua blusa frente única amarela e short branco, manchando de grama na bunda e levando picadas de mosquito nos braços, fumando e conversando com o pessoal da escola aqui no escuro. O que sequer era real?

Então ela viu uma figura se aproximando, uma que ela vinha esperando. Greg Dempsey, seu namorado. Seu cabelo escuro em camadas estava todo bagunçado, o que significava que ele tinha chegado de moto. Ele usava um short jeans cortado e uma camiseta surrada do Led Zeppelin. Parecia um tributo a Diane, que amava a banda com todo o seu coração e alma.

Sem dizer uma palavra, o grupo se moveu para abrir espaço para ele ao lado de Patty. Greg tirou a mochila dos ombros, pegou um engradado de cerveja Miller lá dentro e abriu uma latinha para si, deixando o restante na grama, um convite aberto para Patty e mais ninguém.

— Seu pai está aqui? — perguntou ele.

— Não. Ele ainda está ajudando os policiais.

— Fazendo o quê?

— Patrulhando ou algo assim.

O pai de Patty era um pouco mais velho do que a maioria dos pais dos seus amigos. Ele era um dos ilustres heróis de guerra da cidade. Ninguém nunca falava sobre isso, mas todo mundo sabia que o sr. Horne fora um espião ou algo assim. Ele não era policial, mas era o tipo de cara forte que poderia ajudar quando se estava procurando um assassino. A cidade tinha uma patrulha agora, vagando lentamente pelas ruas, vigiando a escuridão à margem do bosque.

— Quer sair daqui? — perguntou Greg baixinho.

— Não posso — responde ela, indicando com a cabeça o pai de Candice. — Ele está de olho, e vai nos levar para casa às onze.

— E daí? Vamos lá.

— É sério — insiste ela.

Greg balançou a cabeça. Ele tinha quase dezenove anos, e já havia se formado na escola. Nunca dera satisfação aos pais antes, e definitivamente não dava agora. Ele balançou a cabeça e enfiou a mão no bolso, pegando um punhado de baseados.

— Os últimos — falou ele. — Os últimos baseados da Diane.

Candice olhou para Greg enquanto ele acendia um.

— Eles estão *olhando* — disse ela, indicando os carros e as silhuetas silenciosas dos pais na beira do campo.

— E daí? Não dá para ver direito. Parece um cigarro.

— E se sentirem o cheiro?

Greg deu um trago profundo e o passou para Patty, que recusou. Ele exalou com força.

— Então é assim que vai ser agora? — perguntou ele. — Quem dá a mínima pro que eles veem?

— Se meu pai me visse com um baseado, se recusaria a pagar a minha faculdade — respondeu Candice.

Ele olhou para Patty.

— Você não vai para a faculdade — disse Greg. — Qual é a sua desculpa?

— Desculpa? Eu moro com ele.

— Por enquanto. Você vai morar com o papai para sempre? Fazer o que ele manda?

— Até eu arrumar a minha própria casa, sim.

Greg soltou uma risada curta.

— Quando é que *você* vai arrumar sua própria casa?

Patty baixou o olhar. Ela não tinha nenhum plano, na verdade. Era possível que realmente vivesse com o pai para sempre, tendo que obedecer a todas as ordens dele. Ela não pensara muito sobre o que aconteceria com sua vida depois deste verão, e agora o verão, apesar de não ter terminado, havia mudado para sempre. A vida seria diferente daqui para a frente.

Um silêncio desconfortável se instalou enquanto o baseado era passado pelo círculo. Greg virou o resto da cerveja e abriu uma segunda.

— Eles acham que o crime talvez tenha tido relação com as drogas — disse Candice finalmente. — Era disso que estávamos falando antes. Quem quer que estivesse vendendo para Eric deve ter sido o assassino.

Greg não respondeu.

— Você vendia antes de Eric — continuou Candice.

— E?

— E quem vendia para você?

— Isso não importa — disse Greg.

Patty arrancou algumas folhas de grama e esmagou-as entre os dedos.

— Mas eles acham que essa pessoa pode ser a responsável pelos assassinatos — disse ela para o namorado.

— Não é.

— Como você sabe?

— Porque eu sei — retrucou Greg com rispidez.

— Como você pode *saber*?

O restante do grupo fez um silêncio de olhos arregalados, uma quietude geral se instalou ao redor.

— Que palhaçada — disse Greg.

Ele jogou o que havia restado do baseado dentro da lata de cerveja e se levantou para sair. Num pulo, Patty também se levantou e o seguiu em direção ao estacionamento. Greg estacionara sua moto nos fundos, o mais longe possível dos pais, o que significava uma longa caminhada.

— Ei — disse Patty. — *Ei.*

Ele parou e se virou.

— Não começa — falou Greg. Sua voz carregava aquele tom de quando ele não estava totalmente sóbrio, um volume alto aleatório.

— Meus amigos estão *mortos*! — gritou ela. — E você está sendo um babaca...

— *Nossos* amigos! — gritou ele de volta. — Meu Deus, você é sempre assim.

— Assim *como*? Foi você que pegou a Sabrina. Você *me* traiu.

Ele murmurou alguma coisa e subiu na moto.

— Greg! — berrou ela. Ela estava perdendo o controle. Era coisa demais. Lágrimas quentes arderam em seus olhos. — Greg, não faz isso. Você está bêbado...

Greg girou o acelerador para abafar os gritos dela e fez menção de dar a partida. Patty se pôs na frente da moto, então ele deu ré e desviou para fora do estacionamento. Ela correu atrás da moto, gritando o nome dele. Patty o seguiu até o ponto onde o estacionamento e a rua se encontravam, chorando e balançando a lanterna. A essa altura, todo mundo ao redor encarava enquanto ela assistia à moto desaparecer na escuridão.

Greg estava a menos de dois quilômetros de distância dali quando saiu da estrada e bateu em cheio nas árvores e na parede de pedra.

10

— Mas que droga é essa? — disse Janelle. — Que *droga* é essa?

Era uma boa pergunta.

Stevie virou-se primeiro para a porta, que estava fechada. Aproximou-se e conferiu a maçaneta. Ainda estava trancada por dentro. Então foi até a janela, subindo numa cadeira para examiná-la. A tela e a grade interna de segurança estavam intactas. Não havia onde alguém se esconder, mas elas olharam embaixo da cama mesmo assim. Janelle examinou os parafusos das grades das janelas de perto e descobriu que eles estavam apertados e que não seria possível removê-los ou substituí-los pelo lado de fora. Visto que a cabana ficava em cima de uma base de concreto, não tinha como entrar por baixo. A única abertura mínima era um furinho na tela, talvez uns quatro centímetros de diâmetro, que era grande o bastante para permitir que mosquitos passassem, mas certamente não uma pessoa.

Resumindo, alguém fizera o impossível.

Elas se sentaram no chão frio de concreto e se entreolharam.

— Bem — disse Stevie —, alguém anda lendo sobre mim.

Pouco tempo depois de Stevie chegar ao Instituto Ellingham e anunciar que trabalharia no há muito tempo arquivado caso de assassinato dos Ellingham, alguém projetara uma imagem na parede do quarto dela no meio da noite; uma versão assustadora da carta do Cordialmente Cruel, mas reescrita para se referir a Stevie. Ela guardou esse segredo por muito tempo, apenas Janelle e David sabiam a maioria dos detalhes. Mas depois que o caso foi solucionado e Stevie recebeu atenção da imprensa, ela contara sobre o acontecido a Germaine Batt, aluna e jornalista residente da escola. Germaine a ajudara a solucionar o caso, e Stevie lhe devia uma entrevista exclusiva.

Então alguém sabia sobre mensagens aparecendo na parede do quarto de Stevie à noite.

— Mas aquela mensagem foi projetada — disse Janelle. — Isso é *tinta*. Alguém pintou a nossa parede, enquanto dormíamos, sem que houvesse uma maneira de entrar aqui.

— Então o que isso significa? — perguntou Stevie. — Significa que *não aconteceu*.

— Mas aconteceu.

— Não — retrucou Stevie. — Realmente tem uma mensagem na nossa parede agora. Mas ela já estava aqui antes de entrarmos aqui na noite passada, porque não tem outra maneira de isso ter acontecido.

— Não estava ali — disse Janelle. — Nós teríamos visto.

— Como é possível fazer algo assim aparecer?

Janelle ficou num silêncio pensativo por um momento, então se levantou e foi até a parede. Ela subiu na cama de Stevie e examinou a palavra de perto, raspando-a com a unha e analisando o resíduo com a ponta do dedo.

— A tinta está bem seca — afirmou ela. — Zero pegajosa. Há tintas que são de uma cor quando passamos e secam de outra, mas... Digamos que alguém tenha entrado enquanto estávamos no piquenique e pintado isso na parede. Número um, nós teríamos sentido o cheiro. Tinta fede. Número dois, nós ficamos um tempo acordadas, e tinta seca rápido, pelo menos de início. Mas não acho que estaria *tão* seco assim.

Stevie se levantou e encarou a parede.

Não era como se não tivesse medo. Stevie tinha muitos medos e ansiedades. Houvera vezes em que esses sentimentos tinham dominado a vida dela. Alguém estava jogando um jogo. Alguém lhe tinha apresentado um enigma de quarto trancado. E isso era mais intrigante do que assustador. Se ela tinha um enigma para resolver, seus medos davam um passo para trás.

Enfrentar o problema. Olhar para ele com atenção. O que ela *via*?

A mensagem foi escrita no terço mais alto da parede, não na linha dos olhos. A palavra estava pintada em letras maiúsculas grosseiras, desleixadas. A tinta escorrera um pouco, como uma fonte de terror assustadora. Ela subiu na cama, ao lado de Janelle, e observou as pinceladas de perto. Havia algo de estranho na forma como a tinta escorria pela parede.

— Olha como todas as gotas são interrompidas no mesmo lugar — disse Stevie, apontando. — Como uma linha nítida.

Janelle se curvou para olhar.

— Alguém limpou a tinta — declarou ela. — Dá para ver o rastro onde limparam para impedir que ela escorresse demais. Quanta gentileza.

Stevie soltou um longo suspiro e desceu.

— Vamos olhar embaixo da cama — sugeriu.

As duas arrastaram a cama para longe da parede. Stevie se abaixou no chão, examinando-o com a lanterna do celular, investigando cada centímetro. Encontrou duas moscas mortas, um pedacinho de fita adesiva usada, uma folha, uma teia de aranha, e então...

— Aqui — disse ela, apontando para uma manchinha de tinta branca. — Olha.

A amiga se abaixou ao lado dela.

— Então a cama não estava aqui quando a mensagem foi pintada — concluiu Janelle.

— Exatamente. Isso não aconteceu ontem à noite, a não ser que tenhamos dormido tão profundamente a ponto de alguém afastar a minha cama da parede, abrir algum tipo de escadinha, pintar uma mensagem no teto e depois me empurrar de volta.

— Isso melhora um pouco as coisas — disse Janelle, assentindo. — Pelo menos ninguém esteve aqui dentro com a gente. Então o que devemos fazer?

— Bem... — Stevie se sentou na beira da cama, que rangeu. — Não podemos contar a Nicole sobre isso. Ela não está muito feliz com a nossa presença aqui, e definitivamente não vai gostar de ver uma coisa dessas, especialmente no dia em que os outros monitores vão chegar. Talvez ela fale para Carson que nós temos que ir embora.

— Mas acho que deveríamos nos certificar de que este lugar está seguro. E se Carson puder nos arrumar algumas câmeras?

Stevie pegou o celular para mandar uma mensagem para ele.

— Ele vai ficar empolgadíssimo com isso — disse sombriamente.

Ela tirou algumas fotos da parede e mandou para ele. A resposta chegou dentro de um minuto.

Chegarei aí o mais rápido possível com câmeras. Tenho uma coisa para te mostrar.

— As câmeras estão vindo — avisou Stevie. — Vai tomar banho e eu fico aqui. Depois eu vou.

Janelle reuniu rapidamente seu porta-xampu, toalha e roupas e foi se arrumar. Stevie saiu da cabana e se sentou na minúscula varanda de concreto, pendurando as pernas para fora e deixando que seus dedos descalços roçassem a terra. Estava cedo, mas ela precisava fazer uma ligação.

Para sua surpresa, David atendeu na mesma hora.

— Você está acordado? — perguntou ela.

— Temos uma longa viagem de carro hoje — explicou ele. — Saímos às seis. O acampamento está tratando bem a minha princesa?

— Poderia estar melhor — disse ela. — Alguém escreveu a palavra SURPRESA acima da minha cama ontem à noite.

— Isso é... algum tipo de piada sexual?

— Não. Alguém pintou uma mensagem na nossa parede. A mesma mensagem que estava escrita na cena do crime em 1978.

— Tudo bem — disse David, soando não tão bem assim. — Em primeiro lugar... como você está?

— Estou bem — disse Stevie, protegendo os olhos do forte sol da manhã. — Foi só um trote.

— Uma porra de um trote e tanto. O que aconteceu? Alguém entrou na sua cabana enquanto vocês estavam apagadas, ou...?

— É um pouco mais complicado do que isso — disse ela. — Não sabemos bem quando aconteceu, mas com certeza não foi enquanto dormíamos. De alguma maneira a pessoa pintou a mensagem antes e nós só vimos quando acordamos.

— O quê?

Ela balançou a cabeça. Já era complicado de entender estando ali, olhando para a mensagem, parecia impossível explicar por telefone.

— Alguém está fazendo um joguinho — continuou ela. — Talvez saiba sobre mim, sobre a mensagem que deixaram na minha parede em Ellingham.

— Eu não gosto de falar disso, mas da última vez? Tratava-se de um assassino.

— Tenho a sensação de que isso é diferente — disse ela.

— Ah, que bom.

— Vamos receber algumas câmeras de segurança. Eu não sei o que aconteceu, mas vou descobrir.

— É, eu odeio isso — falou ele. — Como é que essas coisas não param de acontecer com... Esquece. Eu sei exatamente como essas coisas não param de acontecer com você.

Se Stevie fosse completamente honesta consigo mesma, e ela preferia não ser, a preocupação de David a fazia se sentir bem. Ele estava preocupado de verdade com ela, possivelmente mais do que ela própria. David se importava. Isso provocava bolhas quentinhas de prazer pelo corpo de Stevie.

Então, uma voz rompeu a névoa de êxtase romântico.

— *Sejam bem-vindos, monitores!* — exclamou Nicole pelos alto-falantes. — *Por favor, tragam suas coisas para o refeitório.*

— Preciso me arrumar para sair — disse ela.

— Tá bom, mas me manda mensagem. Me liga. Faz os dois. Me conta o que está acontecendo, tá?

— Eu prometo.

Ela não conseguiu evitar um sorriso ao dizer isso.

Quando Janelle voltou, usando um vestido de verão azul esvoaçante, Stevie pegou suas coisas. A área do banheiro ficava a poucos metros. As privadas e as pias ficavam numa construção de concreto e madeira (sem portas, facilitando a entrada de ar e moscas). Os chuveiros estavam em cabines de madeira sem teto do lado de fora dessa estrutura principal. Era basicamente uma mangueira chique numa caixa aberta, ligeiramente erguida do chão para permitir a drenagem da água. Stevie teria preferido mil vezes se o boxe ficasse nivelado com o chão, porque um espaço rebaixado e escuro sob um chuveiro parecia um lugar ideal para um ninho de cobras. *Alguma coisa* tinha que morar ali embaixo.

Ela tentou não pensar nisso.

Por mais que ninguém conseguisse ver o interior da cabine, Stevie se sentia estranhamente exposta por conseguir ver o céu e as árvores acima dela enquanto tirava a roupa e tomava banho. A água não era fria, também não era quente. Mas o dia estava tão abafado que não fazia diferença. Ela se lavou depressa, mal tirando todo o xampu do cabelo. Havia vantagens inegáveis em ter cabelo curto que você mesma cortava; só o que ela precisava fazer era esfregá-lo algumas vezes com a mão para secá-lo e ajeitá-lo. Stevie vestiu uma camiseta e um short preto, enfiou os pés de volta no chinelo e saltou do boxe para se certificar de que as cobras imaginárias não conseguissem morder seus calcanhares.

Quando voltou à cabana, Nate estava lá, sentado ao lado de Janelle no degrau de concreto.

— Fiquei sabendo dos últimos acontecimentos — disse ele sombriamente. — A diversão só começa depois que alguém escreve uma mensagem ameaçadora para você, não é?

— Você tem sua casa na árvore — observou Stevie.

— Eu gostava mais dela antes de saber disso, mas sim, eu tenho.

— É melhor irmos — falou Janelle. — Queria que pudéssemos fazer mais do que só trancar a porta.

Stevie respondeu se abaixando e arrancando uma folha de grama. Então enfiou-a cuidadosamente no vão entre a porta e a moldura, de forma que, se alguém entrasse ali, a folha sairia do lugar.

— As pessoas realmente fazem isso? — perguntou Nate.

— Funciona — disse ela. — Vai servir enquanto não temos câmeras.

O Acampamento Pinhas Solares começava a ganhar vida. O estacionamento estava cheio de carros, e os monitores recém-chegados descarregavam malas, cumprimentavam-se com abraços apertados e gritinhos e tiravam fotos. Aquela atmosfera fez Stevie se lembrar de quando observou os alunos do segundo ano de Ellingham se cumprimentando assim que ela, uma aluna nova, chegou sem conhecer ninguém. Agora, tinha Nate e Janelle ao seu lado. Com eles, e com David, ela podia fazer qualquer coisa. Até mesmo descobrir como alguém entrou furtivamente na cabana delas e deixou uma mensagem que apareceu magicamente.

Nicole e sua assistente recebiam monitores e funcionários e registravam suas chegadas. Ela lhes deu um breve aceno de cabeça e os presenteou com uma sacola contendo uma garrafinha, protetor solar, um minikit de primeiros-socorros e uma camiseta do acampamento chocantemente branca que Stevie nunca usaria. Stevie ficou satisfeita ao ver que o café da manhã estava sendo servido, e logo um prato cheio de panquecas, bacon e salsicha foi servido. Nate e Janelle receberam o mesmo, mas Janelle também aceitou o pote de frutas, porque se importava com esse lance de refeições balanceadas.

Eles tinham acabado de se sentar numa mesa de piquenique quando Nicole os abordou.

— Fisher — disse ela.

Nate ergueu o olhar das salsichas.

— Pequena mudança de planos. Um dos monitores ficou doente. Ele vai se atrasar um ou dois dias. Preciso que você o substitua até ele chegar.

— O quê? — perguntou Nate, piscando.

— São os Chacais, cabana doze. As crianças têm nove anos. Você vai trabalhar com Dylan e ficar naquela cabana até o outro monitor chegar. Pode se juntar a ele naquela mesa quando acabar de comer? E sua presença será necessária na orientação de grupo desta tarde.

Nicole indicou um cara que estava a duas mesas de distância e usava o que pareciam ser roupas de surfe nada baratas em amarelo neon e azul. Ele tirava várias selfies com um grupo de garotas, abaixando e erguendo os óculos escuros para cada uma delas.

— Vocês duas — disse ela para Janelle e Stevie — podem começar a organizar as coisas no pavilhão de arte. Não precisam ir à sessão da tarde. Ela é para monitores que vão trabalhar nos alojamentos. Mas devem ir à fogueira esta noite.

Nicole se afastou do grupo, deixando para trás um Nate estarrecido.

— Ah, não — sussurrou ele secamente. — *Não*. Como é que tudo desmoronou tão rápido?

— Parece que é só por um ou dois dias — argumentou Janelle, consolando-o.

— Muita coisa pode acontecer em um ou dois dias — respondeu Nate.

Considerando como a manhã se desenrolara, Stevie estava inclinada a concordar.

11

Stevie passou a manhã sem prestar atenção ao tour com regras e instruções de segurança. Ela não aprendeu o que fazer em caso de incêndio na área da lareira. Não aprendeu onde ficavam as estações de salva-vidas ao longo do lago. Não ouviu onde estavam guardados os kits de primeiros-socorros. Conforme andava, virava mentalmente sua cabana do avesso, tentando entender como a mensagem poderia estar lá e ao mesmo tempo não ser visível. Quando o grupo começou a seguir para o refeitório para almoçar, Stevie de alguma forma se pegou sabendo menos do que sabia quando a manhã começou.

— Você não ouviu nada do que foi dito, não é? — perguntou Janelle a caminho do almoço. Stevie negou com a cabeça. — Nem eu. Já conseguiu desvendar o que houve? Eu não.

Ela balançou a cabeça negativamente de novo.

Carson mandou uma mensagem enquanto elas entravam no refeitório, então Stevie se separou do grupo e foi encontrá-lo no estacionamento. Ele estava parado ao lado do Tesla, trocando o peso do corpo de um pé para o outro com nervosismo.

— Você não foi a única que recebeu algo — disse ele. — Olha isso.

Ele apertou o botão do porta-malas, que se abriu lentamente. Lá dentro, havia uma caixa de papelão simples, mais ou menos do tamanho de uma caixa de sapato, com as palavras ME ABRA, CARSON escritas com caneta permanente preta. Ele abriu a tampa, revelando três bonecos: uma garota de cabelo preto, um garoto plastificado e uma garota de cabelo ruivo. Eles estavam amarrados com barbante vermelho e tinham riscos de tinta vermelha por todo o corpo, e estavam posicionados exatamente como Sabrina, Todd e Diane tinham sido encontrados. Todos estavam vestidos com roupas parecidas com as quais as vítimas estavam usando. A palavra SURPRESA estava escrita na face interna da tampa.

— Eu encontrei isso na minha corrida matinal — contou ele, esfregando as mãos com nervosismo. — Estava no meio da trilha. Dentro do meu terreno, mas fora do alcance das câmeras.

— Alguém andou fazendo o dever de casa — disse Stevie. — Eu recebi uma mensagem na parede, como aconteceu em Ellingham. E alguém sabe onde você corre e a posição das suas câmeras de segurança.

— Pois é. E sou o cara da Caixa Caixa e dono do acampamento onde os assassinatos da Caixa no Bosque foram cometidos, então me mandaram uma caixa.

Na última "caixa", a palavra já perdera todo o sentido para Stevie.

Ela enfiou a mão na mochila e pegou uma luva de nitrilo. Sempre tivera o hábito de carregar algumas. Era provavelmente uma característica digna de zombaria até o caso Ellingham, quando as luvas foram úteis em diversas ocasiões. Entretanto, ela as levara para o acampamento para o caso de precisar tocar em algo nojento. Stevie vestiu um par com um estalo e cuidadosamente ergueu a boneca Sabrina da caixa. A camiseta tinha o antigo logo do Acampamento Cachoeira Encantada pintado, e o cabelo simulava o mesmo estilo de corte na altura do ombro de Sabrina. Não ficou igual, mas fora um belo esforço.

— Alguém está tentando nos impedir de fazer esse podcast — disse Carson.

— Ou alguém está sendo um babaca — respondeu Stevie. — Mas mesmo assim.

— Acho que não devemos levar isso à polícia — disse ele. — Não sei se essas coisas são crimes e, se forem, não são crimes sérios. São apenas travessuras criminosas ou algo nessa linha. Existe isso de travessura criminosa? Eu diria que sim. De todo modo, acho que é o tipo de coisa que ninguém vai levar muito a sério. Talvez eu tenha irritado alguém ontem à noite. Aqui. — Ele entregou uma bolsa reutilizável com uma estampa muito realista de escamas de peixes para Stevie. Lá dentro, havia meia dúzia de câmeras de tamanho de campainhas. — Instale-as em lugares que Nicole não consiga ver — orientou ele. — Senão ela começará a fazer perguntas.

— Posso ficar com isso? — perguntou Stevie, indicando a caixa de bonecos. — Quero mostrar para Janelle. Ela é a especialista em artes manuais.

— Claro — disse Carson. — Mas tome cuidado com... O que eu estou dizendo? A polícia não vai procurar digitais nisso.

— Provavelmente não — concordou Stevie. — A não ser que um de nós morra, eu acho.

Carson arregalou os olhos.

— Brincadeira — disse ela.

Ele foi até o banco traseiro do carro e pegou uma caixa cheia de ecobags em dezenas de estampas e cores diferentes, todas enroladas caprichosamente em bolsinhas.

— Pegue uma para levar a caixa — ofereceu ele. — Ou quantas quiser. Eu tenho muitas.

De volta ao refeitório, Janelle estava sendo sociável e papeando com um grupo de pessoas numa das mesas. Stevie foi até ela.

— Vou pegar o almoço para viagem — disse ela. — Tenho câmeras para instalar e uma coisa para te mostrar.

Stevie foi até a fila da comida e pegou um cachorro-quente e um refrigerante. Ellingham tinha um menu variado de refeições orgânicas, muitas vezes veganas, com água gaseificada na torneira e xarope de bordo em todas as formas possíveis. Pinhas Solares não tinha esse tipo de variedade elegante. O menu parecia consistir em cachorro-quente, cachorro-quente feito de salsicha vegetariana, hambúrgueres, hambúrgueres vegetarianos, nuggets de frango e um balcão de salada triste e solitário. Como antiga responsável por um balcão de salada, Stevie se sentiu mal por ele, por mais que não fosse tão completo quanto o do mercado. Esse não passava de um mix de alface e folhas, cenouras raladas e molho ranch. Havia leite, água, refrigerante e suco vermelho açucarado para ajudar essa comida toda a descer. Mas Stevie estava de boa com isso. Ela comeria alegremente cachorro-quente toda noite durante todo o verão, e beberia suco e refrigerante até seus dentes caírem. Nate a olhou ansiosamente quando ela passou, como se estivesse se afogando. Ele estava sentado com Dylan, o outro monitor, e um grupo de pessoas desconhecidas. Stevie ergueu a mão em cumprimento e apontou, indicando que elas estavam voltando para a cabana.

— Bolsa de câmeras — disse, entregando-a para Janelle quando chegaram à cabana. — Em quanto tempo conseguimos instalar isso?

Janelle examinou as embalagens.

— Me dê vinte minutos — respondeu ela.

— Tem mais — falou Stevie, oferecendo a outra sacola para Janelle. — Carson encontrou isso quando saiu para correr esta manhã.

— Ah, meu Deus — disse Janelle. — *O quê?* Stevie... isso é bizarro.

— Mas também é artesanal. Nota alguma coisa relevante?

Janelle fez uma careta, mas espiou o interior da caixa, então tirou a boneca Sabrina e examinou a roupa.

— Bem — falou ela, tocando no material e analisando a costura —, parece uma roupa de boneca muito bem-feita.

Ela examinou um boneco por vez, verificando punhos e bainhas, olhando por dentro e por fora.

— Sem etiquetas. Acho que foram feitos sob medida.

— Então a pessoa precisaria saber costurar.

— Dá para comprar isso — argumentou Janelle. — Em lojas tipo a Etsy. Pessoas vendem roupas de boneca. Seria bem fácil encomendar alguns modelos. A logo parece ter sido pintada com tinta de tecido, e não muito bem. Provavelmente seria bem fácil de arrumar essas coisas. Por que alguém faria isso com a gente, e também com Carson? Só pode ser o podcast. — Havia uma ponta de raiva em sua voz agora.

— Você parece brava — disse Stevie.

— Eu estou brava! Precisamos encontrar o maníaco que fez isso.

— Câmeras — falou Stevie, pegando a caixa de bonecos e fechando-a. — E você precisa escondê-las o melhor que puder para Nicole não ver.

Janelle pegou a sacola e começou a trabalhar. Quando Stevie terminou de comer o cachorro-quente e beber metade do refrigerante, a amiga já tinha pegado umas fitas adesivas industriais e prendido a primeira câmera embaixo da luminária da porta. Posicionou outra por dentro da janela com o buraco na tela, enfiada entre as grades de ferro forjado. Ela subiu numa cômoda para instalar uma terceira lá no alto, perto do teto, apontada para a porta. Então baixou o aplicativo das câmeras e terminou praticamente toda a configuração na marca de quinze minutos. Janelle limpou as mãos e examinou o aplicativo por um momento, andando de um lado para o outro na frente de cada câmera para se certificar de que estava satisfeita com a posição delas.

— Isso deve cobrir todos os ângulos — disse ela. — Tem detecção inteligente, então saberemos se qualquer pessoa entrar. A maioria dos monitores está fazendo dinâmicas de orientação. Somos privilegiadas, então podemos passar o dia desembalando materiais de arte e arrumando as coisas. Pelo visto, acabaram de chegar.

Elas seguiram para o pavilhão de arte, onde Janelle parou de súbito.

— Ai, meu Deus — disse ao ver as muitas pilhas de caixas. — Tem tanta coisa para desembalar e organizar. — A alegria na sua voz era incontestável.

— Precisa de um momento sozinha? — perguntou Stevie.

— *Talvez?*

Janelle começou a trabalhar em seu emprego dos sonhos, enquanto Stevie começou a trabalhar no problema.

Ela tirou todos os bonecos da caixa e colocou-os na mesinha à sua frente. Boneca Sabrina. Boneca Diane. Boneco Todd. Todos riscados com tinta vermelha. Era simples e direto o bastante. A mensagem na parede da cabana era diferente, perspicaz.

Já que não sabia como a mensagem fora pintada, ela passou a se perguntar por quê. *Por que* deixar a mensagem? *Por que* deixar uma caixa de bonecos assassinados na trilha de corrida de Carson? O que essas coisas fariam?

Bem, causariam medo. Essa parecia a resposta óbvia.

Teria levado tempo para arrumar os bonecos, para fazer as roupas, para fazer seja lá o que tenha sido feito na cabana delas. Essas coisas não tinham sido idealizadas no curto espaço de tempo entre o anúncio de Carson na noite passada e o momento em que eles voltaram ao acampamento. Alguém vinha planejando isso havia alguns dias, pelo menos.

Então alguém sabia que *Stevie* estava a caminho e dedicara tempo a pesquisar sobre ela.

Era totalmente possível que algumas pessoas da cidade tivessem tomado conhecimento dos planos de Carson antes que ele os anunciasse.

Será que achavam que isso impediria o podcast de acontecer? Não havia mensagem anexada a essas coisas, nada que dissesse "pare de fazer seu podcast".

Talvez fosse uma questão de *como*. Mas isso ainda lhe escapava. Como se pintava uma mensagem na parede com uma boa antecedência e fazia a mensagem ficar invisível? Ela passou a hora seguinte pesquisando tintas, corantes e pigmentos invisíveis, mas não encontrou absolutamente nada que explicasse como aquilo poderia ter sido feito.

— Só pode ser alguma coisa com a tinta, certo? — disse ela, aparecendo atrás de Janelle e assustando a amiga que organizava limpadores de canos por tamanho e cor.

Janelle tirou os fones de ouvido, deixando a música escapar para o pavilhão de arte.

— A tinta — repetiu Stevie, sentando-se no chão de concreto à frente dela. — Só pode ser alguma coisa relacionada à tinta. Mas eu não consegui encontrar nenhuma tinta na internet que possa ter o efeito do que aconteceu lá na cabana. Acho que foi feito para me apavorar.

— E a mim — adicionou Janelle.

— Para *nos* apavorar. Mas, tipo, também parece um presente? É um enigma impossível. É o tipo de coisa com a qual eu vou ficar obcecada.

— Talvez você tenha um fã — disse Janelle.

Isso fazia algum sentido. Um fã? Algum desses esquisitões que gostavam de crimes reais e que queria ferrar com a cabeça da estudante detetive. Não explicava o que acontecera com Carson e a caixa dele, mas fazia muito sentido em relação à cabana.

— Um fã — repetiu Stevie. — Quer dizer que tem alguém por aqui querendo brincar comigo? Então vamos brincar.

— Ai, céus, não.

O celular de Stevie vibrou, e ela olhou suas mensagens. Havia uma de Nicole.

VENHA AO REFEITÓRIO, dizia.

— Fui convocada — declarou Stevie. — Se eu não voltar, vingue-se por mim.

Ela andou até o refeitório com uma vaga sensação de pavor. Nicole trabalhava em seu notebook na cabeceira de uma mesa de piquenique, no canto.

— Alguém quer falar com você — avisou. — Ela está ali.

Allison Abbott estava sentada sozinha numa das mesas de piquenique do lado oposto, dando batidinhas no queixo com o punho pensativamente. Quando Stevie se aproximou, a mulher mais velha ergueu o olhar e se aprumou. Stevie se preparou. A parente de uma vítima viera até aqui repreendê-la. Ela se sentiu enjoada, mas continuou andando e se sentou.

— Oi — disse.

— Stevie. Eu queria pedir desculpas pela noite de ontem.

Stevie não conseguiu disfarçar a surpresa diante dessa reviravolta.

— As pessoas sempre falam sobre o caso como se fosse um filme de terror sinistro — continuou Allison. — Eu perdi minha *irmã*. Algum desgraçado tirou a minha *irmã* de mim. Sinto como se Carson tivesse usado a memória dela, nos dado aquela sala de leitura, para tentar se infiltrar. Ele pode ir pro inferno. Mas não queria ter botado você no fogo cruzado.

Ela se reclinou um pouco para trás, observando Stevie. A jovem não tinha certeza do que fazer ou dizer depois de ouvir essa declaração. Houve uma pausa pesada, carregada do cheiro de água de salsicha cozida.

— Por que você está aqui? — perguntou Allison.

— Porque eu recebi uma mensagem de que...

— Quero dizer aqui, em Barlow Corners, nesse acampamento. Carson claramente trouxe você aqui por um motivo específico, o que explica por que você estava no evento ontem à noite e por que ele não para de apresentar você a todo mundo como a garota do Instituto Ellingham e como parceira nesse projeto dele. Eu sei o que ele quer. Mas e você, por que *você* veio para cá?

— Porque... eu quero... porque pessoas precisam de respostas. Porque alguém deveria fazer alguma coisa.

Allison inclinou a cabeça ligeiramente para o lado. Por um momento, não disse nada. Stevie sentiu um nervosismo pegajoso se formando.

— Sabe — disse Allison —, eu me lembro tanto de Sabrina. Tantos pequenos detalhes. Eu me lembro de nos sentarmos juntas ao ar livre naquele verão, chupando picolé de cereja. Passeávamos de bicicleta por toda a cidade. Ela me levava de carro até o rinque de patinação e patinava comigo. Sempre me ajudava com o dever de casa. E uma das últimas coisas de que me lembro daquele verão, logo antes de ela ir para o acampamento... Eu me lembro de estar no quarto dela enquanto ela ouvia os álbuns do Fleetwood Mac. Sabrina se levantou e enrolou um longo cachecol ao redor do corpo e começou a fazer uma dança estilo Stevie Nicks. Ela amava Stevie Nicks. Teria amado seu nome.

— Meu nome é Stephanie — respondeu Stevie. — Sempre me chamaram de Stevie. Não sei por quê. Mas eu prefiro, de qualquer maneira.

— Bem — disse ela —, ela teria amado. Se tivesse sobrevivido, teria sido ótima no que quer que decidisse fazer. Ela teria feito tudo. Era uma dessas pessoas cheias de vida. Era uma força da natureza. — Alisson tamborilou os dedos na toalha de plástico sobre a mesa. — Por acaso, eu conheço Kyoko, a bibliotecária da sua escola. Nós nos conhecemos numa conferência de bibliotecários. Entrei em contato com ela ontem à noite, e ela me contou sobre você. Contou-me sobre o que você fez em Ellingham. Eu li sobre o assunto ontem à noite e hoje de manhã. Parece que você põe a mão na massa, como Sabrina fazia. Eu falo com Sabrina o tempo todo. Bem, quer dizer, imagino que estou conversando com ela. Penso no que ela me diria para fazer. Acho que ela me diria para te dar uma chance. Preciso voltar à biblioteca. Estarei ocupada esta semana toda depois do trabalho, mas por que você não passa lá em casa amanhã de manhã? Tem algumas coisas que eu gostaria de mostrar.

— Claro — respondeu Stevie. — Com certeza.

— Eu moro do outro lado do lago. Você pode dar a volta pela trilha, o que leva um tempo, ou, se pegar uma bicicleta, leva uns quinze minutos. Aqui... — Ela escreveu o endereço em um dos guardanapos que estava na mesa. — Chegue às seis e meia — disse ela. — Vamos tomar café da manhã. Eu saio para correr às sete e meia. Você está convidada a correr comigo também.

Stevie não esperava um compromisso às seis e meia da manhã, mas assentiu confiantemente como se sempre começasse seu dia assim. Allison entregou o endereço a Stevie e foi embora. Nicole observava do outro lado do refeitório.

— Está tudo bem? — perguntou ela quando Stevie passou. Seu tom sugeria que de jeito nenhum ela achava que esse fosse o caso.

— Tudo ótimo, na verdade — disse Stevie, ela mesma surpresa.

Nicole pareceu ligeiramente decepcionada.

Quando Stevie voltou ao pavilhão de arte, viu que Janelle fizera um mostruário de potes de tinta nas prateleiras. A amiga estava acompanhada de um Nate suado e derrotado, com manchas de grama no short, cabelo arrepiado em cima e escorrido ao redor do rosto suado. Ele descansava no chão de concreto liso e encarava o teto.

— O que Nicole queria? — perguntou Janelle.

— Allison Abbott veio pedir desculpas. Ela quer que eu vá à casa dela pela manhã para ver algumas coisas. Você está vivo?

— Não — respondeu Nate. — E eu soube que sua situação da mensagem assustadora virou uma situação de bonecos assustadores. Já descobriu o que houve?

— Ainda não — respondeu ela. — Mas eu vou. A resposta virá.

A resposta não veio. Não veio naquela tarde, ou enquanto comia hambúrgueres ao redor da fogueira. Em vez de socializar, Stevie ficou olhando as imagens das câmeras e refletindo sobre o que havia acontecido, até finalmente resolver voltar para a cabana mais cedo. Ela se aproximou com cuidado, percebendo que estava nervosa com as sombras. Abriu a porta depressa para surpreender qualquer um que pudesse estar lá dentro, mas não havia ninguém, assim como as câmeras lhe disseram. Ela se sentou no meio do chão e ergueu o olhar para a mensagem, no quarto superior da parede, com sua tinta cuidadosamente enxugada. Ela encarou-a até seus olhos ficarem borrados, então grunhiu um suspiro alto e ligou para David.

Ele atendeu no primeiro toque.

— Estava esperando você ligar — disse ele. — Tudo bem?

— Basicamente — respondeu ela, rolando de barriga para cima. — Ainda não faço ideia de quem deixou a mensagem, mas, seja lá quem for, também deixou uma caixa de bonecos assassinados medonhos no terreno de Carson, então tem isso rolando.

David ficou quieto por um momento.

— Você tá aí?

— Tô — respondeu ele. — Eu sei que essas coisas acontecem com você, mas eu não gosto nem um pouco. Você está bem mesmo?

— Estou irritada. Não consigo descobrir como a pessoa fez isso. Não é possível.

— Eu ia esperar para pedir minha folga — falou David —, mas que tal eu tirar agora? Vou pedir a semana e ir para aí. Consigo chegar em alguns dias. Tem um acampamento público bem ao lado. Eu posso ficar lá. Aproveito para nadar um pouco. Entrar em contato com a natureza.

Stevie sentiu algo leve e flutuante se erguer desde os calcanhares, disparando pela coluna e saindo pelo topo da cabeça. David viria. David estaria aqui.

— Sério?

— É, sério.

— Quando você chega?

— Em uns dois dias. Uma amiga minha vai me emprestar o carro dela.

— Uma amiga? Que vai te emprestar um carro?

— Está com ciúme? Deveria mesmo. Ela é gata. Também tem 63 anos e dois netos. Faz ioga todo dia. Ela daria um jeito na minha coluna.

Stevie sentiu como se a luz do sol, morna e expansiva, se alastrasse pelo seu corpo.

Ela tinha um caso arquivado, tinha um mistério de quarto trancado, tinha seus amigos, e agora teria David.

Era possível que Stevie nunca tivesse se sentido mais feliz.

12

Stevie tinha uma relação indiferente com bicicletas. Ela sabia pedalar. Em algum momento de sua infância, tivera uma bicicleta, mas nunca a usava de fato e os pneus esvaziavam, então seus pais a venderam num bazar. No entanto, no acampamento elas eram seu principal meio de transporte.

Allison Abbott podia até ser capaz de fazer o caminho em quinze minutos, mas para Stevie foi uma pedalada suada de quarenta e cinco minutos ao redor das trilhas de terra que todos diziam ser excelentes para pedalar, mas que na verdade eram irregulares e esburacadas e inesperadamente estreitas em alguns trechos com pedras. Além disso, o caminho até o extremo oposto do lago onde Allison morava era quase todo ladeira acima. Quando Stevie finalmente chegou, eram quase sete horas da manhã, o que pareceu uma vitória para ela. A julgar pelo rosto de Allison ao abrir a porta, ela não se sentia do mesmo jeito.

— Achei que você fosse chegar um pouco mais cedo — disse ela, segurando a porta para Stevie entrar.

— Acabei demorando... um pouco.

— Quer beber alguma coisa?

Stevie assentiu intensamente, o suor escorrendo pelo rosto. Allison pegou um grande copo d'água para ela. Enquanto o bebia, Stevie observou o ambiente ao redor. Aquela era uma cozinha limpa. Mais do que isso; aquela era uma cozinha *meticulosa*. A alça de todas as canecas na prateleira estavam viradas para o mesmo lado. A geladeira de aço inox não tinha marcas no exterior, e o interior, que Stevie viu rapidamente, estava impecável como se recém-saída da fábrica. Não havia nada jogado na bancada, nenhuma pilha estranha de coisas, nenhum pedaço de papel ou bilhete aleatório. A esponja de louça estava de pé como um soldado, secando da forma ideal. Havia potes translúcidos de cereais e grãos numa despensa aberta. O lugar tinha traços de Hercule Poirot, que sempre precisava que os itens fossem do tamanho perfeito e estivessem no lugar certo.

— Eu chamei você aqui porque tenho uma coisa para mostrar — disse Allison. — Venha.

Stevie seguiu Allison pelo corredor, com dezenas de fotografias cuidadosamente emolduradas de familiares e amigos. Pelo menos uma dúzia eram de Sabrina. Nenhuma estava torta ou mal espaçada. As duas seguiram em frente, subindo pela escada acarpetada, passando por mais fotos emolduradas. A casa parecia uma galeria. Ali estavam Allison e Sabrina sentadas lado a lado num degrau, um cachorro branco e preto entre elas. Sabrina e Allison, a última com um sorriso banguela, abrindo presentes ao lado de uma árvore de Natal. Sabrina e Allison estreitando os olhos para o sol na praia. Sabrina e Allison no lago. Uma parede inteira de Sabrina Abbott, com o cabelo preto e grandes olhos castanhos, um sorriso largo e aberto. Sabrina era linda, não havia dúvida sobre isso. Ela tinha uma luminosidade, uma determinação que reluzia através das décadas e da baixa qualidade das fotos dos anos 1970 que tingia o mundo de sépia.

Elas passaram pela porta aberta de um quarto imaculado, talvez até um pouco impessoal, e foram até uma porta fechada perto do fim do corredor. Allison a abriu, e as duas entraram em um quarto menor e escuro que parecia ser um quarto de hóspede, mas sem cama. As paredes eram cobertas de prateleiras cheias de livros, havia cômodas e uma cadeira de balanço, mas nenhum lugar para dormir.

Allison abriu as cortinas, e o quarto ficou subitamente arejado e claro.

— A luz pode danificar as coisas — explicou ela. — É por isso que eu o mantenho tão escuro.

Com a luz do sol entrando, Stevie pôde ver melhor onde estava. Por mais que o cômodo estivesse em perfeita ordem, nada ali era uma simples decoração ou impessoal. Todas as superfícies estavam absolutamente cheias de livros e apostilas antigas, anuários, cadernos, álbuns de fotos. Um conjunto inteiro de prateleiras estava lotado de álbuns de vinis, com um pequeno toca-discos portátil ao lado. Havia caixas de arquivos brancas, caixas coloridas e transparentes e caixas de vime; tudo etiquetado com precisão: MAQUIAGEM, PRODUTOS PARA O CABELO, JOIAS, MATERIAIS ESCOLARES, CONTEÚDOS VARIADOS DE CÔMODA... Dezenas de caixas assim. Ao redor e entre essas coisas havia bugigangas: um Snoopy de pelúcia, um telefone de disco rosa, um bonequinho de macaco, um vaso de argila irregular. E, por todo o lugar, havia tartarugas: uma grande de pelúcia; uma almofada; uma gravura; uma enorme escultura de cerâmica, tão grande quanto a de pelúcia.

— Meus pais guardaram todas as coisas da Sabrina em caixas — explicou Allison. — Eles deixavam tudo no sótão. Quando eu peguei os pertences da minha irmã, preparei um espaço só para eles. Sei que pode parecer estranho guardar essas coisas, mas é um conforto para mim. Venho aqui de vez em quando para ler. Eu me sinto próxima dela aqui dentro.

Aquele cômodo era Sabrina Abbott, da sua escova de cabelo às suas borrachas. Stevie olhou para as lombadas dos livros. Sabrina certamente era uma leitora séria; havia duas prateleiras só com obras clássicas em brochura, apostilas sobre psicologia e história, e alguns romances salpicados para completar.

— Parte de mim sempre quis organizá-los por cor e tamanho — disse Allison. — Mas eu sou bibliotecária. Não consigo. Aqui...

Ela indicou a prateleira superior de uma das estantes, que tinha aproximadamente uma dúzia de caderninhos. Ela pegou um deles com cuidado. Havia uma imagem de Snoopy e Woodstock na capa, assim como um *1977* numa grande fonte cartunesca.

— Seu último diário — disse Allison, abrindo-o com cuidado. — O último que eu tenho, na verdade. Olha só isso.

Ela pôs uma das mãos sobre um registro, deixando exposta uma lista no fim da página:

Piano: 1 hora e 15 minutos
Cálculo: 50 minutos
Alemão: 45 minutos
Física: 30 minutos
História: 45 minutos

— Ela anotava isso toda noite — comentou Allison. — Quanto dever de casa fez naquele dia. Já li esses diários tantas vezes que os decorei.

Ela recolheu o caderno e devolveu-o ao seu lugar na prateleira.

— Você estava perguntando à polícia sobre o último diário — lembrou Stevie.

— É o meu santo graal. Eu faria qualquer coisa para recuperá-lo. Seria um retrato dela durante aqueles últimos meses. Quase como falar com a minha irmã de novo.

— E não estava nas coisas dela?

— Nós pegamos tudo do alojamento, e não estava lá. Se a polícia não está com ele... Quer dizer, ainda acho que eles podem ter ficado com o diário em algum momento e o perderam. A investigação, se é que dá para chamar assim, foi uma bagunça. Mas, se não está com eles, meu palpite é que ela o escondeu em algum lugar e ele se perdeu. Sabrina me contou uma vez que as crianças do alojamento eram legais, mas mexiam nas coisas dela, brincavam com sua maquiagem, coisas assim. Talvez ela o tenha escondido em algum lugar que as crianças não conseguissem pegar.

Uma luz pequena, porém brilhante, se acendeu na mente de Stevie. Ela teria que voltar a esse pensamento mais tarde. Ainda havia muito para registrar nesse quarto.

— Tem outra coisa — disse Allison, tirando uma caixinha de plástico azul de uma das prateleiras. Ela parecia apreciar o fato de que Stevie tinha um interesse genuíno pelos pertences de Sabrina. — Isso são canhotos de empréstimos interbibliotecas. Encontrei na biblioteca, no fundo de um arquivo antigo. Olha esses livros que ela solicitou. Dá para dizer muito sobre uma pessoa a partir do que ela lê. Mesmo depois de se formar, Sabrina continuava solicitando livros, preparando-se para a faculdade no outono. Os últimos que ela solicitou foram em junho: *A Woman in Berlin* e *Ascensão e queda do Terceiro Reich*. Essa era a leitura de férias da minha irmã enquanto trabalhava no acampamento. Ela estudava alemão, era bem boa, e sempre quis saber por que as pessoas se comportavam como se comportavam. Estava na dúvida entre cursar psicologia ou história. Queria trabalhar pela justiça.

"Eu guardo absolutamente tudo que encontro da Sabrina. Às vezes seus amigos do ensino médio desenterram algo: um bilhete da escola, uma foto, qualquer coisa. Eles sabem que eu os coleciono. É como se eu estivesse montando um quebra-cabeça, mas existe um número infinito de peças."

Allison guardou os canhotos de volta na caixa.

— Também sou arquivista — acrescentou ela. — Isso foi tudo o que consegui reunir, mas você entende o que eu quero te mostrar. Sabrina se esforçava. Era estudiosa. Trabalhava como voluntária. Tornei-me bibliotecária porque minha irmã adorava a biblioteca. Ela me levava para lá, e sempre me senti em casa ali. — Ela consultou o relógio smart. — Quase sete e meia. Se quiser continuar conversando, vai ter que vir correr comigo.

Stevie não corria absolutamente nada, mas tinha muito mais para perguntar, então parecia que ela começaria o hábito saudável naquela manhã. Estava de short preto e camiseta preta, o que era bom o suficiente. Não era o traje esportivo profissional de Allison, mas serviria.

— Ótimo — respondeu Stevie. — Você se importa se eu tirar algumas fotos? Só para mim? Não para Carson. Prometo.

Allison pensou por um momento, então assentiu. Stevie fotografou o cômodo por vários ângulos, tirando diversas fotos das prateleiras. Quando terminou, Allison fechou as cortinas antes de sair, encobrindo as coisas de Sabrina de volta na escuridão protetora.

— Em parte, lido com os problemas correndo — explicou ela ao se alongar nos degraus externos. — Comecei na adolescência e nunca parei. Clareia minha mente, como se eu tivesse algum controle. Eu corro no lago toda manhã. A vista é linda.

Allison disparou, com um ritmo constante, e Stevie a seguiu. Levou um total de dois minutos para ela ficar sem fôlego e tão suada que pensou que seu corpo perderia cada gota de umidade que possuía, mas tentou acompanhar.

— Você... se lembra... de alguma coisa... sobre aquela noite? — perguntou ela.

Allison soltava respirações tranquilas, estáveis.

— Eu me lembro de tudo — disse ela. — Mas nada relevante. Eu estava em casa. Tinha 12 anos. Recebemos uma ligação. Depois disso, foi como um pesadelo que nunca acabou.

— Mas... você nunca... saiu da cidade?

— Quando algo horrível assim acontece, você meio que sente que precisa ficar, sabe? Até que a justiça seja feita. O que nunca aconteceu.

Stevie teve dificuldade de fazer qualquer outra pergunta por um momento, conforme elas começavam a circular o lago. Tentava acompanhar o ritmo de Allison, que obviamente havia desacelerado o passo por ela. As duas continuaram por mais ou menos dez minutos, Stevie cambaleando ao lado de Allison, até que a mulher finalmente parou para descansar em meio às árvores. Deu um passo à frente, para uma ponta de pedra preta que se projetava no ar.

— Essa é a Ponta da Flecha — disse Allison. — É a melhor vista do lago. Eu paro aqui toda manhã para admirar... Bem, quando o tempo permite. É preciso tomar cuidado no inverno.

Ela andou até lá. Stevie hesitou atrás dela. Por mais que a ponta certamente parecesse estável e se estendesse por uns três metros, não era muito larga e tinha um leve declive ao se estreitar até a extremidade. Stevie deu alguns passos cuidadosos em direção à rocha. Ao fazê-lo, entendeu por que Allison parava ali. A vista era deslumbrante, o lago se estendendo abaixo, brilhando no sol matinal. As árvores o cingiam, como um abraço. Barlow Corners e o acampamento inteiro se expandiam abaixo, parcialmente visíveis por entre a vegetação. Allison girou os ombros, e Stevie conseguiu recuperar o fôlego o suficiente para continuar suas perguntas.

— Por tudo o que eu ouvi — falou Stevie —, parece que Sabrina era o ponto fora da curva naquela noite.

— É o que todo mundo diz — respondeu Allison, sentando-se na pedra para alongar as pernas. — Essa é a frase padrão. "O que a certinha da Sabrina Abbott estava fazendo lá?" Mas essa parte nunca me confundiu. Ela estava se divertindo, só isso. Tinha conquistado esse direito. Era incrivelmente esforçada, mas também era uma adolescente de dezoito anos na década de 1970, que era uma época bem livre.

— Ela terminou com o namorado bem naquele período, não foi? — indagou Stevie.

— Foi — disse Allison. — Shawn.

— Por que eles terminaram? Você sabe?

— Foi um término adolescente normal. Shawn era o tipo de pessoa que poderia fazer faculdade fora, mas depois voltaria direto para cá, se casaria, faria exatamente o que seus pais fizeram. Sabrina ia se mudar para Nova York para estudar na Columbia no outono. Estava tão empolgada com sua nova vida. Olhando em retrospecto, consigo entender o que aconteceu. Ele estava *sempre* por perto. Sempre muito gentil, mas perto... demais. Era como um irmão mais velho para mim. Fiquei muito chateada quando os dois terminaram.

— Você já pensou que...

— Não foi Shawn — interrompeu Allison. — É verdade que ele nunca desistiu. Acho que se convenceu de que Sabrina estava passando por uma fase, mas voltaria atrás. Ele não deveria estar trabalhando no acampamento naquele verão. Sua família tinha um negócio de esportes ao ar livre; alugavam canoas e caiaques, coisas assim. Ele deveria estar trabalhando na loja dos pais, mas, quando Sabrina terminou o namoro, ele arrumou um emprego no acampamento. Isso não foi nada estranho. Todo mundo trabalhava no acampamento. Se ele quisesse estar com os amigos, aquele era o lugar. Foi uma surpresa desagradável para Sabrina, mas ele nunca a incomodou. Shawn era um garoto apaixonado, mas gentil. Não tocaria num fio de cabelo dela. Além disso, ele passou a noite toda com Paul Penhale.

— Você acha que Todd Cooper atropelou Michael Penhale?

— Com certeza — disse ela sem hesitar.

— Por que sua irmã andaria com alguém que fez uma coisa dessas?

Allison suspirou profundamente.

— Acho que ela deve ter pensado que ele era inocente. Sabrina era muito íntegra e inteligente. Talvez fosse horrível demais acreditar que alguém que você conhece pudesse ter feito algo assim. Minha irmã era esperta, mas... ela também era jovem, e pensava o melhor das pessoas.

— Mas você acha que o que aconteceu com Michael Penhale teve alguma relação com os assassinatos?

— Isso eu não sei.

Allison se alongou uma última vez, tentando alcançar os dedos dos pés, e se levantou.

— Vou terminar minha corrida — disse ela. — Não sei se você...

— Acho que vou voltar andando até sua casa — falou Stevie o mais casualmente que conseguiu. — Vou pegar minha bicicleta e voltar para o acampamento.

Allison sorriu e assentiu, então seguiu seu caminho, retomando o ritmo. Stevie não sabia ao certo o que pensar sobre a manhã que haviam passado juntas, mas pelo menos agora tinha uma ideia de como focar seu tempo no acampamento.

Ela tinha um plano.

13

Depois de outro passeio calorento e excessivamente suado de bicicleta, cuja maior parte do caminho descia pela beira da estrada enquanto carros passavam em disparada, Stevie fez a curva para a entrada de Pinhas Solares. Ela deixou a bicicleta no suporte, secou o rosto na beira da camiseta (possivelmente se expondo para outros monitores no processo) e correu para o café da manhã no refeitório. Era bom que a maioria de suas camisetas fossem pretas; elas escondiam as marcas de suor por todo o torso. Diferentemente de Ellingham, que ficava no alto das montanhas de Vermont e abria durante os meses mais frescos, tudo em relação a esse acampamento era umidade e calor. Seu corpo: úmido. Suas roupas: úmidas. Seus sapatos praticamente grudavam no chão. Suas toalhas estavam sempre molhadas. Seu cabelo nunca secava totalmente. O grude constante fazia com que os insetos colassem na pele.

A primeira coisa que ela notou foi que o acampamento como um todo parecia ter desaparecido. Havia um homem com um cortador de gramas nos campos, e algumas pessoas estavam na cozinha preparando refeições, mas, fora isso, ninguém. Era bom para o objetivo atual de Stevie, que era chegar à sua cabana e tomar um banho antes que qualquer um a visse ou, mais importante, a cheirasse. A cabana continuava segura. O aplicativo da câmera de segurança a alertou que ela estava se aproximando, então ele estava funcionando. O grande SURPRESA estava lá para recebê-la no sol matinal.

— Surpresa — disse Stevie para a mensagem.

Ela tirou as roupas nojentas e jogou-as na mala vazia que decidira que serviria como cesto. (Janelle levara um cesto retrátil de roupa suja para esse propósito, porque ela era Janelle, e Janelle se planejava com antecedência.) Nunca houvera um banho tão gostoso quanto o que ela tomou naquela manhã, apesar do fato de que definitivamente alguma coisa se mexia embaixo do boxe. Quando emergiu, limpa e fresca, o acampamento continuava silencioso, exceto pelos pássaros e o cortador de grama à distância. Ela foi até o pavilhão de arte, onde encontrou Janelle em cima de uma cadeira, pendurando um móbile numa viga.

— Cadê todo mundo? — perguntou Stevie.

— Saíram para uma caminhada ao redor do lago. Pensei em ir, mas preciso terminar isso.

Stevie olhou ao redor. A estrutura do pavilhão de arte era em forma de arco, com três paredes e um teto pontudo, cheio de mesas, cadeiras, cubículos e estantes para materiais de arte. A única área privada era um cômodo nos fundos para guardar os itens que estivessem fora de uso. Janelle havia transformado o lugar, que antes era um espaço rústico e sem graça, em uma fantasia alegre e instagramável de glória artística. Fizera amostras de artesanato de vários tipos — jarras cheias de areia colorida, cachepôs, pulseiras trançadas, ornamentos pendentes feitos de contas coloridas — e organizara todos os materiais necessários ao redor deles como uma vitrine de loja chique.

— Encontrei uma tinta que vira lousa — disse Janelle, pulando da cadeira. — Eu consegui permissão para pintar a porta dos fundos e usar como um quadro de avisos. Vou fazer isso esta tarde. Passei a manhã organizando o escritório dos fundos. Tinha um monte de tralha lá.

— Não precisava fazer isso — respondeu Stevie. — Você sabe que tem um problema, não sabe?

— Eu consigo parar quando quiser. Como foi com Allison?

— Estranho — disse Stevie, sentando-se numa das cadeiras de tamanho infantil. — Informativo. Porém estranho. Allison tem uma espécie de museu das coisas da irmã. Ela guardou todos os pertences de Sabrina. Tudo. Escovas de cabelo. Pedacinhos de papéis. Mas agora entendo por que ela quer tanto o diário. Então decidi me concentrar em encontrá-lo para ela. Não sei bem se vai ajudar na investigação do caso, e será um desafio. Mas acho que encontrar diários é meio que a minha parada.

Isso era verdade. Em Ellingham, Stevie encontrara o diário de uma aluna de 1930, que estava escondido num buraco dentro da parede.

Alguma coisa que Stevie disse fez Janelle erguer o queixo com interesse. Ela deu meia-volta e entrou na sala dos fundos. Stevie a ouviu arrastando caixas pelo chão de concreto. Janelle apareceu um minuto depois segurando uma delas, que colocou sobre a mesa.

— Essa aqui tem um monte de documento velho — disse, abrindo a tampa e tirando punhados de papéis soltos, amassados, numa variedade de cores e estados de conservação. — São formulários de solicitações e coisas do tipo, mas acho que eu vi...

Janelle vasculhou a caixa até encontrar o que procurava e passou-o para Stevie. Era um papel rosa velho.

— Chamou minha atenção por causa do nome — disse ela. — Mas eu o guardei de volta porque não é nada importante.

Stevie pegou o papel e o examinou.

```
FORMULÁRIO DE SOLICITAÇÃO DE MATERIAIS EXTRA
SOLICITADO POR SABRINA ABBOTT
20 DE JUNHO, 1978

Tintas: aquarilas, acríliclica ($60)
Lápis e pinces: ($50)
Cerâmicas: porta-anéis, porta-brincos, gatos,
cachorros, potes de biscoito; lixxeira, tartaruga,
ursinho de pelúcia, patins ($28)
Fita: couro, tecido ($18)


TOTAL: $156
```

— Tanto material de arte, tudo tão barato — disse Janelle melancolicamente. — Quer dizer, se ajustássemos o valor de acordo com a inflação seria mais caro, mas eu quero imaginar que é barato assim por um segundo.

Stevie examinou o papel em sua mão. Não era nada especial; apenas uma antiga e desbotada lista de materiais que estava perdida em uma caixa cheia de documentos inúteis.

— Como é que as pessoas faziam qualquer coisa com máquinas de escrever? — continuou Janelle. — Quando elas erravam, era tipo: "Acho que vai ficar assim mesmo". Tudo devia levar uma eternidade. Enfim, você acha que Allison gostaria disso?

— Sim — respondeu Stevie. — Eu acho.

— E o nosso problema? — quis saber Janelle. — Alguma revelação sobre ele?

— Não. — Stevie balançou a cabeça. — Mas, seja lá quem for, tem deixado nossa cabana em paz, o que é bom.

Deixado nossa cabana em paz...

As cabanas estavam vazias agora. Todo mundo tinha saído. Stevie pegou o celular e abriu os arquivos que Carson lhe enviara.

— Mapa do acampamento em 1978 — disse ela. — Está aqui em algum lugar. — Ela passou pelas pastas e documentos até encontrar o que queria. — Carson, seu esquisito magnífico! — exclamou. — Você escaneou tudo. Cadê o mapa do acampamento, mapa, mapa...

Os monitores tinham recebido cópias impressas do mapa do acampamento no dia anterior em seus kits de boas-vindas. Stevie havia dobrado o dela e enfiado na mochila. Ela o puxou para fora e comparou os dois.

— Sabrina estava no alojamento Pardal — falou Stevie, olhando do mapa antigo para o atual. — O alojamento Pardal era... o 14. Como ele chama agora? Aqui... Pandas.

Se já existiu um bom momento para dar uma olhada em outro alojamento, provavelmente era esse. Ela sabia onde todos os monitores estavam, e ainda não havia nenhuma criança por perto. Tudo estava quieto.

— Encontro você na hora do almoço — disse Stevie para a amiga.

As cabanas eram todas idênticas, e havia mais de vinte delas, então, mesmo com o mapa, a busca foi um pouco confusa. Mesmo assim, Stevie logo encontrou o alojamento Panda. Saltitou pelos quatro degraus de concreto até a porta. A porta mais pesada estava aberta, e a porta de tela estava destrancada. Ela viu que não tinha ninguém lá dentro nem por perto. Entrou na cabana arejada, que era consideravelmente maior do que a que dividia com Janelle. Havia oito camas de acampamento enfileiradas e prontas para uso, com cubículos coloridos e ganchos para os pertences dos campistas. Um ventilador de teto afastava o calor da tarde sem muito entusiasmo, mas essa cabana ficava embaixo da copa de uma árvore e era fresca o bastante sem ele. Assim como a cabana de Stevie e Janelle, as janelas teladas ali eram altas e protegidas pelas mesmas grades de metal, presas pelo lado de dentro. No fundo do cômodo havia uma parede de madeira compensada; uma porta no meio, marcada por uma cortina verde, dava privacidade. Stevie entrou nessa área, que era mais escura e menor. O monitor que ficaria ali tinha deixado uma mala vermelha e uma grande bolsa de academia, assim como várias sacolas de mercado cheias de suprimentos. Ela contornou os objetos, tomando cuidado para não tocar em nada. Apalpou a fina parede divisória. Era uma única camada de madeira. Passou as mãos pelas paredes externas, tateou ao redor dos cubículos. Nada.

Stevie tirou várias fotos, registrando o alojamento por todos os ângulos.

O chão era ligeiramente mais interessante, de madeira. Stevie sentia que não havia nada entre as tábuas e o concreto que sustentava a cabana, mas se abaixou no chão e bateu, certificando-se de que tudo era sólido. Engatinhou ao redor, batendo e checando, cutucando as tábuas com os dedos. Nenhuma cedeu.

— O que você está fazendo? — perguntou uma voz.

Stevie ergueu a cabeça e viu uma garota ruiva parada na porta da divisória, um celular colado ao rosto e uma expressão horrorizada.

Era possível ouvir a pessoa do outro lado da linha falando:

— O que houve? O que houve?

— Tem uma estranha engatinhando no chão do meu alojamento — disse a garota para o celular. — Calma aí.

— Ah, oi — falou Stevie. — Desculpa, eu estou... procurando uma coisa.

Era verdade, e ela não tinha nenhum outro pretexto à mão.

— No meu alojamento? No chão? Quem é você?

— Eu sou Stevie, e... Cheguei no acampamento ontem, e eu... entrei aqui por acidente e deixei cair minha... hum, chave?

— Calma aí — repetiu a garota para o celular. — Espera *aí*. Então você estava aqui dentro e perdeu uma chave?

Stevie assentiu sem graça.

A garota claramente não acreditou naquela desculpa, mas ao mesmo tempo não parecia conseguir entender por que Stevie estaria mentindo. Ela olhou para os seus pertences, que não tinham sido mexidos.

— Não está aqui — disse Stevie, levantando-se e limpando os joelhos com a mão. — Foi mal, eu... já me confundi de cabana antes e... devo ter deixado ela cair em outro lugar. Desculpa por te incomodar. Até mais tarde.

Stevie saiu o mais casualmente possível, o que não foi nada casual. Sentia o olhar da garota nas suas costas. Na melhor das hipóteses, aquela mentira fora aceitável. O que ela deveria dizer? *Não ligue para mim. Eu sou só uma esquisita que entra escondido no seu alojamento enquanto você está fora e engatinha pelo chão ao lado da sua cama. Por que estou fazendo isso? Ah, por causa de uns assassinatos.*

Ela decidiu pular o almoço, por mais que estivesse com fome. Não queria encarar a menina ruiva tão cedo. Mandou uma mensagem para Janelle e pediu para a amiga levar um cachorro-quente e um refrigerante para a cabana, onde ela se esconderia por um tempo com a porta fechada.

A menina ruiva fez Stevie se lembrar de Diane McClure, que de muitas formas era a vítima menos documentada. Ela não era tão ruim quanto Todd, nem tão boa quanto Sabrina, nem o traficante bem-intencionado que quase conseguiu se salvar. Ela simplesmente estava lá, era a namorada, a quarta vítima. Stevie se jogou na cama e pegou seu tablet, passando pelos arquivos até chegar ao bem pequeno dedicado a Diane. Havia um trecho sobre ela retirado de um livro sobre o caso:

Pouquíssimas pessoas tinham muito a dizer sobre Diane McClure. Seu histórico escolar mostra que ela era uma aluna medíocre, que passava raspando em muitas matérias, mas não chegava a reprovar. Ela não fazia parte de nenhum clube. No anuário é possível encontrar uma foto em preto e branco de uma garota muito sardenta com um sorriso estranho que não parece sincero nem feliz. Seu grosso cabelo ruivo é longo e liso, mas as fotos não conseguem capturar o quanto era vibrante pessoalmente.

Diane era filha de Douglas e Ellen McClure, residentes vitalícios de Barlow Corners. Seus pais se conheceram no Colégio Liberty nos anos 1950 e se casaram em 1956. Seu irmão, Daniel, nasceu em 1958, e Diane nasceu em 1960. Em 1965, eles compraram a Duquesa do Leite, uma lanchonete local. Gerenciariam a lanchonete até boa parte dos anos 1990. Antes de morrer, Diane trabalhava lá durante a noite e aos fins de semana.

"Diane gostava de se divertir", disse a amiga Patty Horne. "Ela amava Led Zeppelin e Kiss. Adorava ir a shows. Ela basicamente só usava camisetas de banda. Isso é muito do que eu me lembro dela: o cabelo ruivo e as camisetas de shows. Ela tinha opiniões muito fortes sobre quais álbuns eram aceitáveis de serem ouvidos. Era intensa. Nossa, ela amava muito Led Zeppelin."

Era uma época em que colégios de ensino médio tinham áreas de fumante, e Diane passava muito tempo na do Colégio Liberty. Algumas das únicas fotos dela no anuário de 1978 a mostravam debruçada para fora da janela, cigarro na mão.

Diane começou a namorar Todd Cooper no começo do penúltimo ano do ensino médio, e eles eram considerados um dos principais casais da escola. Mas não serviam para ser rei e rainha da formatura.

"Diane era fodona demais para isso", disse outro amigo. "Quando eu penso no que aconteceu naquela noite, uma coisa que eu sempre penso é... Diane deve ter dado um trabalho do caramba. Seja lá o que tenha acontecido, ela lutou até o fim."

Stevie encarou o teto por um momento. Será que Diane tinha lutado até o fim? Será que algum deles tinha lutado? Ela folheou o arquivo que detalhava os ferimentos. (Carson podia até ter umas esquisitices infelizes, mas sabia montar um belo arquivo de documentos.) Ela chegou ao diagrama dos corpos, com as anotações detalhadas. Todd, Diane e Eric tinham ferimentos na cabeça. Todd fora esfaqueado dezesseis vezes. Diane nove. Apenas Sabrina não tinha ferimentos na cabeça, e era a única em que haviam sido encontradas marcas defensivas nas mãos.

Isso indicava para Stevie que Diane, Todd e Eric foram golpeados, possivelmente para serem incapacitados. No caso de Eric, ele não foi golpeado com força o suficiente e conseguiu correr. Sabrina, mais uma vez, era o ponto fora da curva. Talvez porque fosse a menos ameaçadora e não precisasse ser golpeada na cabeça.

Seja qual for o caso, sempre houve um ponto de divergência. Sabrina Abbott, novamente, a garota perfeita, a especial; avançando, lutando contra a faca...

Stevie deu um pulo quando a porta da cabana se abriu.

— Olha quem eu achei — disse Janelle, entrando com Nate, cuja camisa estava ensopada de suor. Ela passou um cachorro-quente e uma Coca para Stevie.

— Não vou ser popular aqui — disse Stevie. — Não façam perguntas.

Nenhum dos dois amigos pareceu surpreso.

14

Eles tinham o resto da tarde livre e, de acordo com Nate, a maioria dos monitores iria para o lado público do parque para nadar e cozinhar ao ar livre. Nate e Stevie tentaram escapar, mas Janelle conseguiu convencê-los de que algum nível de esforço precisava ser feito para eles caírem nas graças das pessoas com quem passariam o verão.

Os monitores partiram numa multidão amorfa, andando em grupos aleatórios em direção à estrada que separava o Acampamento Pinhas Solares do parque público. Depois de atravessá-la, havia um paredão de árvores e muita sombra. O solo era nodoso, com raízes, então em alguns pontos a trilha era elevada sobre passarelas de madeira ripada e pontes minúsculas, antes de se retorcer e se repartir em caminhos de terra e serragem, demarcados com estacas. Janelle, Nate e Stevie acompanharam enquanto o grupo serpenteava pela trilha marcada de vermelho, que descia em direção à beira d'água. Stevie estava ficando um pouco sem fôlego por conta da caminhada e se deu conta de que eles vinham subindo uma encosta gradual e constante, que então mergulhou bruscamente em direção à beira d'água. As árvores rarearam, revelando um grande estacionamento à distância, quase lotado de carros. Alguns trailers e tendas pontilhavam a área. A jornada acabava numa prainha de areia e terra, margeada por pedras e junco.

Do lado do Pinhas Solares, o solo fora limpo para o acampamento. Já na parte aberta ao público, ainda era tudo selvagem, e as árvores e o junco se amontoavam ao redor do lago como uma auréola. O lago era amplo ali, e Stevie finalmente viu a cachoeira que dava seu nome. Não chegava a ser um encanto, mas era impressionante o bastante. Este lado do lago era o melhor; o laguinho do acampamento era uma poça, a piscina das crianças. Na área aberta ao público, as libélulas verdes e azuis dominavam as ondas, ou as marolas. Elas zumbiam na superfície da água como drones. Stevie não sabia muito bem se libélulas mordiam, então se encolhia para longe quando elas pousavam por perto, tremulando suas muitas asas.

Era definitivamente ali que as cobras ficavam.

Do outro lado do lago, uma rocha se projetava para fora como um grande e raivoso dente, bem acima da água. Parecia algo jurássico, ou como uma daquelas vistas de férias exóticas em que as pessoas mergulhavam em águas cristalinas. Exceto que, nesse caso, os mergulhadores entrariam nas águas salobras do lago Cachoeira Encantada, ou talvez iriam direto para uma das pedras menores aninhadas abaixo da superfície.

O calor era denso e pulsante, a ponto de o lago parecer convidativo, apesar das ninfeias e libélulas e milhares e milhares de cobras que Stevie tinha certeza de que rastejavam ao redor deles. Muitos dos outros monitores tinham trazido boias infláveis, que eles encheram e usaram para flutuar na água. Outros pulavam do píer curto. Só alguns se demoravam à margem como Nate e Stevie. Janelle, sendo uma criatura sociável, imediatamente começou a papear com duas garotas que tinham levado um grande bote inflável de unicórnio. Ela tirou a saída de praia e entrou na água com elas, seu maiô amarelo vivo tornando-a facilmente detectável.

Dylan, o novo comonitor de Nate, estava fazendo uma pessoa tirar fotos dele saltando de costas do píer.

— Ele está tentando virar influenciador — disse Nate sombriamente.

— Legal que vocês têm algo em comum — respondeu Stevie.

Nate lançou um demorado olhar de soslaio.

— É só por alguns dias — disse ela.

— Fácil para você falar.

Stevie suspirou e olhou ao redor, debatendo consigo mesma se tentava ou não entrar na água. Sua relação com a natação era bem parecida com sua relação com a pedalada: ela já praticara na infância. No caso de nadar, ela nunca aprendera direito. Não sabia nadar crawl decentemente, e não conseguia percorrer longas distâncias. O estilo dela era um tipo cachorrinho misturado com um bater de pernas e braços fervoroso, mas servia para mantê-la na superfície.

Ainda assim, estava quente demais para nem sequer tentar. Stevie se levantou e tirou a camiseta, revelando o maiô velho que comprara na Target havia mais ou menos um ano. Estava um pouco pequeno, embolando na parte de trás e apertando o alto das coxas. A princípio, a água estava agradável e o chão, arenoso sob seus pés. Quando a água chegou à altura dos joelhos, ela sentiu a primeira onda de frio. Ousou avançar um pouco mais, porque sair correndo do lago quando estava com água batendo nos joelhos pegava mal. O solo afundou e foi substituído por um emaranhado de lodo. A temperatura caiu de uma vez só, e Stevie subitamente afundou até o meio do tronco num lamaçal frio. Ela se debateu um pouco, encontrando apenas pedras lodosas sob os pés. Sua cabeça se encheu de imagens de cobras e criaturas aquáticas estranhas. Sentiu algo roçar seu tornozelo, e esse foi o limite. Impulsionou-se em direção à praia, que só estava a uns três metros de distância. Isso fez com que sua dificuldade para voltar estivesse longe de ser heroica.

— Pareceu divertido — disse Nate quando a amiga desabou ao lado dele.

— Então você não gosta de nadar?

— Eu nado — respondeu ele, sem erguer o olhar do celular. — Sou muito bom nisso. Fui capitão da equipe do fundamental II. Representante do primeiro ano do ensino médio.

— Cala a boca — disse Stevie, afastando-se.

— É verdade. Parei porque não gosto de competir, mas eu nado muito bem. Só que isso... — Ele indicou a extensão do lago à frente deles com a cabeça. — Parece frio e nojento. Eu gosto de piscinas. Elas são *controladas*.

— Como é que você nunca mencionou essa informação antes?

— O assunto nunca surgiu — disse ele.

— Nós já passamos a noite no depósito da piscina de Ellingham.

— Não para nadar, no entanto.

Visualizar Nate como um atleta era tão espantoso que Stevie ficou sem palavras. As pessoas podiam ser surpreendentes, e isso a agoniava. Ela queria acreditar que conseguia ver o fundo, identificar as pistas, mas nunca sequer desconfiou de que seu amigo fosse um campeão de natação secreto. Ela fracassara nesse caso.

Dylan e mais alguns monitores saíram da água e se sentaram não muito longe deles. Era um gesto inteiramente normal e amigável; o grupo estava fazendo um esforço para ser sociável. Stevie sabia, e até apreciava isso em certo nível. Em outro nível, no entanto, um nível mais próximo da superfície, ela se protegia de abordagens como essa. Não sabia exatamente o porquê. Não era como se tivesse dificuldade em falar com as pessoas. Talvez fosse mais o fato de que seus pais sempre a tinham empurrado nessa direção, lhe dito para fazer amigos, como se a quantidade de amigos de alguma forma determinasse o seu valor. Ela já tinha amigos: Nate e Janelle. Estava com um deles agora.

Então, em vez de olhar para as pessoas novas, ela olhou para a pedra imponente do outro lado do lago.

— Aquele é o Ponto 23 — disse Dylan, seguindo o olhar dela. — Chamam assim porque vinte e três pessoas morreram pulando dali.

— Não foram vinte e três pessoas — retrucou uma garota. — Pessoas morreram, mas não tantas assim.

— Foram vinte e três — repetiu Dylan. — Por que mais seria chamado assim? Eu pulei dali no verão passado. Foi incrível.

— Você é um idiota, Dylan — respondeu a garota. — Além disso, se pegarem você pulando daquela pedra, vão expulsá-lo do acampamento. — Ela estalou os dedos dramaticamente. — Tipo, você *vai embora*.

— Para o céu? — perguntou Nate num sussurro baixo.

A garota franziu o nariz, indicando que a piada não tinha sido lá essas coisas. Estava na hora de mudar o rumo da conversa para algo mais na linha de Stevie.

— As pessoas falam sobre os assassinatos? — perguntou ela.

A garota projetou um pouco o lábio inferior, pensativa. Outra garota, de maiô preto, cabelo preto e unhas combinando, inclinou-se para a frente.

— Ah, falam — disse ela. — O negócio da Caixa no Bosque. Aquilo foi um assassino em série dos anos 1970 chamado Lenhador.

Stevie reprimiu o impulso de corrigi-la.

— Eles pegaram o cara — continuou a garota, equivocadamente. — Dá para entrar no bosque e ver onde tudo aconteceu, mas não tem muito lá. Eu fui no meu primeiro ano aqui. É muito estranho. Ainda dá para ver coisas que estavam lá quando o crime aconteceu.

De novo, isso não era verdade. Stevie se contorceu por dentro.

— Você sabe que quer falar — sussurrou Nate.

Ela deu uma cotovelada nele.

Talvez por sentir que Nate e Stevie não eram do tipo falante, o grupo começou a conversar entre si. Havia uma churrasqueira comunitária, e vários monitores tinham levado salsichas. Dylan e o grupo pegaram algumas e voltaram a se sentar para comer.

— Segura a minha câmera — pediu Dylan a uma das garotas.

Enquanto ela segurava, ele pegou um cachorro-quente e enfiou o negócio inteiro dentro da boca, esmagando-o e se engasgando. Nate observava sem reação, derrotado demais para comentar.

Stevie, no entanto, ficou paralisada.

— Filho da puta — disse ela.

A frase saiu um pouco mais alta do que Stevie pretendia e atraiu a atenção do grupo, inclusive de Dylan.

— Filho da *puta* — repetiu, levantando-se num pulo e procurando o celular.

— Não você. — Stevie ouviu Janelle dizer atrás dela. — Ela está... hum...

Stevie já estava marchando em direção ao estacionamento, procurando um sinal de telefone mais forte, e esperando alguém do outro lado da linha atender sua ligação. Finalmente, atenderam.

— Nós precisamos conversar — disse. — Agora.

15

Stevie escolheu o lugar para o encontro: a casa na árvore inutilizada, aquela que deveria ser o lar de Nate durante o verão. O alojamento estava pronto para a chegada do amigo, esperando atrás de uma parede fina de madeira.

Agora que ela vira o lugar, Stevie sentiu que chamar aquilo de casa na árvore talvez fosse exagero. Estava mais para uma construção de segundo andar, acessível por um lance de degraus de madeira, com uma área aberta abaixo para depósito de equipamentos esportivos excedentes. Era basicamente uma caixa telada com um monte de prateleiras vazias embaixo das janelas, e bancos que provavelmente já tinham tido almofadas em algum momento. Ficava ao lado de uma árvore, que provavelmente dera o nome da construção. Era uma bagunça quente, cheia de aranhas e iluminada por uma luz de teto fraca.

— Viu? — disse Janelle a Nate quando eles entraram. — Você não está perdendo muito.

Isso não animou o amigo.

Stevie se sentou no assento de janela menos coberto de teias de aranha e observou a paisagem abaixo, esperando seu convidado. Ela finalmente o viu se aproximar, vestido com uma calça saruel esvoaçante laranja e uma camiseta da Caixa Caixa. Carson subiu os degraus de dois em dois.

— O que houve? — perguntou ele. — Parece importante.

— Eu sei quem deixou a mensagem na nossa parede — disse Stevie. — E a caixa na sua trilha.

— Ah! Ah, que ótimo!

Ele assentiu, mas seus olhos se desviaram um pouco e ele enfiou as mãos nos bolsos da calça saruel folgada.

— Foi você — disse Stevie.

Ela já tinha revelado essa parte para Nate e Janelle, que olhavam para Carson com expressões indiferentes.

— Eu? Mas...

— Não recomendo que você termine a sua frase — disse Janelle, juntando-se a Stevie no assento de janela.

— Eu recomendo. — Nate estava esparramado no chão, pinçando farpas. — Eu gosto quando Stevie fica selvagem.

Em defesa de Carson, ele não falou mais nada. Apenas se sentou no chão e cruzou as pernas numa posição totalmente iogue.

— Agora, Stevie, você vai nos dizer como? — perguntou Janelle. — É mais isso que eu quero saber.

— Claro. — Stevie se alongou um pouco e seu pescoço soltou um estalo alto. — Soubemos desde o início que a mensagem fora posta na parede com antecedência. Descobrimos isso porque a tinta estava seca e pela tinta embaixo da minha cama. Além disso, nós examinamos a cabana inteira para ver se seria possível alguém ter entrado. As janelas de tela são cobertas por grades de metal, a porta estava trancada por dentro, e o chão é feito de concreto. Impossível, certo? Mas havia uma maneira: tem um buraco na tela da janela, só dois ou três centímetros. E esta noite, quando vi Dylan enfiar um cachorro-quente inteiro na boca, eu entendi como alguém poderia usar um buraco daquele tamanho para conseguir acesso à nossa cabana.

— Eu não esperava por isso — disse Nate —, mas tudo bem.

— É possível fazer um objeto grande passar por uma abertura pequena se ele for macio — continuou Stevie. — O cachorro-quente era macio, por isso Dylan conseguiu enfiá-lo na boca. Então o que poderia passar por um buraquinho na tela? Talvez algo assim.

Stevie ergueu a ecobag que Carson lhe dera. Ela juntou o indicador e o dedão da mão direita e, com a esquerda, passou a bolsa pelo círculo formado pelos seus dedos.

— Tecido — informou ela. — E quem é que tem um monte de tecido em estampas fotorrealistas feitas sob encomenda?

— Ah não — disse Janelle, balançando a cabeça. — Ah... você só pode estar de brincadeira.

— Tem uma parede inteira disso na Casa Pula-Pula — continuou Stevie. — Só o que você precisaria fazer seria arranjar uma estampa de madeira. Provavelmente estava pendurada lá em cima. Você pintou a mensagem na parede; meio no alto, para ficar mais alinhada com a janela, e mais à sombra. Deixou a tinta escorrer, mas não muito, porque precisava se certificar de que a mensagem coubesse embaixo do tecido que usaria para cobri-la. Você limpou o excesso para não aparecer. Quando estava seca, você a cobriu com um pedaço de tecido, prendendo-o com fita adesiva.

Stevie ergueu o pedaço de fita adesiva que encontrara embaixo da cama. Ela voltara na cabana para buscá-lo antes do encontro com Carson.

— Você só teve que prender um fio ou linha de pesca ou algo do tipo e puxá-lo pela janela. Em algum momento da noite, você deu um puxão no fio e o tecido deslizou através da tela. Acho que deve ter roçado no meu rosto quando caiu. Eu pensei que fosse algum inseto. E pronto. Uma mensagem apareceu misteriosamente na nossa parede. Então, é claro, você preparou a caixa de bonecos e alegou ter encontrado durante sua corrida.

— Isso! — disse ele, abrindo um largo sorriso. — Isso! Você — apontou para Stevie — é boa mesmo. Que loucura! Que incrível! Eu sabia que tinha tomado a decisão certa.

— Isso foi algum tipo de teste? — perguntou Nate.

— Acho que não — comentou Stevie. — Foi para o programa, não é?

— Às vezes precisamos dar um empurrãozinho — falou Carson. — Um pequeno drama para fazer as coisas andarem.

— E seu plano era nos apavorar e nos fazer pensar que alguém estava entrando escondido na nossa cabana e deixando mensagens ameaçadoras? — perguntou Janelle.

— Vocês nunca estiveram em perigo! — exclamou Carson.

— Como saberíamos disso?

— Mas vocês não estavam — disse ele, um pouco menos entusiasmado.

— Então qual era o plano? Inventar essa história da mensagem e depois o quê? — Stevie quis saber. — Torná-la parte do caso? Fazer parecer que alguém estava tentando impedir o podcast?

— Bem, sim — respondeu ele.

— E você não achou que as pessoas pudessem ficar irritadas com isso? — questionou Nate. — Tipo, os ouvintes? Ao descobrirem que você falsificou ameaças contra você mesmo?

— Bem, a ideia era que ninguém descobrisse...

— Quando pretendia nos contar? — perguntou Stevie.

Ele enfiou a mão no fundo da bolsa carteiro e puxou uma bolsa embolada com estampa de madeira.

— Fica com uma. É a ecobag da estampa de madeira da sua cabana. Eu ia contar em breve, porque sabia que vocês estavam assustadas. Olha, eu até trouxe as bolsas.

Ele jogou uma para Stevie, que deixou-a cair no chão.

— Eu vou voltar — disse Janelle, balançando a cabeça. — Preciso falar com Vi.

Ela olhou para Nate.

— Ah, eu vou ficar — falou Nate, acomodando-se. — Esse é o meu tipo de Rolê de Pensamento.

Stevie encarou Carson, que parecia feliz demais para alguém que havia acabado de ser desmascarado por deixar mensagens assustadoras. Ele tinha a satisfação reluzente de um homem que tinha absoluta certeza de que estava em sintonia com o universo, sentindo todas as sensações.

— Então estamos entendidos — reforçou Stevie. — Vou continuar trabalhando no caso, mas vou fazer as coisas do meu jeito, o que significa nunca forjar nada.

— Não, eu entendi, eu...

Ela ergueu a mão.

— Eu vou trabalhar sozinha — continuou. — Vou falar com as pessoas.

— E aí nós vamos...

Carson simplesmente não parava.

— *Eu vou* — disse Stevie — contar a você se descobrir qualquer coisa. Mas essas pessoas são reais. Eu e Janelle somos pessoas reais. Sei que você tem dinheiro e é dono deste lugar, mas não é dono desta cidade nem do sofrimento de seus habitantes. Nós deveríamos estar ajudando. Você não está ajudando.

Se Carson ficou envergonhado por estar levando bronca de uma garota de dezessete anos no acampamento dele, certamente não demonstrou.

— Eu entendo — respondeu.

Nate balançou a cabeça em alerta.

— Agora você vai responder algumas perguntas — continuou Stevie. — O chão dos alojamentos sempre foi de concreto?

Isso claramente pegou Carson de surpresa.

— Sempre — respondeu ele. — Por conta da possibilidade de alagamento. Às vezes o lago transborda.

— Eles foram refeitos, ou são originais?

— Foram refeitos... Acho que nos anos 1960?

— Mas eram desse jeito em 1978.

— Aham — confirmou. — Por quê? Você acha que tem alguma coisa dentro do concreto ou algo assim?

— Não — disse ela.

— Então por que...

— Não — repetiu Stevie.

Carson calou a boca. Ele se levantou do chão.

— Tomei a decisão certa ao chamar você. Eu estava tentando perturbar a narrativa, mas prometo, nunca mais farei algo do tipo.

— Uau — disse Nate quando Carson foi embora. — Uau. Se você não quiser ser detetive, acho que tem futuro em dominação. Ele ficou até *mais baixo*.

Verdade seja dita, Stevie gostara da sensação. Ela reluzia com uma satisfação ardente.

— Qual foi o lance do concreto?

— O diário de Sabrina — respondeu Stevie. — Eu queria saber se tinha alguma chance de ter ficado escondido dentro do chão. Acho que não.

— Você sabe que basicamente não tem a menor chance de esse negócio ainda estar por aí, não sabe? Ele não é visto desde 1978 e já foi procurado.

— Não sei, não — disse ela. — Se ela foi para o meio do mato comprar maconha, não levou um *diário* junto. Não é como se fosse ficar sentada na escuridão escrevendo: "Querido diário, aqui estou eu, comprando maconha pela primeira vez".

— Não — concordou Nate. — Acho que não. E dentro de uma árvore? As pessoas fazem muito isso em livros; escondem coisas em árvores ocas.

— Possível — respondeu Stevie. — Mas parece arriscado. O diário poderia ser destruído pelo clima, ou alguém poderia encontrá-lo. Você ia querer deixá-lo num lugar seguro e seco que só você conhece.

— Tudo bem, e alguém obcecado com o caso? Colecionadores de souvenires. Se alguém encontrasse aquele diário, seria um achado e tanto.

— Fãs de crimes reais não são assassinos em série, eles não querem troféus secretos. Se alguém estivesse com esse diário, ia querer contar para todo mundo. Esse é o *sentido* da coisa.

Nate assentiu em reconhecimento.

— Então parece que o diário é o seu grande objetivo agora. É porque você sente que o caso em si não é solucionável?

— Eu não sei se o caso é solucionável — respondeu Stevie. — E não sei se sou capaz de solucioná-lo se ele for. Provavelmente vai acabar dependendo de DNA ou algo assim. Mas procurar o diário é uma coisa que eu posso fazer para ajudar alguém que está vivo.

— Você não contou isso a Carson.

— Ele não precisa saber — respondeu Stevie. — Dane-se o Carson.

— Concordo. Além disso, acho que é um bom plano. Não quero que pense que não é. Só parece que também pode ser difícil, mas menos difícil do que rastrear um assassino em série de 1978.

Os dois fizeram silêncio, escutando o canto dos grilos ou das cigarras ou seja lá qual bicho cantava a noite toda no verão. Algum tipo de canto de inseto.

— As pessoas tinham tão pouco para fazer naquela época — disse Nate meditativamente. — Antes da internet, acho que era preciso manter um diário ou algo assim. De que outra forma você se lembraria do que aconteceu?

Stevie fez "hummm".

— As crianças chegarão aqui amanhã — disse Nate. — Crianças. Com seus dedinhos de criança.

— Dedinhos de criança?

— Quero dizer que não estaremos mais seguros. É bom esse outro monitor melhorar de saúde bem rápido.

Quando Stevie entrou na cabana delas mais tarde, Janelle estava encerrando uma ligação com Vi. Stevie viu o cabelo curto cinza delu na tela e os óculos redondos rosa. Qualquer que fosse o papo amorzinho que estivesse rolando, foi rapidamente cortado. Stevie disse oi, então foi até a cama e se jogou. Não era um tipo de cama particularmente acolhedora, e as molas rangeram em protesto. Havia um cheiro químico pungente no ar, e a mensagem na parede tinha sumido.

— Você apagou a mensagem — disse ela quando Janelle terminou a ligação.

— É, eu usei um pouco de álcool isopropílico para amolecer a tinta, depois raspei.

— Álcool isopropílico?

— É usado em fogareiros de acampamento, então tinha um pouco por aí. O cheiro vai passar já já.

— Nem sei se quero que passe — respondeu Stevie. — Essa é provavelmente a única coisa que vou solucionar o verão todo.

Ela esperou que Janelle se pronunciasse e dissesse: "não, é claro que não". Janelle sempre era encorajadora, mas também era realista. Seu silêncio confirmou as preocupações de Stevie.

No entanto, aconteceu uma coisa que mudou seu humor imediatamente. Uma mensagem de David pipocou no seu celular:

Saí do trabalho um dia antes. Te vejo amanhã.

16

Stevie acordou com um humor resplandecente e lindo que combinava com Barlow Corners. Era o dia em que David chegaria para encontrá-la. Era o dia em que ela teria algo para dar a um membro da família de uma das vítimas da Caixa no Bosque. Era o dia em que as crianças chegariam, e isso também parecia maravilhoso.

Mais uma vez, Stevie saiu de bicicleta pela manhã. O caminho até a cidade era bem fácil, com apenas duas curvas. Ainda assim, a maioria das estradas do interior não tinha ciclovias nem calçadas; você deveria pedalar pela beira da rodovia e *confiar*. Ela cambaleou algumas vezes e apertou o freio ansiosamente, sempre temendo estar prestes a derrapar para fora da estrada ou para o meio do tráfego. Ninguém mais parecia ter esse problema. Pessoas de bicicletas de corrida zuniam ao redor dela, totalmente confiantes de seu domínio da estrada.

Cerca de meia hora depois, quando chegou ao centro da cidade, Stevie não passava de uma casca estilhaçada de sua antiga versão, mas sua autoestima aumentara. Empurrou a bicicleta calçada acima pelos últimos quarteirões do trajeto e a acorrentou em frente à biblioteca.

O ar dentro do prédio estava impressionantemente fresco para sua pele lustrosa de suor. Allison estava na nova sala de leitura, organizando alguns livros de gravuras. Usava um alegre vestido-camisa amarelo com um colar de grandes contas amarelas combinando. Janelle teria aprovado a cor de limão siciliano e a precisão.

— Oi — disse Stevie baixinho.

Allison se virou.

— Tenho uma coisa para você — continuou ela, enfiando a mão na mochila e pegando o papel datilografado de materiais de arte. — Nós encontramos isso enquanto organizávamos o pavilhão de arte. Estava numa grande caixa de lixo, mas... eu sei que você gosta de guardar qualquer coisa que Sabrina fez ou escreveu, então...

Allison encarou o papel, então ergueu o olhar para Stevie, uma expressão estranha no rosto.

— O pavilhão de arte? — perguntou ela.

— É. Estávamos limpando. Bem, Janelle estava, e ela encontrou isso, e eu pensei...

Allison voltou o olhar para o papel. Stevie não conseguiu identificar o que a mulher estava pensando, mas havia um grande movimento atrás de seus olhos. Stevie não era muito boa com emoções intensas e foi atraída para a saída.

— É melhor eu ir indo.

— Sim... — respondeu Allison distraidamente. — Sim.

Stevie estava na metade do caminho até a porta da biblioteca quando Allison se apressou até ela e a segurou delicadamente pelo braço.

— Obrigada. Isso foi... foi gentil. Muito obrigada.

— Sem problemas — falou Stevie. Porque de fato não tinha problema nenhum.

— Sabrina era ruim em datilografar — contou Allison. — Era uma piada na nossa família. Ela sabia fazer tudo, mas não conseguiria datilografar direito nem para salvar a própria... — Allison repensou antes de terminar a frase, piscou, e mudou de assunto. — Como está indo a sua pesquisa?

— Não muito bem. A maioria das pessoas provavelmente não vai querer falar com a gente por causa de Carson.

— Elas vão falar se eu pedir — afirmou Allison, com os olhos brilhantes. — Com quem você quer falar?

— Qualquer um que queira falar comigo — respondeu Stevie. — Pessoas que estavam lá. Shawn Greenvale, Susan Marks, Paul Penhale...

— Você precisa voltar agora?

— Humm... não.

— Vamos lá — disse Allison. — A clínica de Paul fica a poucas portas de distância.

O Hospital Veterinário de Barlow Corners na verdade ficava a quatro portas de distância, ao lado do estúdio de *barre* e Pilates. Era uma clínica supercolorida, intensamente alegre, com muitos desenhos de giz de cera de bichos de estimação feitos por crianças, quase todos com mensagens agradecendo ao dr. Penhale por cuidar deles. Havia um cantinho de café e biscoitos fresquinhos na lateral. Um homem de cabelo grisalho caprichosamente cortado e jaleco estampado de filhotinhos de cachorro de desenho animado estava sentado atrás do balcão. Stevie o reconheceu vagamente do piquenique.

— Oi, Joe — disse Allison. — Paul está atendendo?

— Está, mas deve acabar num segundo.

Assim que ele falou isso, uma porta se abriu e um homem de jaleco marrom saiu carregando um cachorrinho de pelo encaracolado nos braços. O cão parecia meio grogue e tinha um curativo na orelha.

— Pode tirar o curativo antes de dormir esta noite — falou ele, passando o cachorro para uma mulher na sala de espera. — Mas ele vai ter que usar o cone por uma semana, até os pontos cicatrizarem. E nada de parque por um tempo.

Enquanto o paciente e a dona acertavam a conta no balcão, ele se aproximou para cumprimentá-las.

— Oi, Allison — disse ele, olhando de Stevie para Allison com certa confusão. — O que houve?

— Esta é Stevie, daquela noite — explicou Allison. — Você lembra.

— Difícil esquecer — respondeu ele, mas cumprimentou-a com um aceno de cabeça educado.

— Stevie é uma boa pessoa — disse Allison. — Significaria muito para mim se você desse uma entrevista sobre o caso.

Paul ergueu as sobrancelhas com surpresa.

— Sério?

— Sério — garantiu Allison. — Ela é legal.

A dona e o cachorrinho deixaram a clínica, e Paul acenou em despedida. Então se virou para o homem atrás do balcão, que digitava num programa de agendamentos na velocidade da luz.

— Amor, que horas é o próximo?

— Você tem quarenta e cinco minutos — respondeu o homem. — A castração das dez e quinze pediu para adiar para esta tarde.

— Parece que eu tenho algum tempo agora — disse Paul. — Um café viria a calhar. Tudo bem por você, Joe?

— Tudo ótimo por mim — respondeu Joe. — Assim eu posso desempacotar os materiais cirúrgicos.

— Meu marido mantém tudo funcionando — explicou Paul.

Joe não negou. Ele espiou por cima do balcão para avaliar Stevie.

— Então o cara da Caixa Caixa é dono do acampamento agora, é? — perguntou ele.

Stevie assentiu.

— E ele também quer fazer um podcast sobre o... sobre o que aconteceu? Parecem áreas bem distantes. Ainda assim, preciso admitir que gosto daquelas caixas.

Stevie deu de ombros, porque Joe tinha razão. Era uma estranha combinação de interesses.

— Joe gosta de organização — explicou o dr. Penhale. — Eu brincava que ele queria que passássemos a lua de mel na Container Store, aquela loja de armazenamento.

Joe ergueu as mãos, indicando que admitia a culpa.

— Resolvido então — disse Allison. — Se precisar de mais alguma coisa, fale comigo.

Com um aceno de cabeça, ela saiu.

— Parece que Allison ficou impressionada com você — disse Paul. — E se ela te acha legal, eu também acho. Vamos até a loja da Patty, tomar um café ou um refrigerante.

Os dois atravessaram a rua até a Padaria Raio de Sol. Patty Horne estava nos fundos, decorando um bolo. Ela acenou, mas continuou com seu trabalho enquanto sua assistente registrava os pedidos e preparava os cafés. Paul insistiu em pagar. Todas as mesas estavam vazias, então eles ocuparam a mais próxima da janela. A Padaria Raio de Sol era, como dizia seu nome, extremamente ensolarada. A luz do sol banhava a mesa alegremente amarela, decorada com uma margarida vermelha num vaso.

— Então, como posso ajudá-la? — perguntou ele.

— Se importa se eu gravar? — quis saber Stevie, pegando o celular. — Não é para o podcast. É só para mim. Para eu me lembrar.

Paul fez um gesto expansivo que indicava que ela deveria fazer como quisesse.

— Eu acho... — começou Stevie, então se arrependeu de começar assim.

Precisava parecer mais segura, mais confiante. Mas era mais fácil falar do que fazer. Ela estava de frente para um homem que perdera um irmão, assim como Allison perdera uma irmã, e Patty perdera os amigos. Todo mundo ali tinha *perdido*, e ela sentia isso nos ossos.

Paul estava esperando. Stevie precisava parar de parecer tão insegura.

— Seu irmão — disse ela. Não era uma pergunta, mas Paul pareceu entender. — Se tudo bem por você — adicionou Stevie.

Paul assentiu, abaixando um pouco o queixo para o peito.

— Tudo bem — respondeu. — Venho falando sobre o que aconteceu com meu irmão... sobre tudo o que aconteceu aqui... desde os dezessete anos. Isso me acompanha por quase toda a minha vida. Meu irmão morreu em dezembro de 1977, uns sete meses antes dos assassinatos. Foi pouco antes do Natal. Ele era da banda do ensino fundamental II. Tocava trompete. A banda estava fazendo um ensaio especial para uma apresentação de fim de ano. Eu estava em casa, assistindo a *Justiça em dobro* no andar de baixo e fazendo dever de casa. O telefone tocou e eu ouvi um... grito do andar de cima... — Ele parou e baixou o olhar para o café por um momento. — Foi a nossa vizinha, sra. Campbell, que ligou — continuou. — Aconteceu bem na esquina de casa. Meu irmão chegaria em um ou dois minutos. Um motorista fez a curva errado e o atropelou. A sra. Campbell ouviu e correu para fora, ela estava com Michael quando... — Paul balançou a cabeça. — Meu irmão não morreu na hora. Ela ficou com ele enquanto a ambulância chegava. Michael morreu no caminho para o hospital.

— E as pessoas acham que foi Todd Cooper que...

— Eu não acho — interrompeu ele. — Eu *sei* que foi Todd Cooper que o atropelou. Todo mundo sabe que foi Todd Cooper que o atropelou. —

Sua voz se elevou um pouco e Patty ergueu o olhar do bolo. Paul limpou a garganta. — Por que não vamos lá para fora? A manhã está agradável.

No curto período que eles passaram na padaria, a temperatura já havia subido. Stevie começou a suar imediatamente.

— Esta é uma cidade pequena — disse ele assim que se afastaram da porta e de qualquer transeunte. — Todo mundo realmente conhece todo mundo. E não é como se houvesse segredos sobre o que aconteceu com Todd e meu irmão. Com certeza Patty sabe tudo sobre isso. Mas sinto que talvez seja melhor manter essa conversa... bem, eu não sei. É um reflexo.

Eles perambularam em direção ao gramado e se sentaram num dos bancos perto da estátua.

— A cidade parecia ainda menor naquela época — disse ele. — Todo mundo vivia na casa ou no quintal de todo mundo. Todos sabíamos o que todos estavam aprontando. Eu conhecia Todd. Éramos bons amigos. Seu Jeep era marrom com uma listra vermelha. Ele dirigia rápido, com a música bem alta. E dirigia chapado, bêbado. Muita gente fazia isso naquela época. Todd fazia muito. Eu já peguei carona com ele várias vezes. Já rimos muito de vários quase acidentes. Naquela noite, não foi um quase acidente. Uma pessoa o viu. Tinha uma garota chamada Dana Silverman, que também era da banda. Ela estava caminhando para casa depois do ensaio. Dana disse que viu o Jeep dele virando a esquina da rua Mason e a avenida Prospecto logo depois do acidente, e que estava em alta velocidade. Ela viu até os dados verdes de pelúcia que ele tinha pendurado no retrovisor. No dia seguinte, depois do acidente, Todd não foi dirigindo para a escola. Ele apareceu no carro da namorada, Diane. Isso nunca tinha acontecido.

— Alguém perguntou por quê? — quis saber Stevie.

— *Eu* perguntei a Diane por quê, muita gente perguntou. Ela disse que o pai de Todd tinha tirado as chaves dele porque ele tirara uma nota baixa numa prova importante. Como falei, eu conhecia Todd. Eu andava naquele carro e sabia tudo da vida dele. O pai dele podia até ficar puto por causa de uma prova, mas *nunca* tirava as chaves do filho.

— A polícia não o interrogou? — perguntou Stevie.

— Eles disseram que sim. Todd alegou ter passado a noite toda em casa. Seus pais confirmaram que estavam todos na sala vendo TV.

— Mas a polícia teria olhado o carro dele.

— Era de se esperar, né? — disse Paul, sorrindo sem alegria.

— Ninguém *examinou o carro?*

— Depois do acidente, o Jeep sumiu da frente da casa, onde normalmente ficava. Ninguém viu aquele carro por *uma semana*. Então, depois disso, a polícia nos entregou um relatório, um formulário, que dizia que alguém tinha ido lá e olhado o Jeep e que o carro estava em ótimas condições e não demonstrava sinais de dano. O documento estava preenchido com a data do dia seguinte ao acidente, mas ninguém, *ninguém*, acha que foi quando eles realmente olharam o carro. De novo, é uma cidade pequena. O pai de Todd era o prefeito. Ele disse que o filho passou a noite toda em casa, então o filho passou a noite toda em casa. O Jeep desaparece, então reaparece uma semana depois, e a polícia diz que o veículo estava em ótimo estado. Então o veículo estava em ótimo estado.

— Alguém guardou a bicicleta? — perguntou Stevie. — Daria para examiná-la em busca de tinta.

— Eu penso nisso o tempo todo — disse Paul, balançando a cabeça. — Estávamos em 1978. Ninguém sabia que deveria perguntar coisas assim. Anos depois eu voltei a perguntar sobre a bicicleta, mas não há registros do que aconteceu com ela. Sumiu. Presumo que tenham se livrado dela. Quer dizer, foi um atropelamento com omissão de socorro numa cidade pequena. Era triste, mas não havia o que se pudesse fazer. Essa era a atitude geral.

— Então, se todo mundo sabia que foi Todd, o que aconteceu?

— Bem, a cidade se dividiu em basicamente três grupos. Tinham as pessoas que achavam que Todd era culpado e nos apoiavam. Tinham algumas pessoas que achavam que Todd era inocente. Não eram muitas, mas existiam. Essas pessoas me deixam furioso, mas não tanto quanto o terceiro grupo, que acho que era o maior grupo de todos: as pessoas que *sabiam* que Todd era culpado e escolhiam não fazer nada. Eles *sabiam* que Dana o vira. *Sabiam* que o carro sumiu por uma semana. Sabiam disso tudo, mas pensavam: "Foi só um acidente. Por que arruinar a vida de um garoto por causa de um acidente?". Eles sabiam que o prefeito estava mentindo, mas atribuíam isso à proteção do filho. O prefeito estava apenas sendo um bom *pai*. São essas pessoas que eu nunca consegui perdoar.

Paul teve que parar um pouco e mudar de posição no banco. Stevie notava o peso que ele ainda sentia, mesmo depois de todos esses anos.

— Tive que voltar à escola com o cara que eu sabia que atropelara meu irmão e se safara — continuou ele. — Tive que vê-lo todo dia. Eu o evitei, e ele me evitou. Eu também estava lidando com o fato de ser gay, um atleta no armário no fim dos anos 1970, então tentava compensar e parecer muito... fosse lá como os héteros e machos da época pareciam. Não foi um período fácil, mas conseguimos passar por ele. Meus pais eram maravilhosos. Meu pai queria que a lei fosse cumprida, queria justiça. Ele não queria vingança, não era esse tipo de pessoa. Ele queria que fizessem a coisa certa. Nunca parou de tentar convencer alguém a investigar o caso. Quando a polícia local o decepcionou, ele tentou a polícia estadual. Quando a polícia estadual não pôde ajudar, ele recorreu à imprensa local. Ele falou com quem quisesse ouvi-lo. E teria continuado, mas, sete meses depois, Todd morreu.

Paul ergueu levemente as mãos como se para dizer: "E foi isso".

— Você estava no acampamento naquela noite — disse Stevie. — Na noite dos assassinatos.

— Estava, assim como quase todos os adolescentes da cidade. Todo mundo sabia que aquele grupo ia para o bosque naquela noite. Era um segredo público quando Eric ia buscar a maconha. Naquela época, a erva era tão ilegal quanto onipresente. Eu comprava dele. Todo mundo comprava. Toda semana ele aparecia para perguntar o que você queria, então você dava alguns dólares para ele, que ia a algum lugar buscar o estoque.

— Quem sabia onde esse lugar ficava? — perguntou Stevie.

— Todo mundo sabia que era em algum ponto do bosque. Como eu disse, não era um segredo muito bem guardado. A única parte que Eric realmente manteve sob sigilo era o local exato em que a maconha ficava escondida, para se certificar de que não fosse roubada. Quer dizer, ele levou Sabrina lá, e fazia pouco tempo que ela havia começado a andar com aquele grupo. Em todos os outros aspectos, foi uma noite totalmente normal. Havia três salva-vidas no acampamento: Todd, Greg Dempsey e Shawn Greenvale. Todd estava no bosque e Greg estava em prisão domiciliar num dos escritórios da administração, então eu fui até a casa do lago para encontrar Shawn. Eu nunca teria entrado lá se Todd também estivesse, ou até mesmo Greg, para falar a verdade. Shawn estava aprendendo a tocar violão, estava tentando tocar "Stairway to Heaven", do Led Zeppelin, assim como qualquer outro adolescente dos anos 1970. Susan foi dar uma olhada na gente. Então eu voltei para o meu alojamento. Acho que li um livro ou algo assim por um tempo, depois fui dormir. Lembro-me de acordar com alguém gritando na manhã seguinte. É realmente tudo o que eu sei. Obviamente, as pessoas desconfiam da minha família por causa do que aconteceu com Michael, mas tivemos sorte em um aspecto: nossos vizinhos viviam na nossa casa depois que meu irmão morreu, levando comida, cuidando de nós e nos fazendo companhia de maneira geral. Na noite dos assassinatos, o sr. e a sra. Atkins foram jantar lá em casa e ficaram para ver TV. Minha mãe tomava remédio toda noite para ajudá-la a dormir, e ela foi se deitar por volta das nove e meia. A sra. Atkins foi para casa, mas o sr. Atkins ficou até duas da manhã bebendo cerveja com meu pai na varanda e jogando baralho. Pelo menos isso eliminou meus pais como suspeitos. E eu fiquei com Shawn até a hora em que fui dormir. O outro monitor me viu chegar. Então nós fomos poupados de maneira geral. As pessoas ainda nos olhavam esquisito de vez em quando, mas todo mundo sabia que não tivemos nada a ver com o crime.

— O que você acha que aconteceu? — perguntou Stevie.

— Foi tão caótico — disse Paul. — A polícia estava *muito* perdida. A investigação foi um fiasco desde o começo. Primeiro disseram que tinha alguma relação com drogas, mas ninguém assassinaria quatro pessoas por causa de um saco de erva num acampamento de verão... e então, para completar, *deixaria a erva lá*. Daí começaram a falar sobre o assassino em série. Essa foi a teoria principal, e acho que grande parte das pessoas acreditou que foi o que de fato aconteceu, mas ela também desmoronou com o tempo. Então o que eu acho? — Ele ergueu o olhar para a cidade ao redor por um momento. — Havia maldade demais nesta cidade. Eu sabia disso. Já vivenciara isso. Não acredito em maldições. Não sou supersticioso nem nada assim. Só quero dizer que a nossa cidade era do tipo em que coisas ruins aconteciam e nada mudava. Alguma coisa em relação aos crimes sempre me pareceu... pessoal. Local. O assassino encontrou aquele lugar na mata, estava ali na hora certa, tem alguma coisa com o timing de tudo. — Paul amassou o copo vazio de café. — Espero ter ajudado. Sinceramente, acho que já se passou tempo demais. Acho que nunca vamos saber. De todo modo, boa sorte. Espero que consiga aproveitar o acampamento pelo menos.

Ele sorriu e deixou Stevie sozinha com os pensamentos, sentada à sombra de John Barlow e seu cavalo.

17

Ao sair da cidade e seguir de volta para o acampamento, Stevie teve uma ideia. Ela deu meia-volta e desceu por uma das ruas laterais.

Talvez fosse uma provocação ao destino visitar o local onde alguém fora atropelado de bicicleta *montado* numa bicicleta; especialmente quando se está inseguro sobre suas habilidades no ciclismo. Mas Stevie nunca fora de escolher o caminho prudente. Ela pesquisou no celular como chegar ao local. Era uma esquina indistinta: um cruzamento de quatro pistas margeado por casas baixas de subúrbio. Não havia calçadas ali, apenas gramado por todo o caminho até a rua. Era plácido e arborizado, e não tinha nada que marcasse o local onde Michael Penhale fora atropelado naquela noite de dezembro. Mas era fácil ver como um acidente assim podia ter acontecido. Era noite, estava escuro ali. Stevie não via qualquer poste de iluminação na área, o que significava que provavelmente também não havia na época. Um carro chegando em alta velocidade, sem parar, ou raspando na borda...

Ela se debruçou sobre o guidão, olhando cuidadosamente para o tráfego ao redor.

Ao pedalar de volta, chegou à curva fechada que saía da estrada em direção ao colégio de ensino médio local. Foi ali que Patty disse que Greg Dempsey batera sua moto na semana seguinte ao acidente. Era tão fácil ver como ele fizera aquilo. A curva era fechada, margeada solidamente por uma parede de árvores e pedra. Se você perdesse o controle, bateria em cheio nessa parede, como ele fizera. Era uma curva mortal. Certamente parecia que outros haviam cometido o mesmo erro, porque havia restos de antigos memoriais: uma cruz decrépita, meio afundada na grama alta, e um ursinho de pelúcia se deteriorando pelo tempo e exposição.

Stevie olhou para a estrada à sua frente e viu a placa comicamente grande do Colégio Liberty. Era sinistro estar ali sozinha, mesmo que não passasse de um acostamento num dia claro de verão. Muitas coisas ruins aconteceram nesta cidade no curto tempo entre dezembro de 1977 e julho de 1978. Mais ou menos sete meses de tragédia. Era sombrio.

Ela se manteve bem perto da parte gramada na lateral da estrada ao pedalar de volta para o centro da cidade, mais de uma vez descendo da bicicleta e a empurrando por conta do nervosismo de alguém vir pela estrada e atingi-la por trás. Quando enfim retornou, o Acampamento Pinhas Solares tinha mudado. As crianças já estavam por lá. Elas chegaram em carros e ônibus, aos poucos. Com suas mochilas reluzentes e capacetes de patinetes. Gritando seus gritinhos agudos para acabar com a paz do lago.

Obviamente, isso não era surpresa nenhuma, mas, ainda assim, a mudança na paisagem por causa da presença deles foi tão brusca que Stevie ficou confusa. Ela tinha começado a conhecer aquele lugar, suas longas extensões de campos que sempre cheiravam a grama recém-cortada, as pequenas construções marrons, os canos aparentes, as placas. O acampamento fora dela primeiro, então compartilhado com alguns monitores da idade dela, mas agora? As crianças estavam *por toda parte*.

Subitamente lhe ocorreu o que ela realmente tinha se proposto a fazer.

Stevie passou por pais que lentamente desgrudavam crianças chorosas de suas pernas, ou observavam enquanto crianças felizes saíam correndo, alheias ao fato de que seus responsáveis ainda estavam ali.

Janelle e Nate eram dois dos últimos monitores que ainda estavam no refeitório. O café da manhã basicamente já havia encerrado, mas Stevie conseguiu convencer a mulher atrás do balcão a levantar o plástico filme e deixar que ela pegasse algumas panquecas frias. Ela nem precisava de talheres ou prato. Segurou-as com um guardanapo e comeu-as com as mãos, sem nenhuma cobertura. Stevie descolou um copo da substância que diziam ser suco de laranja e se sentou com os amigos. Assim que o fez, sentiu uma presença às suas costas. Nicole se sentou no banco ao lado dela.

— Estava na cidade esta manhã?

Stevie bebericou um pouco do suposto suco de laranja e fez um "aham".

— Eu sei que você tem permissão especial de Carson, mas as crianças estão aqui agora.

— Eu sei — disse Stevie.

Porque ela realmente sabia. Ela *via* as crianças, que estavam sendo agrupadas por alguns dos monitores e guiadas aos seus alojamentos ao longe.

— Então isso significa que você tem um trabalho a fazer.

— E eu estou fazendo — respondeu Stevie. — Levei mais tempo para voltar da cidade...

— Só estou dizendo — falou Nicole, então não disse mais nada, levantou-se e saiu andando.

— Ela gosta de você — comentou Nate.

— Não se preocupe — adicionou Janelle. — Eu já cuidei de tudo.

Janelle pegou uma pasta, dentro da qual havia uma série de planilhas classificadas por cor, cada uma rotulada com notinhas adesivas.

— Eu separei todos os artesanatos pela faixa etária de quem vai participar das atividades — disse ela. — Agora, vejamos...

E naquela manhã e tarde, Stevie viu mesmo. Elas fizeram amostras de tudo no quadro de Janelle ao mesmo tempo que compareceram a múltiplas assembleias, onde nomes foram aprendidos e regras foram lidas e todo mundo recebeu as boas-vindas. Stevie precisava admitir que as crianças eram bem fofas. Pelo menos a maioria era. As mais velhas tinham onze anos, e claramente viam os monitores não exatamente como iguais, mas certamente como uma espécie de colegas. Stevie não parava de relancear para o celular, esperando atualizações, e a mensagem que ela tanto aguardava finalmente chegou às quatro da tarde.

Cheguei, escreveu David.

— Te vejo mais tarde — disse Janelle, sorrindo.

Mesmo que Stevie tivesse acabado de receber instruções para não sair, nada a seguraria ali. Ela fugiu de uma das sessões, esgueirando-se por entre as cabanas e se apressando pelo gramado até a entrada do acampamento, atravessando correndo a estrada que o separava do parque. Ela avançou pelas trilhas até chegar ao local de onde podia ver o estacionamento. Ali, parado ao lado de um velho Nissan cinza, estava David.

A última vez que David e Stevie se encontraram havia sido na escola, durante todos os dias de dezembro. O destino (além de um bando de assassinatos e um senador) os tinha separado. Houve muitos vídeos e infinitas fotos, então eles conseguiam se fazer presentes na vida um do outro, mas ela não o via em carne e osso desde aquela fria e nevada manhã no alto das montanhas de Vermont, quando vieram buscá-lo. Stevie conhecia todos os detalhes do rosto de David por todos os ângulos que uma câmera e sua memória podiam capturar, mas vê-lo ali, por inteiro, embaralhou o cérebro dela por um segundo. Ele sempre fora tão alto, tão esbelto, com ondas firmes de músculos? A camisa estava grande, ou ele estava mais magro? As pernas sempre foram assim? E seu cabelo... cachos escuros e soltos que tinham crescido bagunçados e livres em Ellingham estavam aparados um pouco mais curtos agora. Ela sabia disso, vira as imagens, mas naquele momento nada se encaixava direito.

No entanto, o corpo de Stevie sabia o que fazer. Ela correu até ele, pulando, e ele a pegou desastradamente. Os dois tombaram contra a porta do carro, e ela beijou os lábios sorridentes de David.

Sim. Tudo voltou a fazer sentido. A imagem se recompôs. A sensação do rosto dela na curva afundada do pescoço dele. A maneira como os braços de David envolviam as costas de Stevie e como eles se curvavam um sobre o outro. A respiração dele. Seu batimento cardíaco. David.

Além disso, ela estava na ponta dos pés e ambos deslizavam pela lateral do carro, até cambalearem um para cada lado, rindo.

— Nós já nos conhecemos? — brincou ele.

Stevie o apertou pela cintura.

— Quer me ajudar a me instalar? — perguntou David. — Seria bom ter um lugar para dormir antes de o sol se pôr.

Stevie e David tiraram um monte de equipamentos da traseira do carro: uma barraca, um *cooler*, um fogareiro de acampamento, duas cadeiras e uma mesinha dobráveis. Carregaram tudo até uma área vazia perto da margem do lago.

— O saco de dormir é meu — disse ele. — Uso em alguns dos lugares mais obscuros em que costumamos ficar na estrada. O restante das coisas eu aluguei de uma loja aqui na cidade. Até aluguei um caiaque deles. Agora, como é que uma *barraca*...

A barraca se provou mais desafiadora do que pareceu a princípio. A montagem envolveu cravar muitas estacas no chão e enrolar coisas do jeito certo e inserir tubos em cavidades e prender. Mas, mais ou menos duas horas mais tarde, Stevie e David entraram nela, a consideraram estável e imediatamente experimentaram o chão.

Aquele lugar era tão reservado. Era diferente de tudo que Stevie já vivenciara, mesmo nos quartos deles em Ellingham. Era selvagem e isolado. E eles estavam ali por um motivo. David viera de muito longe para estar com ela. Ela. Esse era o *único* motivo para ele estar ali.

— Preciso ir daqui a pouco — disse Stevie.

— Você precisa mesmo voltar pra lá?

Ela pensou por um longo minuto. A tentação de ficar exatamente onde estava, nesse saco de dormir, nessa barraca, era imensa. Por outro lado, Nicole havia sido categórica em relação às regras, como passar a noite fora.

— Eu preciso ir — afirmou Stevie.

— Eu acompanho você — disse ele. — Esse é o bosque dos assassinatos, certo?

— Mas aí você vai voltar sozinho. Esse é o bosque dos assassinatos.

— Bom ponto. Fica aqui.

— Para — falou ela, empurrando-o ao mesmo tempo que não queria nem um pouco que ele parasse.

Então eles começaram a se pegar, e só pararam quando Janelle ligou para Stevie e lhe disse que Nicole estivera rondado a cabana e que o toque de recolher estava próximo.

— Agora eu tenho que ir mesmo — disse Stevie. — E logo.

— Então eu te levo de carro — respondeu ele.

Era conveniente ter um carro agora. Stevie se apressou para ficar apresentável de novo, calçando as meias e os sapatos enquanto saíam da barraca. David a levou até o estacionamento do parque e pela curta extensão de estrada até o começo do acampamento. Ele seguiu por quase toda a entrada para carros, parando antes da placa de entrada e das luzes. Stevie saltou para a noite quente, acenando e olhando para os lados atentamente, e correu para a cabana. Quando Nicole conferiu de novo, Stevie estava na cama, olhando para o tablet como se nunca tivesse saído dali.

18

— *Bom dia, Pinhas Solares!*

Stevie piscou com a cara no travesseiro e virou a cabeça para olhar para Janelle. A amiga não estava lá. Ao juntar suas coisas e sair para tomar banho, Stevie encontrou uma longa fila de crianças esperando para entrar no banheiro. Janelle estava mais ou menos na metade.

— Isso não é bom — disse ela em voz alta.

A fila estava tão longa que Stevie acabou pulando o banho e seguindo para tomar café da manhã com Janelle. Nate já estava lá, esperando por elas. Ele pegou uma bandeja e entrou na fila atrás das duas, então as seguiu até uma mesa.

— Como foi a primeira noite? — perguntou Janelle.

— Está vendo o garoto ruivo? — respondeu ele. — Camiseta azul? O nome dele é Lucas. Ele é meu arqui-inimigo.

— Você não pode ter um arqui-inimigo de oito anos — disse Janelle, tirando as uvas de seu pote de frutas.

— Não me diga como viver a minha vida. Ele é... ah, meu Deus. Ele está vindo para cá.

Lucas, o arqui-inimigo, notara Nate e estava de fato andando na direção deles, comendo uma linguiça enquanto a segurava com os dedos. Ele se sentou à mesa com os três sem pedir permissão e olhou para Janelle e Stevie.

— Vocês são amigas dele?

Lucas era direto.

— Sim — respondeu Janelle amavelmente. — Nós estudamos juntos.

— Eu já li o livro dele sete vezes — declarou o menino.

— Uau — falou Janelle. — Muitas vezes!

Porque eram de fato muitas vezes, e esse garoto tinha oito anos.

— Pois é — respondeu Lucas. — Ainda estou esperando o próximo. Ele disse que não terminou.

A cabeça de Nate se encolheu um pouco para o meio dos ombros, como um elevador descendo lentamente.

— Você pode fazer ele terminar? — perguntou Lucas.

— Acho que não — respondeu Janelle. — Mas ele vai.

— Eu tenho ideias — continuou Lucas.

— Eu escrevi o livro — disse Nate enquanto Lucas voltava para a mesa do seu alojamento. — Não *preciso* de ideias.

— Você meio que precisa — falou Janelle baixinho.

— Eu estou no inferno.

— Ele tem oito anos — frisou Janelle de novo. — E leu seu livro. Isso é legal.

Nate se retraiu fisicamente.

— Você terá mais tempo em breve — continuou a amiga. — Falta só mais um ou dois dias até o outro monitor chegar.

Se Stevie pensou que a manhã tinha começado de um jeito abrupto, não fazia ideia do que o dia lhe reservava. No minuto em que as bandejas foram recolhidas das mesas de piquenique, o acampamento inteiro foi para o gramado, onde eles formaram um círculo ao redor do mastro, fizeram o Juramento à Bandeira e ouviram alguns anúncios. Então todos os grupos se dividiram e as atividades começaram.

Era bom que Janelle fosse como era. O pavilhão de arte estava pronto. Na verdade, era provável que, em toda a história do acampamento, o pavilhão de arte nunca tivesse estado tão pronto quanto estava naquela manhã. Janelle esperara a vida toda por aquele momento, e agora ele chegara. As crianças não faziam ideia do que as aguardava. Eles fariam artesanatos como nunca tinham feito antes.

Por algumas horas, não houve investigação, não houve David. Houve limpadores de canos e canetinhas e tesouras sem ponta. Stevie tinha cola grudada na ponta dos dedos e tinta nos braços e ajudara a fazer meia dúzia de corujas que batiam asas a partir de pratos de papel, vários colares de miçanga, algum tipo de obra de arte com tinta e pés. Durante os curtos períodos em que o pavilhão estava livre de crianças, Janelle varria o espaço, um brilho extasiante no rosto ao combinar seu amor por trabalhos manuais, organização e limpeza num único geodo de prazer. A hora do almoço chegou e passou, depois a tarde inteira. Logo veio o jantar, durante o qual Nate se escondeu atrás de uma das colunas do refeitório antes de desaparecer totalmente, e então o primeiro dia chegou ao fim.

— Vou organizar as coisas para amanhã e falar com Vi — disse Janelle. — Nos vemos na cabana.

Stevie ligou para David no caminho de volta.

— Finalmente — falou ele. — Estava me perguntando onde você estava.

— Tem tantas... — ela olhou ao redor com nervosismo — ... criancinhas.

— Num acampamento de verão? Puta merda, precisamos avisar alguém.

— Além disso — disse Stevie —, preciso me certificar de que a coordenadora do acampamento não note que eu sumi. Talvez seja mais difícil agora que tem crianças aqui. Crianças veem coisas, não veem?

— E se eu for até aí? Posso ir de caiaque. Eu estava remando por esse lado do lago mais cedo, e tem um riacho fundo o suficiente para navegar. Só vai levar alguns minutos.

Era um bom plano. Levava muito tempo para *dar a volta* no lago, mas *atravessá-lo* era rápido e fácil, e havia espaços de sobra para aportar o caiaque ou seja lá o que se fizesse com eles. Stevie tinha uma vaga sensação de que talvez isso não fosse permitido, mas uma vaga sensação não é uma sensação clara e definitiva.

Um crepúsculo roxo recaiu sobre o lago enquanto ela esperava sozinha, no ponto mais distante das docas. Stevie podia ouvir crianças cantando à distância, e vagalumes flutuavam e piscavam ao seu redor. Já havia um aspecto mágico sobre a noite quando David chegou deslizando pelas águas escuras num caiaque de plástico amarelo, encalhando (talvez esse fosse o verbo) o caiaque ao lado dela na areia rochosa.

— Uma bela entrada — disse ele. — Não acha?

Stevie percebeu na mesma hora que David havia feito um esforço extra naquela noite. O cabelo dele estava bagunçado, mas de uma maneira muito elaborada. Usava uma camiseta preta justa que ela nunca vira antes, e Stevie teve certeza imediata de que ele a comprara só porque o tecido se ajustava perfeitamente ao corpo. David usava uma bermuda de praia longa e chinelos, mas até isso parecia fazer parte de um conjunto. Ele se abaixou e sussurrou em seu ouvido:

— Você mora por aqui?

Stevie literalmente estremeceu. O corpo dela relaxou, como se todos os parafusos caíssem ao mesmo tempo. Ela pegou a mão dele e o levou para os fundos dos alojamentos, serpenteando para longe de qualquer luz ou pessoa, até chegarem à cabana dela. Por um segundo extremamente fugaz, ela pensou em Sabrina e os outros se esgueirando para o bosque, a empolgação de se safar de algo neste lugar escuro e quente à margem do lago. Ela sentiu que conseguia entender algo sobre eles, e essa compreensão era profunda e intensa, e também passou em poucos segundos. Os dois chegaram à cabana e fecharam a porta. No minuto seguinte, estavam na cama. A próxima coisa que Stevie se deu conta foi uma batida forte na porta e seus olhos doeram por causa da luz quando ela os abriu. Stevie se levantou num pulo, ajeitando as roupas. Não havia onde esconder David; a cabana não tinha armários. Ela não tinha alternativa exceto abrir a porta e enfrentar o que quer que viesse.

Nicole estava parada no degrau, com uma aparência sombria. Ela espiou dentro do quarto e suspirou profundamente.

— Quem é você? — perguntou para David, que estava sentado na beira da cama e talvez parecesse um pouco entretido demais.

— Eu sou... — ele olhou para Stevie, como se ela guardasse o segredo de sua verdadeira identidade, aquela que ele nunca conseguira compartilhar com o mundo — ... David?

— David do quê? Como você chegou aqui?

— Caiaque?

— Você precisa ir embora. Agora.

Nicole esperou que ele se levantasse e ajeitasse a camiseta.

— Vou acompanhá-lo até o seu caiaque — disse ela. — Você não deveria estar no lago depois de escurecer. Tem uma lanterna?

— Eu, hum...

— Stevie, dê sua lanterna para ele.

Stevie obedeceu, e David aceitou-a com um sorriso nervoso. Os dois estavam prestes a sair quando Nicole virou a cabeça para trás e olhou por cima da porta.

— Isso é uma câmera?

— Estou gravando pássaros — disse Stevie.

Ela não fazia ideia de por que dissera aquilo. Foi a primeira coisa que veio à sua cabeça.

— Voltarei em alguns minutos. Precisamos conversar.

Ela voltou pouco tempo depois, sozinha. Stevie arrumara a cabana em sua ausência, como se a situação pudesse melhorar se seu porta-xampu estivesse mais organizado.

— Quero ser muito clara sobre uma coisa — começou Nicole. — Eu sei que você está aqui como convidada de Carson, mas, se eu pegar você trazendo pessoas para o acampamento a qualquer hora sem autorização, será expulsa, com ou sem Carson. Isso é um acampamento. Para crianças. O que significa que temos o dever de cuidar. Sou responsável por absolutamente todas as pessoas neste terreno. Nenhum desconhecido deve ficar perto das crianças. Não deve aparecer ninguém em caiaques no lago à noite. Aquele lago pode ser perigoso. Essa é a primeira e a última vez que vou falar isso.

O discurso foi dito num tom tão sério e severo que Stevie se sentiu humilhada até a medula.

— Tá — disse ela. — Entendi. Tá.

Assim que Nicole saiu, Janelle entrou. Dava para notar que ela ouvira tudo o que acontecera, e ela olhou para Stevie com os olhos arregalados ao fechar a porta.

— Noite divertida?

— Eu meio que fui pega no flagra com David.

— Eu sei — falou Janelle, parecendo um pouco irritada. — Eu voltei mais cedo. Você nem me escutou. Eu fechei a porta e saí. Vi Nicole vindo, mas ela estava na minha frente e eu não consegui chegar à porta a tempo. Eu te mandei uma mensagem, mas...

Stevie olhou para o celular e viu que tinha sete mensagens não lidas de Janelle.

— Desculpa.

— Você pode... perguntar da próxima vez? Ou me avisar? Tudo bem que acho que não vai ter uma próxima vez, porque ela acabou de esculhambar você. Mas você entendeu. Se fosse eu e Vi, eu ia te avisar.

— Desculpa — disse Stevie de novo, com sinceridade.

— Tudo bem.

Janelle foi até a cômoda e começou a remexer nos seus vários cremes e demaquilantes para se preparar para a noite. Seu tom indicava que as coisas entre elas ainda não estavam totalmente bem, mas ficariam. Depois de alguns minutos, ela se virou para Stevie.

— O Vietnã é *longe*. Nem todos nós temos pessoas para trazer escondido para nossas cabanas à noite.

Stevie assentiu com compaixão.

— Alguma chance de você ter dois mil dólares para me emprestar para uma passagem de avião? — perguntou Janelle.

— Eu tenho um cartão-fidelidade quase cheio para um café de graça.

Janelle soltou um longo suspiro.

— Falta pouquinho para voltarmos para a escola — disse Stevie.

— Agora eu sei como Nate se sente — respondeu Janelle. — Nada demora tanto quanto um pouquinho.

No café da manhã do dia seguinte, Stevie desviou o olhar ao passar por Nicole na entrada. Nate já estava lá quando elas chegaram, evitando a mesa do alojamento dele e se esquivando no canto com uma bandeja de panquecas e bacon.

— Achei que vocês nunca fossem chegar — disse, sentando-se com elas.

— Você não deveria estar ali? — perguntou Janelle.

Lucas ergueu o olhar quando viu Nate, que se curvou sobre a bandeja.

— A noite toda — disse ele. — A noite. Toda. Ele falou sobre o meu livro. Basicamente, falou tudo o que ele acha que tem de errado com a história. E cadê o segundo? Ele sabe mais sobre aquele livro do que eu. Esse garoto é a personificação de um *comentário de internet*.

— Ele tem *oito anos* — destacou Janelle mais uma vez.

— Você não entende — respondeu Nate, balançando a cabeça. — Cadê esse outro monitor? Por que ele não melhorou? Deveria ser, tipo, um dia.

— Nicole disse alguns dias — corrigiu Janelle, desmentindo sua compreensão da noite anterior.

— Esse não era o combinado.

Stevie comeu bacon e observou os amigos discutirem. Ela sentira tanta saudade.

— Seu amigo chegou — disse Nate. — Capitão Caixão. Caixa Bolsa. Chefe Ecobag.

Stevie se virou na direção que Nate estava olhando. Como esperado, Carson atravessava o gramado que margeava o refeitório num passo apressado, ziguezagueando por entre os aglomerados de crianças, avançando em direção à mesa deles. Parecia estar numa missão, o cenho franzido.

— Ah, céus — falou Stevie. — O que ele quer? Nicole vai gritar comigo de novo por trazer esquisitos para o acampamento, mesmo que seja o dono do lugar.

Nate fez uma expressão de que queria uma explicação, mas Carson os alcançou. Ele se agachou ao lado da mesa.

— Preciso falar com você — disse para Stevie numa voz baixa e sem fôlego.

Ela olhou para suas panquecas, que esfriavam rapidamente.

— Posso terminar...

Ele balançou a cabeça.

— Não temos tempo.

— Podcasts não esperam ninguém — disse Nate.

Stevie atacou a pilha de panquecas numa tentativa desesperada de enfiá-las na boca.

— Escuta — falou ele —, Allison Abbott morreu.

19

Stevie paralisou, uma garfada cheia de panquecas frias a centímetros da boca.

— O quê?

— Ponta da Flecha — disse Carson. — Ela caiu durante sua corrida matinal.

Stevie sentiu tudo girar lentamente para longe dali. Fazia pouquíssimo tempo desde a última vez que vira Allison. Dias atrás Stevie tinha acompanhado ela na corrida matinal, tinham ido juntas ver a Ponta da Flecha, onde o lago Cachoeira Encantada se estendia abaixo inteiro em gloriosa exibição.

— Precisamos ir *agora* — afirmou Carson.

— Fazer o quê? — perguntou Nate.

Stevie não precisava de explicação. Precisava ir, tentar ver, entender. Ela baixou o garfo e a faca automaticamente e pegou o celular e a mochila. Os dois estavam no meio do caminho quando Nicole os interrompeu.

— O que está havendo? — perguntou ela para Carson. — O que você está fazendo?

— Eu preciso de Stevie.

— Ela tem um trabalho aqui.

— Não hoje — respondeu ele.

Eles seguiram em frente antes que Nicole conseguisse dar qualquer resposta e logo chegaram ao Tesla. Um minuto depois, estavam disparando (ou pelo menos avançando numa velocidade moderada de uma maneira mais ou menos responsável num carro elétrico praticamente silencioso) para fora do acampamento. Saíram pela entrada principal e viraram em direção ao lado público do lago. À frente, Stevie viu uma viatura policial bloqueando a entrada ao lado da cabana da guarda-florestal.

— Como você descobriu? — perguntou ela, entorpecida.

— Eu estava fazendo a minha caminhada meditativa esta manhã — disse ele. — Duas viaturas e duas ambulâncias passaram, seguindo em direção ao lago. Então eu corri naquela direção. Tentei entrar, mas um dos policiais me deteve na trilha. Corri para casa e peguei um drone para tentar ver ou ouvir alguma coisa. Consegui algumas imagens, mas não deu pra chegar tão perto...

Stevie se virou com repulsa, mas percebeu que não tinha nada a dizer. O choque ainda não tinha passado e sua mente estava nebulosa.

— Eles estão fechando as entradas principais — continuou Carson, passando direto pelas viaturas. — Mas podemos entrar pelo bosque.

O celular dela vibrou. Uma mensagem de David apareceu:

Vem pra cá quando puder.

David passaria cinco dias ali. Esse era todo o tempo que eles teriam juntos naquele verão. O que aconteceria agora? Stevie não conseguia pensar. Sua cabeça estava girando. Ela respondeu a mensagem.

Tem alguma coisa estranha rolando por aí esta manhã?

Não, respondeu ele. Por quê?

Isso até que fazia sentido. O lago era grande, e a Ponta da Flecha ficava lá no fim. David estava mais perto do meio, no Ponto 23.

Carson parou o Tesla suavemente na beira da estrada.

— Aqui — disse ele, entregando um microfone minúsculo para ela. — Um microfone melhor para o seu celular. Entra por aqui e vê se consegue pegar o relato de alguma testemunha. Eu vou tentar me esgueirar perto da Ponta da Flecha e gravar algumas imagens.

Stevie não se importava de verdade com o que Carson faria. Precisava entrar no bosque e ver e ouvir pessoalmente o que acontecera com Allison. Ela pegou o microfone e saltou do carro, disparando pela silenciosa via rural. Depois que de fato entrou no bosque, seu celular perdeu qualquer noção de localização. Ele alternava sua posição entre no meio da estrada e no meio do lago. Então Stevie seguiu pelo meio das árvores até ver o reflexo da água, depois encontrou uma das trilhas que serpenteava ao redor do lago. Ela andou em direção à Ponta da Flecha, tentando se manter fora da vista de qualquer policial ou socorrista que pudesse estar por perto. Mas não viu ninguém, exceto uma mulher passeando com o cachorro, que parecia não fazer ideia do que estava acontecendo. Estranho como alguém podia morrer nesse bosque e tudo continuar normal e tranquilo. Este lugar devorava pessoas e não contava para ninguém.

Stevie sentiu frio apesar do calor que estava fazendo. Seguiu em frente, desorientada, encontrando seu caminho pelas pontes de ripas de madeira sobre as depressões e as silenciosas lascas de árvore, sempre mantendo o lago à esquerda, observando-o com um dos olhos, esquadrinhando-o em busca de movimento.

Finalmente, ela ouviu o som de pessoas conversando à frente. Saiu da trilha e ziguezagueou por entre as árvores até avistar um grupinho de mulheres mais velhas reunidas num pedaço de praia arenosa, falando umas com as outras bem de perto. Dali, Stevie conseguia ver a subida da Ponta da Flecha e talvez algumas pessoas andando pelo topo, mas não muito mais que isso. Ela saiu do meio das árvores, fazendo um pouco de barulho para não aparecer do nada e assustar as desconhecidas. Depois de conectar o microfone no celular e afundá-lo o máximo possível no bolso, ela tentou agir como se estivesse fazendo uma caminhada casual.

— Aconteceu alguma coisa? — perguntou, aproximando-se e estreitando os olhos para o ponto.

— Uma mulher caiu — disse uma delas, pareciam ser nadadoras. — Lá de cima. — Ela indicou a Ponta da Flecha com a cabeça.

— Ela simplesmente... caiu?

— Nós ouvimos um grito e ela meio que cambaleou para a frente...

— Como se tivesse tropeçado — disse outra nadadora.

— É, ela deve ter tropeçado.

E é por isso que não se deve deixar testemunhas conversarem entre si antes de interrogá-las; quando várias pessoas veem algo juntas e discutem o acontecido, detalhes começam a se mesclar. Tudo o que se sabia era que Allison gritara e caíra, mas a história já virara que ela tropeçara.

— Barbara... essa é a Barbara... voltou para o píer porque o short dela estava perto da beira e ela poderia pegar o celular, e eu subi para esperar a polícia. Nossos amigos nadaram até lá para tentar ajudar, mas...

— Era tarde demais — disse Barbara.

— Ela caiu naquelas pedras. Ninguém sobreviveria a isso.

— Tinha mais alguém lá em cima? — perguntou Stevie.

— Quer dizer, se alguém a empurrou? — perguntou Barbara. — Ah, meu Deus. Não. Não tinha ninguém. Nós teríamos visto. Conseguíamos vê-la claramente. Não havia ninguém lá em cima além dela. Ela estava gritando. Deve ter tropeçado.

— Deve ter tropeçado — repetiu com tristeza a mulher que não era Barbara.

Stevie decidiu não pressionar mais a Barbara e a não Barbara. Elas estavam abaladas, e tinham contado o que testemunharam: uma mulher gritando e cambaleando para fora de uma ponta rochosa.

Não *uma* mulher. Allison Abbott. A bibliotecária, a arquivista da vida da irmã. A corredora. A pessoa que passara por tanta coisa, que amava a irmã tão ferrenhamente.

Stevie se sentiu enjoada e voltou para dentro do bosque, caminhando na direção de onde viera, inalando grandes arfadas do ar suavemente perfumado de pinheiros, tentando deixar que a cortina de verdes e marrons e raios de sol a acalmasse.

Gritos. Cambaleios. Seu cérebro, alimentado por milhares de horas absorvendo crimes reais e ficcionais, pintou a cena em vívidos detalhes.

Então a onda veio; a descarga de ansiedade e pânico, aquela que tornava as árvores ameaçadoras e o solo sinistro. Aquela que transformava a manhã em algo que zombava dela e a afastava de tudo que era familiar.

— Não — disse em voz alta, parando.

Stevie fechou os olhos e praticou seu exercício de respiração, inspirando lentamente, prendendo, expirando ainda mais lentamente. Inspira. Expira. Ela deixou o mundo oscilar e se distanciar por um momento.

Quando voltou a abrir os olhos, o mundo ao redor não tinha se fixado totalmente, mas as coisas pareciam um pouco mais estáveis. E Stevie estava indo para um lugar que a ajudaria. Seguiu em frente, passando por vários campings, até finalmente avistar algumas tendas familiares e, atrás delas, a barraca vermelha que procurava. Ela deu uma corridinha até lá, então, por um momento, não soube o que fazer. Não dá para bater na porta de uma barraca.

— Olá — disse ela, sua voz saindo afobada. — Olá?

Houve um movimento do lado de dentro.

— Stevie? — falou uma voz sonolenta.

Um farfalhar. Então o zíper se abriu por dentro e um David de cabelo bagunçado, camiseta e short espiou para fora. Ele abriu um sorriso, que murchou quando viu o rosto dela.

— O que houve?

Stevie se sentou numa das cadeiras de acampamento portáteis em frente à barraca e encarou o chão por um momento.

— Allison Abbott morreu.

— Allison... Abbott? — repetiu ele, se abaixando para sair da tenda. — Quem é Allison Abbott?

— Irmã da Sabrina. A bibliotecária. Ela caiu do penhasco no alto do lago. Ponta da Flecha.

— Ah, merda — disse ele, esfregando o maxilar, registrando a informação. David não conhecia Allison ou a Ponta da Flecha, mas conhecia Stevie, e conhecia dor e confusão. Ele olhou ao redor por um momento, então abriu um *cooler* e pegou uma lata de café. — Quer? — ofereceu, estendendo a lata.

Stevie aceitou. Ele arrastou outra cadeira dobrável e se sentou perto dela.

— Você está bem? — perguntou David.

Ele andava lhe perguntando muito isso.

— Eu não entendo — respondeu Stevie.

— Nem eu, mas não faço ideia do que está acontecendo.

Ela explicara parte do caso para ele, mas não dera todos os detalhes. Focou nas partes legais, é claro, como desmascarar Carson e coisas assim, mas não descrevera qual fora a sensação de estar na casa de Allison, cercada pelas coisas de Sabrina, por exemplo. Não descrevera a sensação de poder dar a Allison uma coisa que havia pertencido a sua irmã, por menor que fosse.

David analisou o rosto de Stevie por um momento.

— Alguém morreu — afirmou ele. — Alguém ligado a um assassinato que aconteceu aqui. Já estivemos nessa situação.

Ele se referia à época de Ellingham, quando alguém morrera num lugar que era famoso por assassinatos. Stevie deu um gole no café, amargo e forte. Ela não amava o gosto, mas a bebida tinha um efeito esclarecedor, então ela bebeu tudo.

— Seu caiaque... Ele acomoda duas pessoas?

— Só uma. Mas eles têm canoas que aguentam até três pessoas.

— Então precisamos de uma.

David não se deu ao trabalho de trocar de roupa. Ele colocou um par de sapatos, e os dois andaram até o aluguel de barcos um pouco mais à frente, mais perto de Pinhas Solares, e pegaram uma canoa. Quando ajudaram a baixá-la e empurrá-la pela areia, pareceu muito maior do que Stevie pensava que seria. E, quando entraram na água, era muito mais instável do que Stevie esperava. Mas ela estava concentrada, então se sentou no banco e descobriu como remar. Depois de alguns minutos chapinhando confusos e girando em círculos, eles deslizaram pelas águas plácidas do lago Cachoeira Encantada em direção ao Ponto da Flecha. A polícia estava afastando as pessoas do litoral abaixo do pico e havia pendurado uma lona sobre a área onde Allison caíra para que ninguém conseguisse ver o corpo. Mas nada os impedia de se aproximar pela água. Algumas tiveram a mesma ideia: observavam a partir de canoas, jangadas ou botes infláveis. Não que houvesse muito para ver. A lona bloqueava a maior parte da ação. Alguns policiais estavam na beira do penhasco, examinando-o. Stevie observou a movimentação por um tempo em silêncio, enquanto David remava para mantê-los o mais estável possível. Um dos policiais engatinhou ao longo da ponta, então se levantou e andou de volta até a trilha. Provavelmente procuravam qualquer sinal do que poderia ter feito Allison cair.

— Eu não entendo — disse Stevie enfim.

— Não sei bem o que tem para entender.

— Você não sabe o que vi na casa dela — respondeu Stevie. — Allison era *meticulosa*. Ela fazia *Janelle* parecer desorganizada. Cada coisa ficava exatamente no lugar certo. Horários seguidos minuto a minuto. Eram estratégias para lidar com a morte da irmã. Ela corria por aquela trilha exatamente no mesmo horário todo dia. Eu fui com ela. Allison conhecia cada relevo no chão. Eu parei na ponta com ela. Ela me alertou de como aquela parte afunilava.

— Continua sendo uma beirada íngreme. Pessoas podem cair de beiradas íngremes.

— Não — disse Stevie com firmeza. — Não foi um acidente.

— Você nunca acha que é um acidente.

De fato aconteceram vários "acidentes" no Instituto Ellingham que Stevie não acreditara que haviam sido acidentes. Mas a questão era: ela estava certa naquela ocasião.

E estava certa agora.

Stevie observou uma libélula azul zumbir na superfície do lago. A água estava parada e, apesar de coberta por uma fina névoa de algas verdes, conseguia refletir pedaços do céu. De alguma forma, o que a deturpava a deixava mais linda. Se Stevie não visse a polícia trabalhando nas pedras, jamais acreditaria que qualquer coisa pudesse acontecer ali.

Carson ligou várias vezes, e Stevie mandou todas as ligações para a caixa postal. Ela se recostou na canoa e tentou entender como, em algum lugar entre as nuvens fofas acima e seu reflexo abaixo, Allison deixara de existir.

20

O RESTANTE DO DIA DA MORTE DE ALLISON PASSOU NUMA NÉVOA ESTRANHA. Stevie fez as atividades no pavilhão de arte no automático, seu cérebro a mil. Na hora do jantar, já estava cansada dos pensamentos cíclicos. Ela se sentou, com a comida intocada à frente, repetindo a história para Nate e Janelle pelo que devia ser a décima quinta vez.

— Considerando tudo o que você está dizendo, realmente parece que ela caiu — disse Janelle. — Sabe, a maioria dos acidentes de carro acontecem nas estradas que as pessoas mais conhecem. As pessoas entram em piloto automático e sentem que não precisam prestar tanta atenção. Ela podia estar preocupada.

— Não — repetiu Stevie. — Tem alguma coisa errada.

— Você notou algo estranho nela quando entregou a lista? — perguntou Janelle.

— Não. Ela ficou feliz.

Stevie percebia pelas expressões dos amigos que, assim como David, eles sabiam que ela sempre duvidava de possíveis acidentes. Eles também sabiam que era melhor não verbalizar isso no estado em que Stevie estava. Ela voltou para sua cabana, sentindo-se zonza e sonolenta. Ligou para David.

— Oi — disse Stevie.

— Sua voz está estranha.

— Só estou cansada.

— O negócio do caiaque não saiu como o esperado. Quer vir andando e eu te encontro na trilha?

Stevie esfregou o rosto com a mão. Ela tinha tão pouco tempo com David — cada dia contava —, mas seu corpo estava pesado de exaustão. Alguma coisa em relação à morte de Allison a derrubara.

— Acho que preciso dormir.

Ela o ouviu suspirar.

— Descansa — respondeu ele. — Te vejo amanhã?

— Amanhã — repetiu Stevie, subindo os degraus para a cabana.

Assim que entrou, ela desabou na cama, nem se dando ao trabalho de tirar os sapatos. Ainda eram sete da noite — estava claro lá fora —, mas Stevie estava desligando. Ela fechou os olhos, deixando a cabana e o acampamento e a confusão do dia ir embora de mansinho. Bem quando estava quase pegando no sono, seu celular tocou. Era um número local desconhecido.

— Quem está falando é Stephanie Bell? — disse a voz de uma mulher.

— Sim?

— Meu nome é Susan Marks. Eu era a diretora do acampamento quando ele se chamava Cachoeira Encantada.

Stevie reconheceu o nome e se sentou.

— Allison... — A mulher parecia pesarosa. — Allison Abbott me deu seu nome e disse que eu deveria contatá-la. Como você a conhecia, acho que eu deveria informar...

— Eu sei — disse Stevie suavemente.

Susan fez um silêncio de confirmação.

— Ela me pediu para falar com você sobre o que aconteceu no acampamento antes de... Eu estava hesitante, mas quero honrar os desejos dela. Se você quiser falar comigo.

— Quero sim, claro — afirmou Stevie. — Eu posso... ir à cidade? De manhã?

— Claro. Venha a qualquer hora depois das oito.

Depois de passar o endereço, Susan Marks desligou. Stevie mandou uma mensagem para David contando a novidade, então caiu num sono profundo e sem interrupções.

— Então quem é que vamos visitar? — perguntou David enquanto eles saíam do acampamento na manhã seguinte.

David viera no velho Nissan cinza para levar Stevie à cidade, poupando-a da ardilosa e suada pedalada. Stevie fora até o pavilhão de arte para manter as aparências, mas saiu assim que Nicole terminou a ronda matinal. O dia estava quase insuportavelmente úmido. O ar-condicionado do carro não funcionava, então eles abriram as janelas. A manhã estava clara, mas o sol brilhava através de uma névoa de nuvens. Um desses dias doidos de verão estava a caminho.

As doze horas de sono que Stevie tivera pareceram revivê-la. Seu corpo decidira se desligar totalmente e reiniciar, e agora ela estava alerta, talvez até um pouco hiperativa. Às vezes a ansiedade fazia isso: podia te desacelerar ou te acelerar.

— Susan Marks era coordenadora do acampamento em 1978 — explicou ela.

— O que eu devo fazer durante esse interrogatório? Quando é que posso bater na mesa? Ou eu sou quem oferece o café? Você tem que me dizer quem devo ser.

— Não vou interrogar ninguém — respondeu ela.

Era meio estranho estar num carro com David. Ninguém tinha carro em Ellingham. Eles já tinham estado em todo tipo de lugar e espaço lá. Moraram juntos num pequeno dormitório, a aconchegante casinha Minerva, com sua lareira e seus sofás velhos. Já tinham estado no quarto um do outro, comido refeições juntos, se visto do amanhecer ao anoitecer. Eles tinham se escondido em armários juntos, dormido num salão de baile e se esgueirado lado a lado por túneis e espaços subterrâneos secretos.

Então um carro não deveria ser grande coisa. Mesmo assim, ela se pegou encarando o perfil de David enquanto ele dirigia, uma mão no volante, outra pendurada descontraidamente para fora da janela. O vento soprava seu cabelo ondulado para longe da testa. A estrada lhe dera um certo bronzeado irregular.

Eis o grande problema sobre sentimentos românticos: a sensação era incrível, como uma enxurrada morna por cada avenida e ruela de seu corpo. Todas as substâncias químicas boas que ela era capaz de produzir brotavam, como uma espécie de colheita abundante. Mas os sentimentos e as substâncias químicas bloqueavam todo o resto. Eles embaçavam a lógica, o discernimento e o foco. Faziam tudo ao redor parecer meio irrelevante e o tempo começava a se mover aos solavancos: rápido demais, então lento demais. E esses sentimentos surgiam sem qualquer aviso prévio, como agora, enquanto Stevie observava David dirigindo. As coisas ficavam mais soltas, e todos os pensamentos ordenados em seu cérebro agora não passavam de uma sacola cheia de peças. Ela queria se inclinar, beijá-lo na curva suave da bochecha, encostar o carro e esquecer que estava indo ver Susan. Susan podia esperar. Eles podiam entrar na mata...

— Você está me encarando — disse ele, sem desviar o olhar. — Está prestes a morder meu rosto ou algo do tipo?

— Sim.

— Foi o que eu pensei.

Ela inspirou profundamente o ar denso e disse a si mesma para se controlar. David exibia um sorriso esperto, como se soubesse precisamente o que se passava pela cabeça dela.

Os dois passaram pelo Colégio Liberty e seu outdoor azul gigante.

— Eles deveriam arrumar uma placa maior — comentou David. — Essa é sutil demais.

— Eu mal consigo ver — adicionou Stevie.

— Cidades pequenas realmente amam seus colégios de ensino médio. Parecem gritar sobre eles. Por que você acha que é assim?

— As pessoa adoram gritar.

— Deve ser isso — falou ele, virando-se para ela com um sorrisinho lupino. — Eu adoro.

Foco, disse Stevie a si mesma. *Estamos quase lá.*

Susan Marks morava no centro da cidade, numa das ruas paralelas à principal. Eles estacionaram perto da biblioteca e do gramado. Barlow Corners estava calma, mas não totalmente quieta. Havia algumas pessoas entrando e saindo de lojas. Algumas tomando café na Padaria Raio de Sol. Stevie seguiu o mapa do celular, que os guiou pelas vias dolorosamente pitorescas que se estendiam por trás da rua principal. As ruas ali eram de mão única, com casinhas vitorianas bem-cuidadas grunhindo sob o peso de cestos de flores, bandeiras decorativas e móveis de vime de varanda. A casa de Susan era a última da rua. Ela tinha menos bandeiras, mas muito mais flores e arbustos.

Uma mulher com cabelo grisalho de corte reto estava de joelhos num canteiro em frente à casa. Quando Stevie e David viraram na entrada do imóvel, ela se levantou e limpou os joelhos. Susan Marks tinha setenta e poucos anos e, apesar de certa rigidez ao se levantar, trazia a aparência de alguém que fazia uma hora de ioga por dia para se aquecer para a segunda hora de ioga do dia.

— Stevie — disse ela. Susan tinha o tom firme e autoritário de alguém acostumado a fazer chamada. — E você é?

— Assistente dela — respondeu David. — Aquele que faz as perguntas burras.

— Watson, é?

— Eu mesmo — confirmou David, sorrindo.

— O dia vai ser quente hoje, então eu quis terminar de limpar as ervas daninhas cedo. Podem entrar.

Susan marchou para dentro, e Stevie e David a seguiram. O interior da casa era quase tão dominado por plantas quanto o exterior, com samambaias e folhagens de todo tipo em dezenas de vasos. Dois gatos laranja encontravam-se no parapeito de uma janela ensolarada, preguiçosamente entrelaçados um ao outro. Havia uma colagem de fotos de Susan e outra mulher emoldurada. Stevie parou para olhá-las por um momento.

— Minha esposa — explicou Susan, notando a direção do olhar de Stevie. — Magda. Ela faleceu há oito anos.

— Ah, eu sinto...

— Tudo bem. Eu não disse isso para fazer você se sentir mal. Ela era enfermeira no acampamento. Foi onde nos conhecemos. Também tenho boas lembranças daquele lugar. Ela era artista. Tudo isso foi feito por ela.

Susan indicou as prateleiras e superfícies cheias de cerâmicas. Stevie não sabia muito identificar quando uma cerâmica era boa ou ruim, mas aquelas pareciam boas o bastante para ela, e as cores eram vibrantes.

Stevie e David foram conduzidos até a cozinha, que era decorada numa surpreendente cor rosa. Havia rosa por todo lado: paredes, mixer, panos, tapetes.

— Magda gostava de cozinhas cor-de-rosa — explicou Susan. — Sentem-se.

O casal obedeceu, e Susan colocou canecas de café na frente deles.

— Sinto muito sobre Allison — disse Stevie.

— Eu também — respondeu Susan. — É uma verdadeira tristeza. Horrível. Tantas coisas terríveis já aconteceram aqui. Ela já enfrentara tantos problemas e se saíra tão bem. Eu costumava parar no mesmo lugar nas minhas corridas matinais. Muita gente para ali. Tem a melhor vista. É um péssimo lugar de onde cair...

— Ela me parecia bem cuidadosa — comentou Stevie.

— Sim... — O olhar de Susan vagou um pouco. — Ela era. Muito cuidadosa. Não é do feitio dela cometer um erro desses. Mas as pessoas cometem erros, é claro. Ela devia estar com a cabeça dela em outro lugar. — Susan suspirou profundamente e pareceu se recompor em algum lugar no fundo de sua xícara de café.— Então — continuou ela —, por que é que você... ou aquele homem do evento da outra noite... acha que vai conseguir solucionar esse caso quando mais ninguém conseguiu?

— Eu não sei se vou conseguir — admitiu Stevie. — Na verdade, estamos tentando contar a história...

— As pessoas já conhecem a história — respondeu Susan. — Pessoas vêm aqui há anos, gravando seus programas, escrevendo seus livros, fazendo dinheiro a partir de uma tragédia. O que faz de você uma pessoa diferente?

— Ela é bem boa — disse David, aponta com a cabeça para Stevie. — Nunca faça pouco caso dela. Stevie triunfa onde outros fracassam. E não está interessada no dinheiro.

Stevie se sentiu corar. Essa conversa partira de um início bem estranho e talvez estivesse saindo do controle dela. Susan analisou David com interesse.

— E ela paga você para dizer isso? — brincou Susan secamente.

— A mim? Ah, sim. Eu sou *muito* barato.

Susan deu um sorrisinho irônico e assentiu.

— Eu pesquisei sobre você — disse ela para Stevie. — E sei que Allison aprovava o seu trabalho, então presumo que não haja mal em repassar as informações. Por onde você quer que eu comece?

Susan Marks era uma mulher direta, então Stevie agiria igual. Ela confirmou se podia gravar, recebendo um aceno de cabeça conciso, mas um olhar ligeiramente desaprovador.

— Eu acho... — Ela se advertiu a parar de dizer isso. Precisava parecer mais assertiva. — Como você foi parar no Acampamento Cachoeira Encantada?

— Lá na década de 1970, eu era coordenadora de educação física e saúde no Colégio Liberty — explicou Susan. — Eu lecionava durante o ano letivo, então surgiu uma vaga para coordenar o acampamento durante o verão e eu a aceitei. Combinava comigo: gosto de me manter ocupada, e o acampamento tinha tantos esportes e atividades para gerenciar. Aquele verão foi o quinto em que eu ocupei aquela função.

— Então você conhecia bem todas as... todas as vítimas?

— Ah, eu conhecia todos eles — respondeu Susan. — Todd, Diane, Eric, Sabrina... todos eles eram meus alunos, todos cresceram nesta cidade. Barlow Corners é um pouco como uma família, mas mesmo nas melhores famílias...

Ela deixou essa declaração pairar no ar por um momento.

— Você não gostava de todos eles — disse Stevie, tentando ler a expressão de Susan.

— Não. Eu não gostava de todos eles. Não costumo dizer que adolescentes são detestáveis, mas... Todd Cooper era um adolescente detestável. Encantador. Sempre muito educado na sua frente, claro. Mas ele era filho do prefeito, que era... desculpe o palavreado... um verdadeiro filho da puta.

— Você acha que Todd teve alguma relação com a morte de Michael Penhale? — perguntou Stevie.

— Ah, com certeza — a voz de Susan foi ficando mais alta e sua expressão mais animada. — Acho que ninguém duvida disso. Ele era culpado até a raiz dos cabelos, e todo mundo sabia. Aquele acidente foi a vergonha da nossa cidade. Foi uma desgraça, e aquele xerife de meia-tigela que tínhamos não fez nada, assim como não fez nada quando os assassinatos aconteceram. Então havia Diane McClure. Sabe, eu gostava da Diane. No fundo ela era uma boa garota. Seus pais eram donos da Duquesa do Leite, a sorveteria aqui perto. Mas ela era difícil. Durona. Boa atleta. Tentei mais de uma vez convencê-la a entrar para a equipe de corrida, mas ela nunca se interessou. Acho que Diane gostava de diversão e de garotos encrenqueiros. Todd era um encrenqueiro. Eu não gostava de ver os dois juntos, mas não fiquei surpresa quando começaram a namorar.

— E Sabrina? — perguntou Stevie. — Ninguém parece entender por que ela estava lá.

— Sabrina era tudo o que as pessoas dizem que ela era. Inteligente pra caramba. Esforçada. Uma garota gentil. Muito gentil. Ela teria saído da cidade, feito algo especial da vida. Seus pais a pressionavam muito para ser perfeita, e isso me preocupava às vezes. Ela se cobrava muito. Acho que provavelmente estava tentando se soltar um pouco naquele verão, depois da formatura. Começou a andar com Eric Wilde... — Susan se interrompeu. — Eric Wilde — repetiu, sorrindo. — Eu o conhecia desde pequeno. Seu pai lecionava na escola, e sua mãe era bibliotecária da cidade. Ele era esperto, engraçado. Também era travesso, mas não de um jeito malicioso. Não posso dizer que fiquei surpresa quando descobri que era ele quem fornecia maconha para o acampamento. Há menos estigma sobre isso agora, é legalizado aqui, mas na época era uma questão maior. Quando encontramos o corpo dele na trilha, foi...

Ela suspirou profundamente e abaixou a mão para afagar o gato laranja que se aproximara e se esticara sobre as patas traseiras para um carinho na cabeça.

— Falar sobre o ocorrido fica mais fácil com o tempo, mas a sensação nunca passa totalmente. O que é bom, imagino. Significa que importa. *Deveria* importar. Eu estava no comando. Eu coordenava aquele acampamento. Eu era responsável por aqueles jovens. Ninguém nuncame culpou, o que considero muito generoso. Não sei em que pé estou sobre culpar a mim mesma. Para a época, eu mantinha as rédeas curtas. Você precisa entender, nunca em um milhão de anos poderíamos imaginar que algo assim pudesse acontecer. Talvez fôssemos mais inocentes naquele tempo. Não tenho certeza. Tem mais monitoramento hoje em dia. As crianças não brincam sem supervisão. Todo mundo tem celular. Antigamente, até crianças pequenas saíam para brincar sozinhas, às vezes passavam o dia fora. Pedalavam por toda a cidade. Eu era considerada linha dura por fazer inspeções aleatórias nas camas e ter muitas regras. Então as pessoas foram muito bondosas comigo depois do acontecido. Ninguém pensou que eu fracassara quando aqueles adolescentes foram para o bosque porque era o que adolescentes faziam naquela época. Era o que esperávamos deles, em certo nível. Mais café?

Sem esperar uma resposta, ela pegou as canecas e foi até a bancada enchê-las.

— A noite dos assassinatos foi muito normal — continuou a falar após posicionar as canecas na máquina de café. — Foi alguns dias depois do quatro de julho. O jantar foi servido entre cinco e seis horas, então das seis às oito da noite as crianças podiam brincar do lado de fora, com a supervisão dos monitores. Às oito, todo mundo voltava para seus alojamentos para dormir. Um monitor sempre tinha que estar presente, mas o outro podia ter um pouco de tempo livre. Eu andava pelo acampamento à noite, geralmente dando uma conferida nas coisas. Nossa maior preocupação era o lago, onde um campista ou um monitor poderia tentar nadar à noite e se afogar. É por isso que os salva-vidas ficavam na casa do lago, e um deles sempre ficava acordado fazendo rondas. Então naquela noite eu passei na casa do lago e Paul e Shawn estavam lá. Estavam tocando violão, tentando aprender aquela música que era uma febre, "Stairway to Heaven". Meu Deus, eles tocavam aquela música sem parar. Continuei minha ronda pelo acampamento, fiz algumas inspeções aleatórias em alojamentos, então voltei à minha cabana para repassar anotações sobre o dia e preparar as atividades do dia seguinte. Com frequência me acordavam no meio da noite para resolver alguma questão, um campista passando mal ou crianças assustadas com uma cobra ou algo do tipo, mas nada emergiu naquela noite. Foi tranquila.

Susan pôs as canecas de café na frente de Stevie e David, que agora estava com o gato laranja no colo, cheirando seu rosto.

— E no dia seguinte? — perguntou Stevie.

— Eu tinha acabado de fazer o anúncio da hora de acordar — disse Susan, seu olhar vagando enquanto as lembranças surgiam. — Estava repassando a programação e aí ouvi um grito. Foi um daqueles sons... não os ouvimos com frequência na vida, ainda bem... quando você sabe que algo terrível aconteceu. Fui atrás da fonte. Enquanto andava, chamei Magda pelo walkie-talkie. Ela também ouvira o grito e seguia naquela direção. Nós duas chegamos à trilha que levava ao teatro e ao campo de arco e flecha. Quem gritara fora Brandy Clark. Eu nunca vou esquecer do rosto dela, aquela garota estava completamente cinza. Ela apontou, e nós subimos a trilha e encontramos Eric. Quão detalhista você quer que eu seja?

Susan fixou um olhar firme em Stevie. David ergueu um pouco as sobrancelhas.

— O quanto você quiser — respondeu Stevie. — Não tem problema.

— Bem, não é uma questão de ser obsceno. Eu dou detalhes porque as pessoas deveriam saber que aquilo foi *brutal*. Aqueles adolescentes foram assassinados de um jeito terrível. Eric tinha cabelo loiro cheio e cacheado. Eu vi o cabelo dele enquanto nos aproximávamos. Eu me lembro... nós não sabíamos exatamente o que estávamos olhando... mas eu e Magda desaceleramos um pouco, então corremos. Ele estava virado com o rosto para baixo. Já estava gelado. Tinha um ferimento na parte de trás da cabeça; escuro, sangrento, coagulado. Então vimos as facadas.

Susan fez uma pausa quando o gato subiu no colo dela e imediatamente se enroscou e começou a ronronar alto.

— Então, isso aconteceu por volta das sete e quarenta e cinco da manhã. Tínhamos uma situação séria nas mãos. Àquela altura, é claro, não fazíamos ideia da dimensão dos acontecimentos. Sabíamos que Eric fora morto, e tínhamos que reunir as crianças e os monitores e nos certificar de que todos estavam em segurança para então afastá-los da área. Patty Horne veio correndo e perguntou sobre os outros, foi aí que descobrimos que havia mais adolescentes desaparecidos. Quando ouvi os nomes... Todd e Diane, eles faziam sentido para mim. Mas, quando ela falou o de Sabrina Abbott, eu não consegui fazer a conexão. Patty provavelmente teria ido até o bosque com eles naquela noite, mas estava encrencada e teve que ficar na enfermaria. Nós tínhamos flagrado ela e o namorado tendo... relações românticas. Crianças poderiam ter visto os dois. Magda tinha uma insônia terrível, e isso veio muito a calhar. Sempre que um monitor quebrava as regras, nós o mandávamos dormir numa das macas da enfermaria e ela ficava de olho. Por serem dois, eu fiz Greg passar as noites em casa. Essa punição também funcionava bem, porque colocava um peso nos outros monitores. As pessoas evitavam quebrar as regras se isso dificultasse a vida de todos os seus amigos também. Havia uma pressão social para não fazerem nada de errado. Enfim, depois que descobrimos que havia mais três desaparecidos, a polícia entrou no bosque para procurá-los. E você já sabe o restante da história. — Ela respirou fundo, como se tudo estivesse acontecendo de novo diante de seus olhos. — Obviamente, o acampamento fechou naquele ano. Tivemos que fazer uma centena de ligações, mandar todo mundo para casa. Acho que não dormi muito nos dias seguintes ao crime. Como já disse, eu não tinha muita fé no nosso xerife local. Assim que ele viu que tinha maconha envolvida, presumiu que fosse um caso relacionado a drogas. Então o FBI veio em algum momento naquela semana, acho, quando começaram a suspeitar do Lenhador. Quer dizer, foi um caos completo. Todo mundo ficou apavorado achando que o bosque estivesse cheio de traficantes de drogas ou assassinos em série.

Susan franziu o nariz de uma forma que indicava que ela não compartilhava desses sentimentos.

— Não acabou aí — continuou ela. — Greg, namorado de Patty, com quem eu disse que ela foi flagrada? Você sabe que ele morreu naquela semana também. Os adolescentes se reuniram no campo de futebol atrás da escola na noite em que a cidade fez um encontro em memória das vítimas. Eu estava dirigindo por ali. Lembro de Patty parada no fim da entrada para carros da escola, chorando e balançando uma lanterna, muito chateada e transtornada. Eu estava prestes a encostar para saber como ela estava, e vi um clarão à frente quando Greg bateu. Eu não soube o que era na hora. E assim foi aquela semana, horror atrás de horror.

— O que você acha que aconteceu? — perguntou Stevie.

— Nós não sabemos o que pensar quando quatro adolescentes são esfaqueados até a morte no bosque. Não faz sentido algum, então você presume que deve ter sido alguém doentio, algum desconhecido, algo assim. Minha intuição sempre me disse que não teve nada a ver com drogas ou assassinos em série, mas a verdade é: eu não faço a menor ideia do que aconteceu na mata aquela noite. Foi tão bárbaro, tão confuso.

— Então — insistiu Stevie —, se não teve relação com drogas nem assassino em série...

— Eu não sei — repetiu Susan, e seu tom era conclusivo.

Ela tinha acabado. Stevie olhou de relance para David, que tomou o café num único gole.

— Uma última pergunta — disse Stevie. — O diário de Sabrina...

— Ah, sim. Allison tinha... Allison quis aquele diário por anos. Ela me perguntou sobre ele várias vezes. Eu guardei as coisas de Sabrina para a família, mas ele não estava entre elas.

— Alguém poderia ter pegado?

— É claro — respondeu Susan, como se fosse uma pergunta idiota, o que meio que era mesmo. Qualquer um pode pegar qualquer coisa.

— Quero dizer... — reformulou Stevie. — Parece que Sabrina o escondeu para impedir que campistas lessem.

— Eu tinha centenas de crianças e pais histéricos para cuidar — contou Susan. — Levou alguns dias, vários responsáveis estavam viajando, por exemplo. Eu me certifiquei de que cada uma daquelas crianças fizesse as malas e fosse para casa. Então passei dois dias inteiros guardando tudo que aqueles quatro levaram para o acampamento. Eu me certifiquei de que os pais recebessem todos os pertences, organizados e guardados com cuidado. Bem, quase todos os pertences. Coisas como cigarros, drogas... eu deixei essas coisas em caixas separadas.

— A polícia não investigou os pertences deles primeiro?

— Não — disse Susan, com um sorrisinho desdenhoso. — Nunca se deram ao trabalho de investigar as coisas deles nas cabanas. Eu perguntei várias vezes se queriam revistar os alojamentos, mas eles não tiveram interesse.

— Você ainda tem as caixas? — perguntou Stevie.

— Não. Em algum momento, talvez quinze anos depois, a polícia as solicitou. A investigação toda foi uma bagunça. Mas, para responder sua pergunta, não. Eu esvaziei cada centímetro da cabana de Sabrina. O diário não estava lá. Eu já disse isso a Allison, e estou repetindo para você.

Susan pegou o gato, que circulava seus tornozelos.

— Boa sorte — disse ela. — Seria bom se alguém *de fato* solucionasse esse caso. Eu gostaria de ver seja lá quem for o desgraçado que fez isso receber tudo o que merece. Todos nós gostaríamos.

21

— Descobriu alguma coisa? — perguntou David enquanto eles voltavam para o carro.

Stevie enfiou as mãos nos bolsos do short e se concentrou nas rachaduras da calçada.

— Não sei — disse Stevie. — Quer dizer, no geral, ela falou tudo o que está nos artigos. Mas teve alguma coisa... eu não sei o quê. Teve alguma coisa estranha.

— Estranha tipo ela estava envolvida?

— Não — respondeu Stevie, virando-se para ele. — Quer dizer, eu não sei, mas *acho* que não? Tem alguma coisa que não se encaixa. Algo que...

Às vezes Stevie conseguia ver pensamentos em sua cabeça; como bloquinhos, objetos que se organizavam, prendiam-se uns aos outros. As palavras que Susan dissera flutuavam de uma maneira mais ou menos ordenada, mas alguma coisa se contorcia para se soltar. O que era...?

— Mudando de assunto — disse David —, sabe, em setembro...

— Hã?

— Setembro.

— O que tem setembro? — perguntou ela.

Todos os pensamentos sumiram nos cantos de sua mente, como ratinhos fugindo quando uma pessoa acendia a luz e entrava no cômodo. Stevie franziu a testa, aborrecida.

— O que foi? — disse ele. — Por que você está fazendo essa cara?

— O que tem setembro? Do que você está falando?

— Eu estou falando que em setembro vai começar, sabe, a escola.

Stevie esperou pelo esclarecimento desse fato brilhante. Ela estivera tão perto de encaixar seus pensamentos. Por que David foi começar a falar da escola? A volta às aulas estava bem longe.

— Bem — disse ele, notando sua irritação e respondendo com seu sorriso irritante —, você voltará para o topo da montanha, e...

Stevie direcionou seu foco à rua pela qual andavam. A sonolenta e ensolarada Barlow Corners. Era tudo tão aconchegante naquele centro. Havia a biblioteca, assomando orgulhosamente sobre o gramado, com aquela estátua idiota. Havia a Padaria Raio de Sol e a Duquesa do Leite... E também a lojinha fofa cheia de artigos de casa e presentes, como meias engraçadas e canecas com frases inspiracionais... Havia a clínica veterinária do dr. Penhale... a farmácia... o consultório do dentista, e Shawn Greenvale saindo pela porta...

Shawn Greenvale.

— ... e você vai estar ocupada, não sei, talvez assassinando alguém na mata, e...

David ainda estava falando sobre a escola. Stevie o puxou pelo braço.

— Ali em cima — disse ela. — Aquele cara. O de camisa azul andando na direção da caminhonete. Aquele é Shawn Greenvale.

— Shawn...

— Ex-namorado de Sabrina Abbott — explicou Stevie, já acelerando o passo.

Shawn estava na lista dela. O momento havia chegado. Ela meio andou meio correu, tentando não chamar atenção para si mesma ao mesmo tempo que se certificava de que Shawn não escapasse antes que ela o alcançasse. Stevie precisou correr no último quarteirão.

— Com licença! — Ela perdeu o fôlego rápido demais. Susan Marks, antiga professora de educação física, não teria ficado nada impressionada com sua capacidade pulmonar. — Shawn?

O homem ergueu o olhar para a garota loira e suada vestida toda de preto que corria na direção dele e agora pressionava as mãos contra o capô da caminhonete e o garoto alto e magro que a acompanhava.

— Meu nome é Stevie Bell e...

— Eu sei quem você é. — Seu tom não era caloroso nem acolhedor.

— Eu queria saber se podemos conversar.

— Sobre o quê? — perguntou ele.

— Sobre o que aconteceu no acampamento. Em 1978. Eu acabei de falar com Susan Marks e...

Shawn se esticou para dentro do carro, tirou o protetor solar de alumínio do para-brisa, o dobrou e o jogou no banco traseiro.

— Não — respondeu.

— Eu...

— Não — repetiu ele.

Stevie mordeu o lábio superior, ficando calada. Shawn começou a entrar na caminhonete. Ele iria embora, e ela perderia aquela oportunidade. Stevie precisava tentar. Ela se posicionou um pouco mais perto da abertura da porta, de modo que seria mais difícil fechá-la sem atingi-la.

— Eu não quero incomodá-lo — disse depressa.

— Então não incomode — respondeu Shawn rispidamente. — Pode se afastar, por favor?

Stevie deu um passo para trás. Ele fechou a porta da caminhonete e deu a partida. Stevie esfregou o rosto, irritada consigo mesma. Ela deveria ter esperado, tido calma, conseguido uma apresentação apropriada... não deveria simplesmente ter saído correndo pela rua gritando o nome dele.

— Acho que ele gosta de você — falou David. — É porque você se faz de tímida.

Ela grunhiu e pressionou a base da palma das mãos contra os olhos.

— Era uma pessoa importante? — perguntou David.

Stevie fez que sim. Ele estendeu a mão e segurou seus pulsos, afastando delicadamente as mãos dela do rosto.

— Vivendo e aprendendo — disse ele. — Está tudo bem.

Não estava, mas não havia nada que Stevie pudesse fazer agora. Fosse lá o que ela estivesse pensando sobre Susan, lhe escapara havia tempos, e Shawn já estava no fim da rua. Stevie estava de volta ao presente, com David.

— O que você estava dizendo sobre a escola? — perguntou ela.

Um meio-sorriso estranho se abriu nos lábios de David.

— Nada — disse ele. — Só puxando papo.

* * *

Quando David deixou Stevie de volta no acampamento, já havia se passado uma boa parte do dia e fazia um calor terrível. Quando terminou de andar do estacionamento até o pavilhão de arte, ela estava encharcada de suor. Janelle estava cercada por um grupo de crianças de nove anos que enchiam garrafas com areias coloridas sob seu olhar atento. Stevie deu a volta no cômodo, tentando descobrir como ajudar, mas não havia muito o que explicar sobre pôr areia em garrafas. Então ela se acomodou numa mesa vazia e pegou o celular para ouvir a gravação que fizera da conversa com Susan. Começou a anotar os pontos importantes.

- nada especial sobre a noite anterior;
- Paul e Shawn na casa do lago tocando "Stairway to Heaven";
- um grito;
- correu, encontrou Magda McMurphy (Magda e Susan casadas);
- reuniu todo mundo no refeitório;
- descobriu outros três desaparecidos;
- Patty Horne sabia a localização;
- campistas mandados para casa;
- foi ao campo de futebol americano na noite da vigília, viu Patty Horne chorando, viu um clarão da batida no fim da estrada;
- não acha que foi tráfico de droga nem Lenhador, mas não sabe explicar direito por quê.

Depois de terminar de ouvir a gravação, Stevie encarou a lista, sem saber o que fazer em seguida. Ela cutucou uma cutícula solta. "Stairway to Heaven." Ela já ouvira falar da música, mas não fazia ideia de como era. Em alguns casos, Stevie gostava de escutar coisas que evocassem a época ou lugar daquilo que ela queria entender. Às vezes, em Ellingham, ela escutara músicas dos anos 1930 para tentar compreender como era quando Albert e Iris se mudaram para a montanha. Talvez a música a ajudasse agora. Buscou por Led Zeppelin na internet, então encontrou a música e deu play.

A canção começava com um dedilhado no violão e uma flauta, gradualmente se transformando em algo mais hard rock. Tinha uma letra enigmática sobre escadas mágicas e florestas risonhas. Parecia música para gente que achava que poderia ser bruxa.

Qual era a dos anos 1970? Tudo girava ao redor de fumar, escutar esse tipo de som e dirigir carros enormes sem cinto de segurança? *Essa* era a música de que todo mundo gostava?

A música continuava eternamente:

E ao serpentearmos pela estrada
Nossas sombras mais altas que nossas almas
Lá vai uma mulher que todos conhecemos

Mas tinha alguma coisa, alguma coisa, alguma coisa no que Susan dissera. A música evocou esse pensamento para fora do esconderijo e Stevie viu sua sombra disparar por sua mente. O que diabo *era*? Stevie repassou a lista de anotações novamente, lendo-as baixinho, deixando--as afundar em seu subconsciente. Paul, Shawn, Magda, Patty, Patty...

Só o nome de uma pessoa aparecia duas vezes: Patty Horne. Mas ela tinha o álibi mais irrefutável de todos; alguém literalmente a vira a noite toda. Além disso, ela não tinha absolutamente nenhum motivo para matar os amigos. Todd, Eric e Diane eram o grupinho dela, como Nate, Vi e Janelle eram o grupinho de Stevie. Mas e quanto a Greg Dempsey, que morreu naquela mesma semana num forte clarão e uma parede de pedra e árvores?

Outro ciclista morto em Barlow Corners.

Uma ideia tomou forma.

Como Patty dissera, se ela e Greg não tivessem sido flagrados numa sessão de sexo reconciliatório, os dois muito provavelmente também teriam sido vítimas. Ou talvez o assassino (ou assassinos) não fosse conseguir atacar um grupo daquele tamanho. Quatro pessoas; isso já era difícil o bastante. Mas seis? E se você quisesse matar alguém daquele grupo? E soubesse que, em vez de seis pessoas, só haveria quatro lá na-quela noite porque Patty e Greg estavam de castigo. Talvez você visse uma oportunidade.

Mas, de novo, por quê? Por que Sabrina, Diane, Todd e Eric?

Ela passou pelas fotos das vítimas de novo, parando na de Todd. Pôs os fones de ouvido e escutou a parte da gravação na qual Susan falava sobre ele:

"Não costumo dizer que adolescentes são detestáveis, mas... Todd Cooper era um adolescente detestável. Encantador. Sempre muito educado na sua frente, claro... Ele era culpado até a raiz dos cabelos, e todo mundo sabia. Aquele acidente foi a vergonha da nossa cidade..."

Todd Cooper matara Michael Penhale, e todos de Barlow Corners sabiam. Dentre as quatro vítimas, ele era o único que realmente fazia qualquer sentido como alvo. A família Penhale era inocente, e Paul Penhale fora visto na casa do lago com Shawn. Susan confirmara. Mesmo que Shawn e Paul quisessem se juntar para assassinar pessoas que eles achavam que os tinham prejudicado, parecia haver pouca chance de que a mulher que ela acabara de encontrar tivesse participado do crime.

Mas isso não significava que os Penhale eram as únicas pessoas na cidade que desejavam que Todd Cooper pagasse pelo que fez e que não ficariam arrasados por levar alguns pelo caminho. Quase todo mundo comentava que Todd era um motorista irresponsável.

Talvez Michael Penhale não tenha sido o primeiro? Talvez outra pessoa, alguém caminhando pela beira da estrada... alguém pedindo carona? Um andarilho? Alguém do acampamento público? E talvez todos os outros estivessem lá quando aconteceu. Talvez fosse por isso que todos tiveram que morrer...

Stevie não sabia. As teorias davam voltas e voltas em sua cabeça. Ela via, mas não *observava*.

Stevie olhou o pavilhão de arte ao redor. Ninguém precisava dela. Então pegou o livro de Estudos Resumidos e o folheou até que algo a inspirasse. Todas as cenas tinham nomes simples: Banheiro Escuro, Sótão, Quarto Listrado... Essa era parte da genialidade de Frances: ela não glamourizava. Ela não ia aos crimes e cenas mais famosos. Tendia a mostrar lugares comuns, geralmente habitados por pessoas sem muito dinheiro. Eram pessoas cujas mortes poderiam ser ignoradas ou dispensadas. Ela exigia que o investigador olhasse e se importasse. Analisasse as toalhas caprichosamente dobradas com a única, minúscula faca de legumes em cima. Examinasse as roupas gastas. (Na verdade, frequentemente Frances usava roupas de novo e de novo para desgastá-las, então as cortava para fazer os trajes para os seus estudos, tamanha sua dedicação.) Observasse a carne deixada para fora do frigorífico, a posição do travesseiro, o conteúdo da lixeira. Sentisse as texturas, reparasse nas posições.

Se Stevie pudesse observar, ela entenderia tudo. A palavra escrita no interior do abrigo de caça. A corda vermelha que não era do tipo certo. Os ferimentos nas mãos de Sabrina. A posição em que o corpo de Eric Wilde foi encontrado na trilha. Um diário desaparecido. Um garoto derrubado de sua bicicleta e morto. Um Jeep marrom que todos na cidade conheciam. Uma corredora experiente caindo de um penhasco que visitava diariamente. Nem todas essas coisas importavam; o objetivo dos estudos era mostrar que *algumas* delas importavam. Ela só precisava descobrir quais...

— Oi.

Stevie ergueu o olhar e tirou os fones de ouvido. Parado na frente dela, a centímetros do seu rosto, estava Lucas. Um novo grupo de crianças entrara e ela nem percebera. Nate acompanhava o grupo, mas ficou para trás, bem longe de Lucas.

— O que é isso? — Ele se debruçou para olhar o livro dela. — É um cara enforcado?

Stevie tentou fechar o livro, mas Lucas estava com a mão na página.

— Por que esse cara foi enforcado? O que é isso?

— Pesquisa — disse ela.

— Para quê?

Stevie olhou ao redor em busca da ajuda de Janelle, mas a amiga estava ocupada demonstrando a técnica correta de areia-na-garrafa para um grupo de crianças. Alguns chamariam isso de "fazendo o trabalho dela", mas, para Stevie, era abandono.

— Você já leu *Os ciclos da lua fulgente*? — perguntou Lucas.

Stevie lera o livro de Nate pouco tempo antes de eles entrarem em Ellingham. Seus gostos giravam em torno de crimes reais, crimes ficcionais e crimes ficcionais baseados em crimes reais, então um livro de oitocentas páginas sobre monstros que moravam em cavernas e dragões e espadas não era bem a praia dela. Ela achara bom. Mas se importava principalmente porque amava Nate, e parecia muito trabalhoso escrever um livro. Stevie não teria conseguido.

— Hum... sim?

— Você não acha que Lua Fulgente deveria ter ficado em Solário? Foi idiota ir embora. Poderia ter lutado com Marlak lá.

Nada que essa criança dizia fazia sentindo na cabeça de Stevie.

— Ele não gosta de sugestões — disse Lucas.

— Tudo bem. Ele também não gosta de escrever.

Um olhar estranho passou pelo rosto de Lucas.

— Ele vai gostar — falou o menino, antes de se afastar para o canto oposto do pavilhão para encher sua garrafa de areia. Quando ele saiu, Nate se aproximou da amiga e se sentou.

— Acho que Lucas vai dar uma de *Louca obsessão* para cima de você — falou Stevie. — Foi mal pelos seus tornozelos.

— Eu juro por Deus que esse garoto anda me observando enquanto eu durmo — contou Nate, envolvendo-se com os braços. Ele notou o livro que Stevie tinha à sua frente. — Isso é apavorante — comentou, puxando-o para si e o abrindo.

Nate o folheou, sem perguntar por que Stevie estava examinando cenas de mortes horríveis em miniatura.

— Preciso descobrir o que fazer — disse ela. — Sobre Allison.

— Mas o que tem a ser *feito*?

— Esse caso, este lugar... é demais, e ao mesmo tempo parece que tudo se encaixa. Tipo quando você vai montar um quebra-cabeça e, assim que abre a caixa, só vê um monte de peças aleatórias, mas à medida que progride elas vão ficando mais fáceis de encaixar. Eu *sinto* a solução, mas ainda não cheguei lá. Eu sinto como a morte de Allison se encaixa. *Sinto* que não foi um acidente. Eu sinto até como se tivesse visto o que aconteceu, como se eu já soubesse, mas que a resposta estivesse em alguma parte do meu cérebro que não consigo alcançar. Sabe o que quero dizer?

Nate fez que sim com a cabeça.

— Tipo quando eu escrevo. Meio que sei o que quero fazer, mas estou há tanto tempo sem conseguir escrever que a ideia parece fora de alcance e me deixa louco, mas, quando eu enxergo, consigo...

Ela se distraiu por um momento, atenta ao que acontecia acima do ombro dele. Nate se virou para ver o que ela estava olhando. Nicole caminhava a passos largos na direção dos dois.

— Merda — disse Stevie. — Eu nem fiz nada de errado desta vez.

Ela escondeu o livro no colo, por baixo da mesa. Nicole se aproximou, mas não estava olhando para Stevie.

— Fisher — falou ela. — Josh Whitley, o outro monitor, chegou. Você pode levar suas coisas para a casa na árvore agora.

Os olhos de Nate se arregalaram.

— Eu te ajudo — disse Stevie. — Janelle tem tudo sob controle.

Nate era um novo homem enquanto eles voltavam à cabana para buscar seus pertences. Stevie ficou impressionada ao entrar. Havia coisas das crianças por todo lado e, mesmo que o lugar fosse bem ventilado, tinha um cheiro estranho no ar. Ela passou por cima de pequenas cuecas usadas espalhadas pelo chão ao seguir Nate até sua cama nos fundos. Nate não havia desfeito a mala, estivera pronto para fugir a qualquer momento. Dylan, no entanto, tinha espalhado suas coisas pelo lugar. Ele tinha um anel de luz para selfies, além de vários equipamentos. Stevie contou uns nove pares de óculos escuros jogados sobre a cômoda, muitos suplementos alimentares de aparência suspeita e diversos itens que sugeriam uma vida de surfe, skate e *influência digital*.

— Aqui — disse Nate, passando a bolsa do notebook para Stevie.

O bolso de Stevie vibrou. Ela pegou o celular e viu uma mensagem de David.

A polícia foi embora. Eles reabriram a trilha lá da ponta.

Era tudo o que Stevie precisava ouvir.

22

Por mais que Stevie não quisesse perder um segundo antes de ir examinar a Ponta da Flecha (e também examinar David; aqueles sentimentos da manhã não tinham diminuído), ela fez uma rápida parada em sua cabana. Um banho demoraria demais, mas ela podia trocar de roupa. Ficou desanimada ao descobrir que já usara todas as suas camisetas, devido às frequentes trocas. A única que restava era a branca reluzente do Acampamento Pinhas Solares que recebera ao chegar. Ela a vestiu. A camiseta era feita de um algodão grosso e duro e era quase retangular; parecia que Stevie estava vestindo uma caixa de leite. O que quer que sexy fosse — e Stevie nunca alegara possuir esse conhecimento —, ela tinha certeza de que isso era o oposto. Pensou em pegar o batom de Janelle emprestado, sabia que a amiga não ligaria, mas decidiu não fazer isso. Se Stevie passasse batom, seria tão atípico que sinalizaria que havia algo de errado. Pareceria um grito de ajuda. David poderia ligar para a polícia. Então ela correu porta afora em sua gigante e retangular camiseta, com os lábios na cor natural.

Parou nos banheiros para encher a garrafa de água na pia e teve um vislumbre do seu reflexo no espelho. Seu rosto estava ficando manchado de sol; mais no lado esquerdo do que no direito. O ar pesado e úmido fazia seus cachos loiros curtos se grudarem à cabeça.

— Eu sou uma linda, linda princesa — murmurou ela.

David esperava Stevie no camping. Parecia que estivera nadando; ele ainda estava molhado, o cabelo grudando. (Esse visual combinava com ele. Talvez cabelo molhado e grudado não fosse tão ruim.) Estava só de sunga, estirado numa das cadeiras de acampamento, com uma aparência ainda melhor do que Stevie jamais o vira. Era em momentos como esse que ela entendia o que todos aqueles detetives durões queriam dizer quando pareciam nocauteados em algum tipo de estupor bêbado ao ver uma mulher de chapéu com véu entrando no escritório deles. Os hormônios humanos eram drogas poderosas.

Havia tempo, é claro, de talvez visitar o interior da tenda de David, e ela se sentiu otimista quando ele seguiu nessa direção, mas ele só esticou a mão para dentro e pegou uma camisa.

— Eu te chamei assim que vi os carros se afastando. Estava de olho por você.

O que era muito bom e focado da parte dele, e só um pouquinho decepcionante em relação ao momento.

— Que bom — respondeu Stevie, assentindo. — Que bom, é...

Eles começaram a andar em volta do lago, que também estava repleto de oportunidades para parar e fazer uma pegaçãozinha de leve, mas David estava estranhamente quieto e parecia pensativo. Mesmo assim, ele estendeu a mão e segurou a dela durante boa parte da caminhada, o que foi muito fofo, e também meio esquisito. Tinha alguma coisa acontecendo.

— Você está bem? — perguntou ela.

— Aham — respondeu David, olhando para Stevie com seu sorriso demorado. — Tudo bem.

Quando chegaram à Ponta da Flecha, ela já redirecionara uma parte dos pensamentos ao assunto em questão. Estar ali, naquele lugar lindo que Allison lhe mostrara, fez Stevie recuperar o foco.

— Uau — disse David, ao seu lado. — Que bela vista.

Ele seguiu até a beira rápido demais para o gosto de Stevie.

— Dá para cair daqui bem facilmente — falou ele. — Se ela estivesse distraída ou algo assim.

Stevie começou a dar passos lentos e calculados em direção à borda. Onde Allison teria parado? No ponto mais seguro com a melhor vista, muito provavelmente. *Não apenas olhe... veja.* O que ela via? Uma saliência escura de rocha, um pequeno declive, mas leve. Stevie agachou e abriu a garrafa d'água, deixando um filete de água escorrer para fora, pedra abaixo.

O líquido fez um lento e sinuoso caminho. Ganhou velocidade mais ou menos no meio do percurso, onde a borda formava uma inclinação e realmente começava a descer. Stevie se deitou de barriga para baixo e se arrastou à frente, como uma cobra, até que conseguisse espiar por cima da borda. Era uma queda que dava direto nas pedras lá embaixo, num trecho de trilha e em algumas árvores, a uns três metros de distância da margem do lago. Não havia sinal do corpo ou do que acontecera ali, mas Stevie estremeceu mesmo assim.

Era um jeito ruim de morrer.

Ela se apressou de volta, levantando-se apenas ao sentir grama contra os tornozelos. Juntou-se a David, sentado no chão.

— Então, o que você está pensando? — perguntou ele.

Stevie esfregou uma mancha escura lamacenta que se formara na frente de sua camiseta branca.

— Não sei — disse ela. — Entendo que depressão é algo que nem sempre conseguimos ver, e nem sempre dá para saber se alguém está em crise, mas eu não acredito que ela tenha se jogado. As pessoas lá embaixo a descreveram cambaleando para fora da borda, gritando.

— Então ela tropeçou. Isso seria superfácil de acontecer. Você está correndo. Está cansado. Está distraído e olhando ao redor, então tropeça e cai da borda.

Fazia sentido. Não era simplesmente possível; era provável. Sem dúvida batia com a descrição do que as testemunhas viram.

Houve um estrondo de trovão à distância e, por mais que ainda houvesse horas de luz do dia pela frente, o céu ficou escuro.

— Vai cair uma tempestade hoje à noite — disse David, deitando-se de barriga para cima e olhando para o céu.

Stevie se deitou ao lado dele, aninhando a cabeça em seu ombro. Ele rolou na direção dela e a beijou.

Stevie evitou pensar se era ou não de bom tom se pegar no local de onde Allison Abbott caíra. Havia uma adrenalina naquilo tudo, como se algo reprimido estivesse se libertando, e David rolou por cima dela, então ela por cima dele. Eles estavam mais ou menos em via pública, mas também estavam sozinhos com a mata e o céu. Logo os dois tinham agulhas de pinheiros no cabelo, mas perdido o fôlego. Então, tão subitamente quanto os beijos tinham começado, eles pararam. David sorriu de novo, um sorriso questionador, e se equilibrou nos cotovelos.

— Então — disse David. — Outono. Escola.

Ele voltara a qualquer que fosse a conversa que começara naquela manhã quando os dois saíram da casa de Susan.

— Outono — repetiu Stevie. — Escola.

— Você vai voltar para Ellingham. Eu estou sem planos no momento.

— Achei que você fosse continuar trabalhando com o grupo que está hoje — disse ela.

— É, esse era o meu plano... mas algo surgiu. Eu recebi uma proposta.

Ela também se sentou.

— Tem uma pessoa que me conhece desde pequeno — contou ele, olhando para o chão. — Ele não gosta do meu pai, poucas pessoas que o conhecem gostam. Ele entrou em contato porque suspeitou que eu tivesse algo a ver com a derrocada do meu pai, e sabia que fui cortado da família. Então se ofereceu para me ajudar.

— Com dinheiro?

— Mais ou menos. Mais com um futuro. Ele supôs, corretamente, que pode ser difícil ser parente do meu pai e estar nos Estados Unidos ao mesmo tempo. Ele tem contatos na Inglaterra. Se ofereceu para fazer algumas ligações e me matricular em uma universidade de lá, e me ajudaria a cobrir os custos.

Stevie piscou. Talvez fosse o calor, ou a torrente de acontecimentos, mas seu cérebro não conseguia formar uma imagem das palavras que saíam da boca de David.

— Inglaterra? — perguntou ela.

— Inglaterra — confirmou ele. Um tremor nervoso passou por suas feições.

— Para estudar?

— Para estudar.

— E o que você disse?

— Eu disse que pensaria. Mas preciso dar um retorno em breve. Definitivamente até esta semana.

Uma coisa que Stevie aprendera sobre si desde que começara a manter algum tipo de relacionamento com David era o seguinte: ela não lidava bem com conversas emocionalmente difíceis. Não era preciso muito para fazê-la perder o controle. Ela foi de se sentir completamente conectada a David e nadando nas águas mornas dos hormônios felizes para uma sensação fria e assustadora. Stevie e David haviam acabado de se reencontrar e agora ele iria embora de novo, para mais longe ainda.

— Então você resolveu falar isso agora? — perguntou ela. — Depois que uma mulher que conheci caiu de um penhasco?

— Não era o meu plano — disse ele, um pouco irreverente. — Venho tentando te contar desde que cheguei aqui. Nunca é o momento certo com você. Mas vou embora em breve, então...

— Então você está soltando essa bomba e indo embora?

— Stevie — disse ele, com um toque de dureza na voz —, eu vim para cá assim que pude. Estou tentando...

— Eu sei o que você está tentando fazer — afirmou ela, mesmo que não fizesse absolutamente a mínima ideia do que David estava tentando fazer, ou do que aquilo significava.

Esse é o negócio sobre falar: você podia falar e falar e não ter a menor noção do que as palavras que estão saindo da sua boca significam nem de onde elas vieram.

— É uma oportunidade — respondeu ele. — Eu preciso conversar sobre ela, pensar sobre ela.

— O que tem para ser pensado? — perguntou Stevie. — Seria terrível se você precisasse pagar para estudar que nem uma pessoa normal.

Ele se impulsionou com as mãos e esticou os braços às costas.

— É — disse ele. — Que nem uma *pessoa normal*.

O ar esfriou entre os dois.

Stevie não queria dizer aquilo. Mas ela meio que estava falando sério. Não era culpa de David que alguém tivesse se oferecido para pagar por seus estudos, ou que ele tivesse a opção de aceitar ou recusar. Ao mesmo tempo, não era exatamente justo que, mais uma vez, estivessem oferecendo o mundo a ele numa bandeja de prata. Pessoas como David não precisavam fazer a própria sorte. Daria para apostar que ninguém oferereria uma passagem de graça para Stevie estudar na Inglaterra, e ela solucionara um *assassinato*.

E isso também significava que ele talvez estivesse indo para bem longe, e logo quando estavam felizes. Havia algum tipo de lei que dizia que as coisas não podiam dar certo entre eles?

— Eu não consigo lidar com isso agora — disse Stevie, tomando impulso para se levantar.

Cala a boca, Stevie, cala a boca, para de falar como se estivesse num reality show...

— Sinto muito que as coisas não possam sempre seguir como você havia programado — retrucou David, começando a emular o tom de voz dela.

Stevie estava se afastando, e nem sabia por quê. Estava chorando. Começou a andar mais rápido, então deu uma corridinha, então parou porque não era muito boa em correr. No alto, o céu continuou a escurecer depressa, assumindo um tom esverdeado.

Em certo momento, quando chegava à estrada que separava o parque e Pinhas Solares, ela decidiu voltar. Mas foi o exato momento em que o céu resolveu se revelar e, sem demora, começou a chover granizo. Stevie precisou correr com toda a força para chegar à cobertura da entrada do acampamento, então desviar de construção em construção até chegar à sua cabana.

Choveu a tarde e a noite inteiras, com mais persistência do que em qualquer outro momento de sua estadia no acampamento. Tudo se transferiu para o lado de dentro das cabanas e pavilhões, que ficaram apertados e pegajosos. Exceto pelo jantar, todas as atividades foram canceladas, e os campistas se retiraram para qualquer espaço coberto para encarar seus tablets e celulares até ficarem vesgos.

Então, em algum momento do fim da tarde, houve um estalo poderoso quando um raio caiu por perto. As crianças gritaram em uníssono, primeiro de medo, e depois porque gritar era incrível. No minuto seguinte, acabou a energia elétrica, e assim permaneceu a noite toda. Havia alguns geradores, mas não dentro das cabines. Stevie não pensara em carregar seus dispositivos, então tudo o que ela possuía ficou sem bateria dentro da primeira hora, cortando qualquer possibilidade de comunicação com David do outro lado do lago.

Naquela noite, choveu com uma espécie de ferocidade bíblica, esmurrando o telhado da cabana e soprando através das janelas teladas, espirrando uma névoa no rosto e nos lençóis de Stevie. Ela acordava de tempos em tempos com relâmpagos poderosos e estrondos de trovão que definitivamente caíam em algum lugar não muito longe dali. Janelle dormiu a noite toda, seus fones bem aconchegados nos ouvidos. Muitas pessoas talvez desfrutassem daquele barulho e o achassem pacífico, talvez até mesmo Stevie pensasse assim se estivesse nas condições certas.

Mas ela não estava nas condições certas.

Stevie passou um longo tempo na janela, então saiu para a varandinha da cabana e assistiu à chuva cair no escuro. Pensou em andar até o camping, mas tinha autopreservação o suficiente para saber que uma caminhada pelo bosque dos assassinatos no meio de uma tempestade como aquela não era uma boa ideia. Então andou de um lado para o outro da varanda para não acordar Janelle. Em algum momento antes do amanhecer, seu corpo se esgotou e ela entrou e se deitou por cima dos lençóis. Quando menos esperava, o terrível e familiar estalo esbravejou em seus ouvidos.

— *Bom dia, Pinhas Solares! Feliz Dia da Independência!*

Da cama, Stevie conseguia ver o céu pela janela telada. Estava amplo e azul, como se dissesse: "O que foi? Eu não fiz nada ontem à noite. Do que você está falando?". A cama de Janelle estava vazia; ela já havia começado o dia e saído para tomar banho. Stevie lembrara de ligar tudo na tomada antes de dormir, e seu celular e tablet tinham recebido longas e revigorantes ondas de energia durante a noite e estavam prontos para uso. Ela imediatamente verificou se tinha mensagens de David. Não havia nenhuma.

Stevie não perdeu um segundo. A camiseta branca do dia anterior estava com um corte longo e chamativo na frente, mas ela a vestiu mesmo assim. Não havia tempo de esperar Janelle voltar para lhe dizer aonde estava indo nem sequer mandar uma mensagem. Ela precisava se mexer, imediatamente, em direção a David. Stevie se apressou pelo acampamento, através da trilha e até o lado público do lago.

Ela já ouvira falar de um negócio chamado banho de floresta, no qual você ia para o meio do mato ou da selva e absorvia tudo, entrava em contato com a natureza. Na teoria, fazia bem. Esse era o tipo de coisa da qual ela duvidaria antigamente, mas, nesta manhã, a mata de fato tivera um efeito tranquilizador. Aquele cheiro intenso de folhas e terra depois da chuva, o efeito refrescante da sombra matinal; tudo aquilo a acalmou e a fez pensar com mais clareza. Então eles tinham brigado. Já tinham brigado antes. O relacionamento inteiro deles fora pontuado por discussões. Ficaria tudo bem. Eles conversariam. Se beijariam até se resolverem. Seria uma daquelas cenas de reconciliação das quais ela sempre ouvira falar. Ficaria tudo bem, exceto por um probleminha:

Quando chegou ao lugar onde a barraca dele estivera, Stevie descobriu que David fora embora.

23

Aranhas tinham a vida ganha. Aquela ali, por exemplo. Desde que o dia havia começado, ela (Stevie tinha certeza de que era uma fêmea, mesmo sendo uma aranha pernuda) estava relaxando no canto embaixo do banco da janela, vigiando um fio solto de teia, esperando que um petisco surgisse. Parecia uma vida boa, construindo sua casa a partir da própria bunda, comida voando até você, todo mundo basicamente te deixando em paz.

— Você precisa parar com isso — disse Nate.

— Parar com o quê?

A voz de Stevie saiu abafada por sua posição no chão, o rosto virado para a parede.

— O que quer que você esteja fazendo. Parece um remake de *A bruxa de Blair*.

Ela estava ali havia quase uma hora. Talvez mais. Talvez muito mais. Quem poderia saber? Stevie estava no Tempo das Aranhas agora.

Quando saiu do local onde David estivera acampado, Stevie andou ao redor do lago por um tempo, seus pensamentos à deriva. Ela deve ter voltado para o acampamento em algum momento depois do almoço, então foi direto para a casa na árvore, onde Nate estava com o notebook, sozinho, parecendo satisfeito. Aí ela se deitou no chão e começou a pensar em aranhas. Aquele fora o dia de Stevie até agora.

Nate a cutucou com a ponta do tênis.

— Rolou alguma coisa com David — disse ele. — Obviamente.

Ela não respondeu.

— Romance parece divertido — adicionou ele.

— Não faz isso.

— Eu não estou fazendo nada. Não sei o que aconteceu nem quero saber. Mas sei que você não pode ficar aí desse jeito. Você não tem coisas para fazer?

— Janelle está com tudo sob controle. Ela não precisa de mim.

— Eu não estou falando de Janelle.

Nate atravessou o cômodo, sentou-se no assento duro da janela e olhou para a amiga.

— Eu ferrei com tudo. Estraguei tudo.

Nate bateu a cabeça contra a tela atrás dele, então deu um impulso para a frente quando a tela se mostrou mais frouxa do que ele imaginava.

— Stevie. — Nate pareceu tão irritado que ela ergueu o queixo do chão, então gradualmente se levantou. Estava zonza do extenso período que passara encarando o nada. Ela baixou o olhar para si mesma, para a camiseta branca que estivera tão impecável no dia anterior. A camiseta continuava retangular, mas não estava mais limpa e o tecido não estava mais duro; havia se tornado uma trouxa de pregas úmidas, toda riscada de sujeira. As marcas da Ponta da Flecha estavam muito pronunciadas, quase pretas. Stevie tentou esfregá-las, mas elas não cederam. Seja lá o que fosse aquilo, não era terra; era algo mais parecido com tinta, e era permanente. A camiseta estava arruinada.

Parecia um mau presságio, uma marca escura. Uma mensagem. Seu foco estava destruído. David foi embora. O verão se despedaçou como uma sacola de papel molhada.

— *Stevie.*

Ela piscou e ergueu o olhar.

— Tem uma merda estranha na minha camiseta — explicou ela.

— Por que não saímos daqui? — perguntou Nate. — Eu não tenho nada para fazer aqui em cima agora, o que é ótimo. Você abandonou seu posto. Vamos para a cidade.

— Para quê?

— Para ter alguma coisa para *fazer*. Tem uma lanchonete, não tem? Vamos lá.

Stevie estava prestes a recusar, mas ficava realmente assustada quando Nate parecia irritado. As sobrancelhas claras do amigo se franziam até formar uma seta.

— Tá bom — respondeu.

Ela se ergueu do chão. Ao se levantar, olhou de relance para o celular.

Nenhuma mensagem. Não que isso a surpreendesse. O celular de Stevie passara o tempo todo ao lado de sua cabeça e não havia emitido som algum.

Ela e Nate tiraram as bicicletas do suporte, pegaram suas trancas e chaves e seguiram trilha abaixo, para fora de Pinhas Solares e de volta ao trecho já familiar de estrada margeada por árvores. Essa atividade sacudiu para longe a camada superior de seu mal-estar, o que era péssimo, porque aquela camada vinha mantendo as outras camadas mais doloridas fora de foco. David provavelmente acabara de passar por essa estrada. Ou talvez ele passasse agora. Stevie deveria parar e ligar para ele. Ou não. Talvez quando chegasse à cidade. Precisava ligar para ele antes que ele fosse muito longe, para a autoestrada, para fora de Massachusetts, fora de sua vida, para sempre.

Inglaterra. Ele iria para a *Inglaterra*?

Por que a vida de Stevie foi acabar logo agora, no auge de seus 17 anos? Era o fim.

Mas também, dane-se ele. Dane-se ele por ter chegado do nada com essa informação enquanto ela tentava descobrir o que aconteceu com Allison Abbott. David poderia ter falado com Stevie sobre isso em uma das várias ligações que os dois fizeram ao longo desse tempo. Ele tivera tantas oportunidades.

Além do mais... Faculdade de graça? Pobre garotinho rico. Stevie não fazia ideia de como sua família bancaria uma faculdade. Ela teria que pegar tantos empréstimos que ficaria endividada até seu último dia de vida. *Ah, então você está triste por causa do seu pai? Toma aqui tudo de graça.*

Ela pedalou com mais força, descontando todos os sentimentos no caminho, seguindo mais pela estrada do que pelo acostamento. Vamos lá, acertem ela pelas costas. Stevie *duvidava* que alguém tivesse a ousadia de fazer isso. Nate estava com dificuldade de acompanhá-la, ocasionalmente gritando alguma coisa sobre o fato de a amiga estar "pedalando no meio da porra da estrada" ou sei lá o quê. Pedalar interrompia o fluxo de pensamento, e a estrada pertencia a ela agora. Ai de quem tentasse tomá-la.

Os dois chegaram a Barlow Corners em tempo recorde, Nate com o rosto vermelho e parecendo arrependido de sequer ter tido essa ideia em primeiro lugar. Stevie, no entanto, estava ligeiramente renovada. Pelo menos sentia fome. Já era um começo. Eles prenderam as bicicletas em frente à biblioteca, perto da sala de leitura de Sabrina.

— Meu Deus — disse Nate ao atravessarem a rua para a Duquesa do Leite. — Nunca mais. Da próxima vez eu te deixo lá.

Foi só quando atravessaram a rua e Stevie viu as bandeirolas vermelhas, brancas e azuis em algumas vitrines que ela se lembrou que era dia quatro de julho. Haveria fogos de artifício esta noite. Ela olhou o celular e descobriu, para sua surpresa, que já eram quase seis da tarde. Se tivesse tentado adivinhar que horas eram, teria pensado que talvez fossem duas, no máximo três horas. De alguma maneira, ela tinha perdido quase um *dia inteiro* sofrendo. Não era de se espantar que Nate finalmente a tivesse arrancado do chão.

A Duquesa do Leite era uma lanchonete à moda antiga, do tipo que se vê na TV, que nunca pareceu existir na vida real. Havia um grande balcão com bancos vermelhos e mesas de fórmica. Também tinha ar-condicionado, o que foi um doce e congelante alívio. O lugar estava basicamente vazio quando Nate e Stevie entraram, então eles ocuparam a melhor mesa perto da janela, com vista para a rua e a praça da cidade do outro lado. O topo do chapéu de John Barlow apareceu acima do cardápio enfiado atrás dos frascos de ketchup.

Os dois decidiram pedir milk-shake e hambúrguer, porque Nate e Stevie tinham visões parecidas sobre nutrição. Para a surpresa de Stevie, Nate pegou o notebook e imediatamente começou a digitar.

— O que você está fazendo? — perguntou ela.

— Nada.

— Você está *escrevendo*?

— Eu só estou... fazendo uma coisa.

— Você está escrevendo, não está?

— Solucione — disse Nate. — *Solucione*.

— Eu não consigo *solucionar*.

— Tá bom, então fica sentada aí. Pelo menos você não está mais no chão. Já cumpri minha função.

Isso era meio que uma traição.

Stevie abriu a mochila e colocou o tablet, o celular e um caderno na mesa. Tudo o que ela sabia sobre esse caso — exceto o que flutuava por sua cabeça — estava ali. Todas as ferramentas de que precisava. Agora havia tempo e espaço para pensar.

Ela olhou para os objetos.

Ela olhou para o ketchup.

Ela olhou para o cardápio e o chapéu de John Barlow.

Ela olhou para a biblioteca.

Sentiu-se começando a *enxergar*.

Allison Abbott estava morta. Allison Abbott fora assassinada, e quase certamente por um motivo relacionado a este caso. Ela não tinha simplesmente caído daquele penhasco. Não importava como Stevie se sentia. Allison Abbott não estava mais viva, e alguém precisava fazer alguma coisa. Stevie prometera a Allison que conseguiria o diário... e então Allison morreu.

O que significava, logicamente, que alguém pensou que Allison estivesse perto de conseguir o diário.

Isso indicava que havia alguma informação naquele diário pela qual valia a pena *matar*. E isso mostrava que era Sabrina Abbott — a perfeita, maravilhosa, esforçada Sabrina — que estava de algum modo no centro desse caso.

Os hambúrgueres e milk-shakes chegaram, e Stevie começou a comer enquanto sua atenção pousava sobre a sala de leitura do outro lado da rua. Ela suavizou o olhar, deixando os contornos da construção embaçarem. Sabrina. Lendo. Escrevendo. Pegando livros emprestados até morrer.

O cérebro de Stevie começou a se organizar. Ela pegou o tablet, tentando manter o estado mental, e voltou até as fotos do quarto de recordações na casa de Allison; todas aquelas coisas cuidadosamente arrumadas. Livros, roupas, bugigangas, fotos, vinis. A vida de uma adolescente, congelada no ano de 1978. Ela olhou para a foto dos canhotos de empréstimos interbibliotecas, observando os livros que Sabrina solicitara logo antes de morrer: *A Woman in Berlin* e *Ascensão e queda do Terceiro Reich*. Leituras sérias para uma pessoa séria, alguém que estava se preparando para seu futuro na Universidade de Columbia. Stevie pensou no diário de 1977 de Sabrina, com a lista de matérias e tempo de estudo. Sabrina era uma relatora de acontecimentos meticulosa.

A sombra de uma ideia voltou a dançar pelos corredores de sua mente. Então outra, e outra. Sombras dançando na parede. Fantasmas. Respostas... respostas intangíveis, provocando-a.

— Merda — disse ela.

— O que foi?

Stevie bateu as mãos na mesa com desprezo.

— Eu já *vi* a resposta — explicou ela. — Pedacinhos dela. Pequenos lampejos. Como daquela vez que vi um alce atrás de umas árvores em Ellingham. Eu vi *alguma coisa*. Ou ouvi. E não consigo descobrir o que é.

— Parece igual a escrever — disse ele. — É péssimo.

Nate deu um longo gole no milk-shake enquanto Stevie apoiava a testa na mesa. Talvez por sentir que ela não levantaria a cabeça tão cedo, ele continuou falando:

— As pessoas perguntam coisas tipo: "Qual é o seu processo?". Eu não sei qual é o meu processo. Eu sento e digito coisas sobre monstros. Ou penso nelas. Ou digito-penso.

As sombras voltaram a piscar na parede, as bordas mais nítidas. Com mais forma.

Stevie ergueu a cabeça.

— O que você disse? — perguntou ela.

— O quê? Quando? Qual parte?

— Escrever. Digitar. Pensar. O quê?

— O quê?

— Para de falar *o quê* — disse ela. — O que você quer dizer? Você digita e pensa?

— É — confirmou ele. — Eu meio que penso com os dedos? Isso não soou certo. Você entendeu.

— Você digita coisas. Você digita. Merda, merda, merda... Me dá seu computador.

— Você vai terminar meu livro? — perguntou Nate, empurrando-o para ela. — Porque isso, sim, seria uma boa notícia.

Em vez de digitar, ou sequer olhar para a tela, Stevie encarou o teclado, passando de leve os dedos da tecla L até o Enter, então de volta. Ela pegou o tablet e passou freneticamente as imagens na tela até encontrar o que queria.

— Ah, meu Deus — disse Stevie. — Eu tenho que ir.

— O quê?

— Para de falar *o quê*! Eu tenho que ir.

— Para de falar que tem que ir — retrucou Nate, pegando a chave da tranca da bicicleta. — Ir aonde?

— À casa de Allison — respondeu ela, balançando a mão para pedir a conta.

— Não. Você não pode fazer isso. Allison está morta.

— Então ela não vai se importar. Me devolve a chave da bicicleta. Eu já sei onde Sabrina escondeu o diário. Ele não está perdido.

— Stevie, *explica*.

Stevie se contorceu de frustração, mas abriu uma foto.

— Aqui — disse ela, passando o tablet para ele. — É uma foto da lista de materiais solicitados para o pavilhão de arte do acampamento em 1978 e quanto eles custavam.

```
Cerâmicas: porta-anéis, porta-brincos, gatos,
cachorros, potes de biscoito; lixxeira, tartaruga,
ursinho de pelúcia, patins ($28)
```

— Máquinas de escrever eram uma droga — continuou Stevie. — Elas não tinham teclas de apagar. Olha esse ponto e vírgula estranho depois de "potes de biscoito". Erro de digitação idiota, certo? Isso foi nos anos 1970, então, se você apertasse a tecla errada, não podia corrigir facilmente. Agora olha para o seu teclado. A tecla do ponto e vírgula e dos dois-pontos é a mesma. Você acaba digitando um ponto e vírgula se esquecer de apertar o Shift. Se apertar o Shift, aí vira dois-pontos, o que faz mais sentido. Se tivesse um dois-pontos aqui, significaria...

— Que era uma lista.

— Exatamente. Isso significa que eles pediram potes de biscoito nos seguintes formatos: lixeira, tartaruga, ursinho de pelúcia, patins. Quem digitou isso? Sabrina. Quem precisa fazer projetos manuais como parte de seu trabalho? Sabrina. Quem ama tartarugas? Sabrina. Lembra da tar-

tarugona na sala de leitura da biblioteca? — Ela deu batidinhas no vidro da janela na direção da sala de leitura. — Sabrina disse que as crianças mexiam nas coisas dela, então ela fez algo para esconder seus pertences. Ela fez um *pote de biscoito em formato de tartaruga*. E ela não levaria isso até o bosque na noite em que morreu. Ficou no alojamento. E agora...

Stevie foi passando as fotos pela tela de novo, até encontrar as do quarto na casa de Allison. Ela virou o tablet de volta para Nate de maneira triunfante.

— Bem ali. — Ela apontou para a grande tartaruga de cerâmica numa das prateleiras. — O que isso parece para você?

— Uma tartaruga — respondeu ele. — Possivelmente um pote de biscoito em formato de tartaruga.

— Me dá a chave da bicicleta.

— Eu vou com você.

— Você odeia me acompanhar nessas coisas.

— Eu sei — disse ele. — E eu conheço você. É isso que você faz. É o seu *lance*.

— Eu preciso. Faz parte do trabalho.

— E você ama essa merda.

Stevie não respondeu porque ela realmente amava essa merda.

— Você sabe que eu também te amo, né? — disse ela.

— Fala isso para a minha família enlutada quando eu acabar morrendo por sua causa — respondeu Nate, procurando a carteira. — Vamos pagar e ir embora antes que eu mude de ideia.

24

O DIA ESTAVA PASSANDO DEPRESSA. QUANDO ELES CHEGARAM À ENTRADA DA casa de Allison, havia pouca luz, e ela e Nate suavam e arfavam.

— Quando... estivermos... lá... dentro — disse Nate entre respirações —, eu... vou beber... o que quer... que tenha... na geladeira. Dane-se. Talvez seja... roubo. Dane-se.

Stevie fez que sim pesadamente com a cabeça.

— Nós provavelmente deveríamos esconder as bicicletas — falou ela.

— Por quê? Não tem ninguém por perto.

— Para o caso de alguém aparecer. Porque continua sendo...

Ela decidiu omitir as palavras *invasão domiciliar*. Nate olhou para a amiga com um olhar que pendia entre exaustão e pavor. Eles empurraram as bicicletas para o meio das árvores, então caminharam pelo restante da via escura em direção à entrada para carros de Allison.

— Ela poderia ter uma câmera na porta ou algo assim — disse Nate em voz baixa.

— Bem, ela não está monitorando nada agora — respondeu Stevie.

Mesmo que não houvesse ninguém por perto, parecia uma má ideia entrar pela porta da frente. Havia uma lateral, que era um pouco mais reservada. Stevie guiou Nate naquela direção enquanto revirava a mochila em busca das luvas de nitrilo.

— Coloca isso — pediu Stevie, entregando um par a Nate. — O estalo dá uma sensação boa.

Ela pegou a carteira. Havia um cartão de débito, do qual precisava. Havia um cartão de crédito, que era uma grande piada, mas ainda assim... era melhor preservá-lo. Seu crachá de Ellingham era resistente, e ela receberia um novo no outono de qualquer maneira. Stevie o tirou da carteira e o deslizou para a fresta da porta com pequenos movimentos oscilantes.

— É fácil assim abrir uma porta, é? — disse Nate.

— Você já me viu fazendo isso.

— É, mas eu preferi pensar que era porque as trancas de Ellingham são velhas e de péssima qualidade. Eu quis acreditar que casas são mais seguras.

— A farsa da segurança — respondeu Stevie. — Acredite no que quiser.

A fechadura se abriu com um estalo suave e Stevie abriu a porta, então os dois entraram na casa escura. Stevie já se esgueirara por espaços privados antes, até mesmo alguns recentemente desocupados por pessoas que tiveram finais infelizes. Ela não fizera isso *muitas vezes*, mas o fato de que já fizera alguma vez era notável. O Instituto Ellingham lhe proporcionara muitas experiências únicas.

A última vez que estivera nesta casa, entrara pela cozinha. A porta lateral levava a um andar mais baixo da casa, um porão mobiliado que Allison transformara numa academia. Dali, eles subiram as escadas, emergindo no corredor com as muitas fotos emolduradas. Do lado de fora, os primeiros fogos de artifício soaram à distância.

— Feliz Dia da Independência — disse Nate.

O Quarto Sabrina, como Stevie agora o chamava em sua cabeça, ficava atrás da porta fechada no final do corredor. Ela pensou em acender a luz do teto, mas optou por usar uma lanterna por excesso de cautela. Iluminou ao redor, tentando encontrar a grande tartaruga. Não estava no lugar onde Stevie havia visto em sua primeira visita. Nesse meio-tempo, Nate examinava as prateleiras.

— O que é *isso*? — perguntou ele. — Escovas de cabelo? Lápis velhos? Isso é...

— A obra de uma irmã enlutada — interrompeu Stevie.

— ... saída diretamente de um filme de terror.

Stevie deu um giro completo, esquadrinhando cada superfície.

— A tartaruga sumiu.

Ela pensou por um momento, então entendeu. Allison tivera uma reação intensa quando Stevie lhe entregara a lista de materiais de arte; ela ficara tão tocada que imediatamente levara Stevie até a clínica veterinária de Paul Penhale.

— Allison também descobriu onde estava o diário — continuou Stevie. — Mudou a tartaruga de lugar. Precisamos encontrá-la.

Eles começaram pelo andar de cima, já que estavam ali. O banheiro foi rapidamente eliminado. O quarto de Allison talvez fosse o lugar mais esquisito de se entrar, mas Stevie reprimiu qualquer desconforto. Superfícies primeiro; a tartaruga não estava em nenhuma das mesas de cabeceiras nem cômodas. Ela deu uma olhada rápida no armário, onde tudo estava caprichosamente pendurado ou guardado em prateleiras. Nada de tartaruga. Nate olhou embaixo da cama e, fora isso, espreitou descontentemente ao redor do quarto. Os dois fizeram uma busca atenta no roupeiro. Nada.

Eles voltaram ao andar de baixo quando os fogos de artifício começavam a se intensificar do lado de fora. Dava para ver rastros de luz atrás da linhas das árvores. Stevie mandou Nate verificar a sala de estar, enquanto ela seguiu de volta à cozinha. Logo encontrou o que procurava: a tartaruga estava no canto da bancada, ocupando o lugar onde um pote de biscoitos deveria estar.

— Peguei você — disse ela, erguendo-a e se sentando no chão atrás da ilha da cozinha. — Nate! Aqui!

Nate se juntou a Stevie, sentando-se ao lado dela no chão.

— Mantenha a lanterna virada para cá — pediu ela, largando o celular para abrir o pote.

Mas não conseguiu abrir.

— Potes de biscoito têm um selo de borracha na tampa — disse ela. — É preciso...

Ela segurou a borda da casca da tartaruga e puxou com mais força. Nada. Puxou mais uma vez. Sentiu a pressão ceder minimamente. Mais uma tentativa e Stevie conseguiu outra inclinada da tampa.

— Talvez esteja estragado ou algo assim — comentou Nate.

Stevie se recostou e observou a tartaruga por um longo momento. Ela fora alegremente pintada em tons de verde e amarelo-vivos e tinha um sorrisinho satisfeito. Era uma boa tartaruga, feita por alguém que tivera carinho por ela. E era por isso que o que Stevie ia fazer a seguir seria lamentável, mas necessário.

— Desculpa, Sabrina — disse ela.

Stevie se levantou, relanceou ao longo da bancada, abriu uma ou duas gavetas e encontrou um rolo de macarrão de mármore. Ela o acertou no casco da tartaruga, com força.

— Ou você pode fazer isso — falou Nate.

O casco se quebrou em três grandes pedaços. Ela os retirou, revelando um selo de borracha apodrecido e um espaço para biscoitos. Mas, em vez de biscoitos, havia um pequeno caderno vermelho, brochura, com o ano *1978* escrito na capa em letras douradas.

— A verdade resumida — declarou Stevie baixinho.

O diário estava curvado no formato do pote pelo tempo que havia passado lá dentro e estava entalado quando Stevie tentou tirá-lo sem danificá-lo, então ela precisou quebrar a cabeça da tartaruga e uma de suas pernas para ter espaço para puxá-lo aos poucos para fora. Depois que se começa a quebrar preciosas cerâmicas de tartaruga, é melhor ir até o fim.

Apesar de deixá-lo curvado, a jarra hermética mantivera o diário em boas condições. Estava livre de poeira, seco, mas o couro não estava quebradiço. Stevie abriu a capa com cuidado. A primeira página deixava claro o que eles tinham encontrado.

PROPRIEDADE DE SABRINA ABBOTT

— Eu nunca mais vou duvidar de você — declarou Nate.

Stevie virou a página curvada para a primeira entrada.

3 de janeiro, 1978
Seja bem-vindo, 1978. Prazer em conhecê-lo. Hora de estrear este diário novinho em folha que ganhei de Natal. Eu gosto que ele tenha uma capa vermelha lisa dessa vez. Nada contra a capa do Snoopy

do ano passado, afinal sempre vou gostar do Snoopy e ninguém será capaz de mudar isso, mas esse combina mais com o que tenho em mente para o futuro.

— Conseguimos — falou Nate. — É melhor o pegarmos e irmos embora. A gente lê lá no acampamento.

Stevie leu mais algumas frases.

Retornamos à escola hoje depois das férias de fim de ano. Estavam falando em adiar a volta às aulas por causa de Michael Penhale, mas aparentemente seria complicado demais, então retornamos na data esperada. Nem acredito que já faz duas semanas desde que Michael morreu...

— Stevie...

— Tá bom — disse ela, fechando o caderno e o guardando na mochila. — Tá...

Nate tapou a boca da amiga com a mão. Stevie arregalou os olhos em confusão, então entendeu por que ele fizera aquilo. Havia o som inconfundível de alguém abrindo a porta da frente.

As pessoas em livros de mistério e suspense sempre falam sobre como seu coração vai parar na garganta. Agora Stevie entendia exatamente o queriam dizer. Estava experimentando a sensação naquele momento, como um grande e pulsante nó entalado bem ali. Achava que podia vomitar ou tossir sangue ou se engasgar. Por algum motivo, Nate tinha deitado no chão, como se tentasse se passar por um tapete de cozinha. Então, percebendo que essa não era a melhor estratégia, ficou de quatro. Stevie estendeu a mão num gesto de *não se mexe* e aguçou os ouvidos para ver o que conseguia captar a partir dos sons.

A porta se abriu. Houve sons de passos quando alguém entrou. Parecia ser uma pessoa só parada à porta, como se tentasse ouvir alguma coisa, e Stevie não gostou nem um pouco disso. A pessoa atravessou a sala de estar, seguiu pelo corredor sem carpete, então parou em algum ponto depois da passagem para a cozinha. Houve uma pausa odiosamente longa, então os passos seguiram de volta para os degraus, fazendo-os ranger ao subir.

Stevie engoliu em seco, certificou-se de que ainda estava respirando, examinou Nate em busca de sinais vitais, então inclinou a cabeça na direção da porta da cozinha. Ela se levantou, ficando primeiro de joelhos, depois de pé, seguindo até a saída na ponta dos pés. A porta tinha uma trava de segurança, além de uma tranca sinuosa acima da maçaneta. Ela girou os dois cautelosamente. Até aí tudo bem, mas, quando Stevie abriu a porta, ela emitiu um estranho barulho. Os passos no andar de cima pararam.

Não havia tempo para ser primoroso naquele momento, não havia tempo para fingir que eles não estavam ali. Ela agarrou Nate e o puxou com força pela porta, mal disfarçando o som de sua saída. Do lado de fora, a noite caíra, e vaga-lumes piscavam pelo jardim acolhedor nos fundos da casa. Se os dois saíssem correndo, quem quer que fosse conseguiria vê-los pelas janelas. Stevie gesticulou para que Nate a seguisse, esgueirando-se próxima da parede. Eles deram a volta até a frente da casa, que ficava virada para as árvores e a entrada para carros.

— Agora! — sussurrou Stevie para o amigo.

Os dois dispararam, correndo o mais rápido e silenciosamente que conseguiam pelo caminho de cascalho. Infelizmente, a lua estava alta e iluminada, e fogos de artifício explodiam no céu, então não havia cobertura enquanto eles corriam para longe, mas logo chegaram à abertura entre as árvores e à parte arborizada da entrada para carros, fora da vista da casa. Assim que chegaram ao ponto onde a entrada se encontrava com a rua, Stevie olhou para trás.

— Calma — disse ela, segurando o braço de Nate. — Calma, calma, calma...

Stevie se virou, e estava dando alguns passos de volta pela entrada em direção à casa.

— *Stevie*.

— Olha — falou ela.

Stevie ficou ali até que ele se aproximasse para ver o que ela estava indicando.

— O que foi? — sibilou Nate. — Não tem nada.

— Exatamente. Não tem nada. Não tem carro.

Nate ficou calado por um momento.

— O que isso significa? — perguntou finalmente.

— Significa que a pessoa veio até aqui a pé.

— Mas o que isso significa? — perguntou ele de novo.

— Alguma coisa — disse ela. — Provavelmente ruim. Vamos.

Os dois correram de volta pela via. Nate foi um pouco à frente e se enfiou no meio das árvores. Ele emergiu um segundo depois e ficou parado até que Stevie se aproximasse.

— As bicicletas sumiram — declarou ele. — Podemos estar no lugar errado, mas... nós as deixamos do lado dessa placa bem aqui...

De certa forma, depois que notou que não havia carro na entrada, Stevie esperara isso. Quando as coisas vão mal, elas tendem a piorar em todos os sentidos.

— Vamos — disse, puxando o amigo para o meio das árvores. — Nós vamos voltar andando, mas por fora da estrada. Vamos dar a volta no lago.

Ela pegou o celular enquanto caminhavam e abriu o mapa. Estava demorando muito para carregar. O sinal estava fraco. O mapa finalmente abriu, mas era inútil.

— Ele acha que estamos no meio do lago. — Ela enfiou o celular no bolso. — Teremos que dar um jeito de chegar no lago e seguir pela margem. Acho que é por aqui.

— Então nós vamos ficar vagando no escuro pelo bosque dos assassinatos enquanto tem alguém na casa que invadimos.

— A não ser que você tenha outro plano — respondeu Stevie.

— Só me certificando de que estamos alinhados.

Stevie pegou suas chaves. Um dos chaveiros dela era uma caixinha de remédio. Ela desatarraxou a tampa enquanto os dois andavam e sacudiu a caixinha até que o comprimido minúsculo que ela guardava saísse. Sempre tinha um Lorazepam consigo, para o caso de um ataque de pânico. Estar perdida no bosque dos assassinatos era uma bela ocasião para tomá-lo. Em casa, ele a deixaria sonolenta. Ali, na mata, ele a manteria sob controle caso seu cérebro resolvesse surtar. Stevie engoliu a seco, o que não foi muito difícil por ser um comprimido pequeno. Estava devolvendo as chaves à mochila quando notou um pequeno clarão atrás deles. Com um único movimento, ela empurrou Nate para trás de uma árvore. Ele assentiu, indicando que ficaria calado.

Um som de passo. *Crunch, crunch.*

Silêncio. A pessoa parou de se mexer.

Havia duas opções ali. Primeira: eles poderiam presumir que quem quer que estivesse na casa os seguira para o bosque por motivos completamente sensatos. Foi até a casa para fazer alguma coisa, suspeitou que havia alguém lá dentro, então olhou ao redor, avistou duas silhuetas entrando na mata e as seguiu. Nesse caso, eles poderiam simplesmente sair de trás da árvore, ver quem era e se entregar.

Mas essa pessoa viera sem carro e pegara as bicicletas deles. Então sobrava a segunda opção.

— *Temos que correr* — sussurrou Stevie no ouvido de Nate.

Eles correram direto para a trilha de lascas de cedro que margeava o lago. O lado bom foi que isso os ajudou a se localizar, mas o ruim foi que os deixou expostos. Porém, a essa altura do campeonato, não importava mais. Os dois conseguiriam correr mais rápido na trilha e saberiam para onde estavam indo. Ela ouvia os passos de quem estava os seguindo e relanceou para trás uma vez para tentar ter um vislumbre, mas a pessoa estava fora de vista. Stevie correu como fazia nos sonhos: furiosamente, quase voando pela escuridão. Nate estava bem à sua frente, em disparada.

Ela sentiu a bala passar antes de ouvi-la, o que foi estranho. Foi uma coisinha zumbindo, como uma libélula. O tiro atingiu uma árvore à frente, provocando uma nuvem de farpas.

— Puta merda — gritou Nate, girando. — *Merda.*

Os dois instintivamente saíram da trilha, cortando caminho por entre as árvores, desviando e ziguezagueando no escuro. O solo era um emaranhado de raízes e buracos, cedendo em lugares inesperados. Stevie estava vagamente ciente dos galhos que batiam e cortavam sua pele, da maneira como seus tornozelos torciam sob seu peso quando ela pisava numa protuberância ou buraco. Não havia como saber onde eles estavam agora; a mata os engolira. Talvez estivessem seguindo em direção ao acampamento; talvez estivessem rodando em círculos. Todas as árvores parecem iguais no escuro. Mais à frente, no entanto, havia uma clareira através da qual ela conseguia ver os fogos de artifício explodindo à distância no céu em tons alegres de vermelho, branco e azul. Stevie usou as faíscas como guia, seguindo na direção delas, escondendo-se atrás das árvores. Pela tensão em suas pernas e joelhos, percebeu que estavam subindo uma inclinação, o que ao menos indicava uma direção diferente, nova.

Zum. Outro objeto estourou por perto; Stevie sentiu sua força explosiva. Ela sabia que Nate estava gritando e xingando, no entanto não conseguia mais ouvi-lo, não acima da pulsação em seus ouvidos e o crescendo dos fogos de artifício. O chão ficou mais rochoso, mais fácil de pisar...

Então a cobertura das árvores acabou. A floresta se abriu e o céu era todo deles. Stevie percebeu que a abertura que ela estava usando para guiá-los era, na verdade, o Ponto 23. Ela recuou e tentou continuar pela área arborizada, mas o solo era impenetrável a partir dali, cascateando num declive perigoso. Ela também perdera a noção de onde o perseguidor estava.

— Não tem jeito — disse Nate, sem fôlego, puxando o braço da amiga.

— O quê?

— Estamos encurralados. Pule para a frente. O mais longe que conseguir. Pés juntos.

Stevie conseguia ver o lago abaixo, silencioso e escuro, como um espelho preto, refletindo a lua e os fogos de artifício. Já estivera em maus lençóis antes; nos túneis subterrâneos de Ellingham, presa na neve. Mas aquela situação era diferente. Exigia ação; um salto calculado para o desconhecido. Ela estava apavorada demais para estar meramente com medo.

— Vá o mais para a frente que puder — repetiu ele. — Entra reto, pés para baixo e juntos. Pega distância e corre. Agora!

Stevie não sabia como fazer isso. Seus pés não se mexiam. Ela os mandava ir, mas eles não obedeciam.

Um tiro atingiu a árvore ao seu lado.

O tempo passou muito devagar nos segundos seguintes. Nate gritava para ela ir, ir, ir. Ela se encolheu para trás, agachando em direção ao chão. Nate fez o mesmo, então empurrou suas costas. Stevie sentiu o chão pelo que poderia ser a última vez, então se lançou à frente.

A borda da pedra estava ali para recebê-la, e, ao pular e entrar em contato com o céu, ela quis fechar os olhos, mas descobriu que não conseguia. Estava caindo. O espelho chegava rápido, então...

25

Por um momento, não houve nada. Ela não estava em lugar algum. Não havia Stevie. Ela estava total e completamente livre do espaço e tempo, o ar assobiando suave em seus ouvidos. Alguma coisa dura atingiu seu lago esquerdo. Mas isso não foi nada comparado ao que aconteceu um segundo depois. Era como atravessar vidro. Água fria jorrou para dentro de sua boca e nariz. A dor e a falta de ar faziam tudo queimar. Stevie não sabia para onde ir. Não dava para saber o que era a superfície e o que era o fundo. A água escura engolia todos os seus sentidos.

Ela ia morrer.

Que interessante. Nenhum esforço era esperado de sua parte. Só algumas bolhas no escuro e uma queda para alguma profundidade desconhecida. Stevie estava consciente o bastante para saber que sua mochila continuava nas suas costas, puxando-a ainda mais para o fundo. Em meio à confusão e à ardência, contorceu-se, tentando se livrar dela. Uma das alças saiu facilmente. Stevie não entendia como o outro lado do seu corpo funcionava na água, mas acabou conseguindo se virar do jeito certo e se soltou da outra alça. Isso a fez boiar um pouco, mas ela continuava sem saber para onde ir. O pânico a inundou, encobrindo-a numa onda. O mundo se fragmentava em pontos pretos e brancos à medida que ela deslizava para a inconsciência. No momento seguinte, o mundo ao lado dela explodiu; algum estranho caos de turbulência e violência e ela estava indo para o fundo do lago e seus pulmões estavam...

Havia alguma coisa segurando seu braço, puxando-a. Ela rompeu a superfície, engasgando-se e tossindo. Não conseguia respirar. Havia água dentro dela. Nate bateu o mais forte que pôde em suas costas, e sua boca e seu nariz expeliram água com muco. Stevie teve ânsia de vômito ao tentar descobrir como inspirar o ar, como se desobstruir. Tinha água em seus ouvidos, então as palavras de Nate estavam abafadas, e ela não conseguia enxergar em meio a tantas lágrimas.

Ela estava fraca demais para nadar, mas eles não estavam muito longe das pedras no fundo do penhasco. Juntos, conseguiram puxar um ao outro em direção a elas.

— O diár-r-rio! — gritou ela entre respirações trêmulas. — Ele sum--m-m-iu.

— Não im-m-m-mpor-t-t-ta. Esquece iii-ii-ss-so-ooo. Stevie. *Steee--e-e-vv-ie*.

Stevie segurava a pedra com a mão direita, mas estava cansando. Tentou trocar para a esquerda, mas, ao fazer isso, uma dor lancinante percorreu seu braço. Ela quase escorregou da pedra, mas Nate segurou sua camiseta e a puxou de volta.

— Eu ach-ch-cho que meu braç-ç-ço... — disse ela, mas isso foi tudo o que conseguiu falar antes que a dor bloqueasse o resto da frase.

A água estava escura e calma, com uma minúscula lua de desenho animado boiando na superfície. Stevie tentou erguer o olhar para ver se conseguia enxergar alguém acima deles, mas era tudo pedra e escuridão.

— V-v-você acha que ele foi e-e-e-mbora? — gaguejou Nate.

Ela balançou a cabeça, sem saber ao certo se queria dizer que não ou que não sabia.

— Ei! — Um grito ressoou do outro lado do lago. — Ei! Vocês estão bem?

Era a voz de David. Será que Stevie estava alucinando? Será que alguma dessas coisas realmente acontecera? Os tiros, a queda... Será que ela morreu na água?

— Nã-ão! — gritou Nate de volta.

— Nate? Calma aí! Calma aí!

— Tuu-dd-do b-b-bem, t-t-tá — disse ele, os tremores piorando.

Não era uma alucinação. David estava mesmo ali.

Stevie observou David e seu caiaque se aproximarem pela água. Se levou cinco minutos ou cinco horas, ela não fazia ideia. Tudo estava frio, e seu apoio na pedra ficava cada vez mais fraco. Ela queria tentar se arrastar de barriga para cima, sair da água, mas não tinha força para isso.

Quando David os alcançou, Stevie ficou surpresa ao descobrir que a primeira emoção a borbulhar de volta à superfície com o restante do seu corpo foi irritação.

— Q-q-que drog-g-ga voc-c-cê está faz-z-zendo aqui?

— Tirando você do lago — retrucou ele. — Que droga *você* está fazendo aqui?

— Ah-h meu D-d-deus — disse Nate. — Calem a b-b-boca.

Aquela minúscula explosão de emoção drenou qualquer reserva de energia que Stevie ainda tinha. Seu corpo ficou dormente e a exaustão tomou conta. Ela começou a escorregar da pedra.

— Opa... opa... — falou David.

Ele passou as pernas para fora do caiaque e entrou na água, segurando--a de um jeito desengonçado. Stevie era um peso morto, e ele tinha dificuldade de segurá-la com uma das mãos e manter a outra no caiaque.

— Tudo bem — continuou David, parecendo sentir a gravidade da situação —, como vamos fazer isso? Nate, você acha que consegue chegar até aqui e segurar o caiaque?

— Ach-cho que sim — respondeu Nate, estendendo a mão para o caiaque. Ele se atrapalhou uma ou duas vezes, mas finalmente conseguiu se segurar com firmeza numa das cordas da lateral e içar o corpo para cima da embarcação.

— Braç-ço — murmurou Stevie. — Nã-ã-ão f-f-funciona.

— Tudo bem — disse David, tentando parecer calmo, e fracassando. — Está tudo bem. Eu estou segurando você.

Ele esticou a mão para dentro do caiaque e pegou um colete salva--vidas, vestindo-o por cima do braço funcional de Stevie. Nate segurava a traseira do caiaque, então David ajudou a guiar Stevie para uma posição de descanso debruçada sobre a parte da frente.

— Tudo bem — disse ele. — É uma distância curta até a praia. Nate, segura firme.

David subiu na pedra e entrou no caiaque, impulsionando-se com o remo e errando por um fio a cabeça de Nate. Com movimentos curtos, feitos para evitar atingir qualquer uma das pessoas agarradas à frente e à traseira do caiaque, David começou a remar. A extensão de praia mais próxima ficava a uns trinta metros; uma distância não muito grande, mas impossível no atual estado de Stevie. Ela se sentiu sonolenta em alguns momentos. Queria fechar os olhos, mas sua voz interior e a voz exterior de David ficavam falando para ela acordar, para segurar firme. Stevie precisava dos dois braços enfiados no colete salva-vidas. Tentou mexer o braço esquerdo de novo, mas uma dor fulgurante explodiu atrás de seus olhos, fazendo o mundo se transformar numa grande confusão de pontinhos pretos e brancos. Nada de braço esquerdo. Em vez disso, ela começou a exigir mais do direito. Seu braço direito teria o melhor desempenho de sua vida. Ela ordenou que ele ignorasse o frio, que ignorasse a fadiga. Ele era o mais forte, o melhor braço do mundo.

Stevie sentiu alguma coisa sob seu corpo; seus pés estavam se arrastando no solo.

— Só mais um pouco — disse David. — Pronto... pronto...

Nate se soltou, o que fez o caiaque tombar um pouco. Ele cambaleou para a praia. A esse ponto, o braço direito de Stevie estava dormente do esforço excessivo e ela se sentiu deslizar, mas se segurou até o solo bater nos seus joelhos. David saiu do caiaque, meio caindo, pegou-a nos braços e a levou para a praia. Depois de cumprir sua missão, o caiaque decidiu aproveitar o momento e sair boiando.

David inclinou-se sobre Stevie e Nate na fria e rochosa areia.

— Gente, vocês estão bem? Mas que porra...

Stevie ergueu o olhar para ele. O rosto de David bloqueava a lua e os fogos de artifício.

— Acho que m-m-meu braço está queb-b-brado — falou ela.

E então, misericordiosamente, ela desmaiou.

As horas seguintes foram nebulosas. Alguém do camping chamara um guarda florestal, que os encontrou na praia. Stevie registrou parcialmente a conversa que se seguiu, as perguntas sobre se ela conseguia andar. Ela deve ter fracassado no teste, porque a colocaram numa maca e prenderam algo ao redor do seu pescoço. Houve uma estranha jornada pelo bosque, sacudindo numa maca carregada por duas pessoas que tinham aparecido do nada. Então ela estava numa ambulância com Nate.

— O diário... — disse Stevie.

— Esquece o diário — respondeu ele, tremendo em sua manta metálica.

Tudo doía; uma dor constante pelo corpo todo que penetrava nas profundezas de seus ossos. Ela ficava tentando fechar os olhos, mas era sempre acordada por um paramédico que apontava uma luz para eles. Por que ninguém a deixava dormir? Se ela dormisse, talvez conseguisse ler o diário de Sabrina em seus sonhos...

A coisa na qual ela estava deitada deu um súbito solavanco para cima e foi levada para uma sala de emergência amargamente fria e obscenamente clara. Stevie observou os azulejos do teto passarem enquanto era carregada, observou as luzes fluorescentes, as placas acima das portas. Ela foi levada para um espaço fechado por cortinas, onde um enfermeiro lhe fez perguntas como qual era o nome dela. Pessoas continuavam aparecendo a todo momento, sem expressões urgentes ou alarmadas, mas se recusando a deixá-la em paz. Queriam ver suas pupilas, auscultar seu peito, mexer seu braço...

Isso fez Stevie dar um gritinho.

Ela ficava tentando fechar os olhos e se lembrar da letra de Sabrina, segurar o diário na mente. Mas então ganhou algo melhor. Um rosto. Aquele rosto, com os grandes olhos castanhos e cabelo escuro. Sabrina. Stevie não conseguia vê-la perfeitamente, mas sentia a sua presença, sussurrando algo que não conseguia distinguir.

— Aguenta firme, Stevie. Você está fazendo um ótimo trabalho.

Ela abriu os olhos e descobriu que não estava falando com Sabrina, mas com um funcionário do hospital que colocava a cabeça dela numa máquina gigantesca. Foi uma breve estadia, e logo foi retirada de lá.

Meu Deus, que lugar gelado. Stevie tremia incontrolavelmente.

— Vou pedir ao enfermeiro para pegar um cobertor para você — disse a pessoa.

De volta ao corredor, um enfermeiro chegou com o cobertor prometido e o ajustou ao redor do corpo dela.

— Quer uma meia? — perguntou ele. — Quer que eu calce?

— Alce?

— *Calce.*

— Eu vi um alce uma vez.

O enfermeiro franziu a testa, mas terminou de ajeitar Stevie e a levou para o próximo destino, que foi a sala de raio X. De lá, a direcionaram para uma salinha onde seu braço esquerdo foi engessado. Finalmente, no fim de sua jornada pelo hospital, ela foi levada de volta à sala da emergência. Ficou sozinha por alguns minutos, então a cortina foi aberta ruidosamente e Nate apareceu, arrastando os pés numa volumosa calça de ioga roxa e casaco felpudo da Caixa Caixa.

— Oi, sua idiota — disse ele. — Nunca mais vamos fazer isso. — Ele se aproximou e parou na beira da cama dela. — Você está bem. Acham que está basicamente em choque. Não tinham certeza se você tinha batido a cabeça, então preferiram te manter sob observação. Você fez uma ressonância. Lembra?

— Vagamente.

— Eles acham que a gente estava de sacanagem e pulou do Ponto 23 — disse Nate. — Acham que somos dois imbecis. Eu não expliquei que pulamos porque alguém tentou atirar na gente. Considerei contar a verdade... porque alguém tentou mesmo atirar na gente. Mas nós invadimos uma casa, então... — Stevie assentiu, exausta. — Pedi que ligassem para Carson. É por isso que estou vestido assim. Como ele é o dono do acampamento, tem acesso a todos os formulários de consentimento dos pais que as nossas famílias tiveram que assinar e cópias das nossas informações de plano de saúde, coisas assim. E ele é irresponsável a ponto de não ter ligado para os nossos pais, então acho que saímos ilesos desta noite.

Stevie sentiu os olhos se encherem de lágrimas.

— Desculpa — disse ela.

— Tudo bem — respondeu o amigo, olhando para baixo. — Quem segue você para um lugar suspeito merece as consequências. Ligamos para Janelle. Ela estava tão determinada a vir para cá que achei que ela fosse vir andando, mas a convenci a esperar até amanhã de manhã. Eles provavelmente vão internar você, para ficar de olho. Eu já estou liberado. David vai ficar até levarem você para o andar de cima.

— Você sabe que eu te amo, né? — perguntou ela.

— Acho bom mesmo.

Parecia que Nate estava prestes a pegar a mão boa de Stevie e apertar, mas então, no último momento, ele deu umas batidinhas nela num gesto de afeto abreviado.

David não recebera uma muda de roupas. Ninguém pensara nele. Sua camiseta ainda estava úmida e colada ao corpo, e seu cabelo não estava totalmente seco. Por uma gentileza, ele recebera um lençol para se enrolar, o que era estranho e, de certa forma, adequado.

Stevie se lembrou da primeira vez que eles tinham se beijado; David estava sentado no chão do quarto dela na Casa Minerva. Estava recostado na parede com uma antiquíssima calça de moletom de Yale que ele pegara do pai. Ela explicava os problemas com depoimentos de testemunhas usando materiais de escritório como adereço. Aquele fora, de muitas formas, o momento decisivo do relacionamento dos dois até ali, com Stevie numa cama de hospital depois de invadir uma casa, e ele enrolado num lençol, vagando pelo pronto-socorro.

Aquilo era *eles*.

David foi até a lateral da cama dela e se abaixou, os cotovelos na grade, encarando a namorada. Ele olhava da esquerda para a direita e, pela sua expressão, Stevie soube que devia haver alguma coisa esquisita em seu rosto. Ela decidiu não se preocupar.

— O que mais você quer fazer esta noite? — perguntou ele baixinho. — Quer roubar um carro?

Stevie estava cansada demais para piadas. Pensou em sorrir, mas seja lá o que houvesse de errado com o rosto dela doía demais para isso.

— Sim — respondeu ela. — Talvez amanhã à noite.

Ela continuou olhando para David, a cabeça dele iluminada pelas luzes fluorescentes esverdeadas.

— Nate não quis me contar por que vocês pularam de um penhasco no meio da noite. Eu conheço vocês dois bem o suficiente para imaginar que provavelmente houve um bom motivo. Ou pelo menos algum motivo.

— Você foi embora — disse ela, a voz rouca. — Você não estava lá mais cedo. Sua barraca...

— Inundou. Completamente. Eu precisei me mudar.

— Eu mandei mensagem...

— Minha barraca inundou — repetiu ele. — Meu celular estava no chão. Ele só voltou a funcionar depois de secar totalmente.

— Achei que você tivesse ido embora.

— Eu não iria *embora* — respondeu ele.

A enfermeira abriu a cortina com um puxão e se aproximou por trás de David.

— Hora de subir — falou ela, arrumando e prendendo os vários fios e adereços conectados à cama de Stevie.

— Volto de manhã — disse ele. — Me liga se precisar de mim. O celular já está funcionando.

Stevie foi levada para o ponto mais distante de um quarto duplo vazio. Depois que a enfermeira a acomodou, prendendo todos os fios, grades, adereços e peças no lugar, Stevie foi deixada para descansar com a porta do quarto aberta. Ela tentou fechar os olhos, mas havia uma luz piscando. Era o reflexo de alguma coisa no corredor, batendo no quadro branco ao lado da porta com o nome da enfermeira. Havia um bipe o acompanhando, mas estava dessincronizado.

Clarão. Pausa. Bipe. Clarão. Pausa. Bipe.

Stevie tentou não pensar nisso, tentou simplesmente fechar os olhos e dormir, mas, mesmo de olhos fechados, a luz se infiltrava por suas pálpebras.

Clarão. Pausa. Bipe. Clarão. Pausa. Pausa mais longa. Bipe.

Era insuportável. Mas sua cabeça não doía mais, nem seu braço. Ah sim... eles disseram algo sobre lhe dar remédio para a dor.

De todo modo, mesmo em meio à névoa, era impressionante como uma luz piscando poderia ser incômoda. Talvez ela devesse tornar a luz sua amiga. A luz dizia: *Durma, Stevie. Boa noite, Stevie.*

Até parece. Nenhuma luz piscante dizia isso. O objetivo de uma luz piscante era dizer: *Olhe para mim! Olhe para mim! Tem alguma coisa acontecendo!*

O que estava acontecendo? Nada. Ela estava numa cama, cansada e insone, com um gesso moldado caprichosamente ao seu braço.

Clarão. Pausa. Bipe. Clarão. Pausa. Pausa. Bipe. Clarão.

Olhe para mim! Olhe para mim!

Stevie sentiu algo se encaixar em seu cérebro.

O gesso estava aconchegado. O gesso fazia parte dela. O gesso...

Olhe para mim!

Stevie se agitou na cama, remexendo-se na penumbra com a mão direita até encontrar o botão que ela se lembrava vagamente de a enfermeira ter colocado em sua mão. Ela o apertou uma vez, depois outra. Uma figura apareceu na porta depois de vários minutos.

— Você está bem? — perguntou a enfermeira.

— Caneta?

— O quê?

— Por favor, pode me dar uma caneta? — pediu ela. — Por favor. É importante.

A enfermeira soltou um suspiro quase inaudível, mas pegou uma caneta permanente e entregou para Stevie.

— Obrigada — disse ela com a voz rouca. Sua garganta doía de tossir a água para fora.

Quando a enfermeira foi embora, ela tirou a tampa com os dentes, concluindo em seguida que talvez não fosse uma ótima ideia colocar canetas de hospitais na boca. Não importava. Ela tinha a caneta agora. Estava escuro, mas conseguiu distinguir as palavras que escrevia no gesso:

luz. clarão. forma.

Agora ela podia dormir.

26

Stevie acordou numa cama estranha e estreita, vestida com a fina camisola de hospital.

Ela se sentou devagar, usando o braço não quebrado como apoio. Ficou surpresa quando sua mão doeu e olhou, encontrando a palma coberta de arranhões e cortes. A queda do penhasco não fora elegante nem simples. Stevie andou até o banheiro com as meias antiderrapantes que alguém havia colocado em seus pés na noite anterior. O espelho do banheiro revelou a extensão dos danos: seu cabelo estava arrepiado em todas as direções, havia grandes olheiras escuras sob seus olhos e um enorme arranhão no lado direito do rosto. Seu braço estava verde de hematomas, que eram acentuados pelo gesso verde que agora o adornava.

Tudo isso sugeria que ela deveria voltar para a cama. Mas então ela olhou para as três palavras que escrevera no gesso na noite anterior. Stevie jogou água no rosto (um erro, doeu), então arrastou os pés até o telefone fixo na mesa de cabeceira de rodinhas. Ela piscou, tentando se lembrar do número que precisava, então discou.

— Preciso de você — disse ela quando a pessoa atendeu. — E preciso de roupas.

David chegou em menos de uma hora. Stevie passara o tempo perambulando pelo corredor, tentando encontrar sua enfermeira, e então perturbando essa enfermeira com perguntas sobre quando ela teria alta. A enfermeira pediu educadamente para ela voltar para a cama, explicando que o médico passaria no início da tarde, e que aí provavelmente Stevie receberia permissão para ir embora. Mas faltava muito tempo para o início da tarde.

Então, quando David entrou pela porta com a sacola de roupas, Stevie imediatamente se levantou da cama, pegou-a e se fechou no banheiro.

— Como você está se sentindo? — perguntou David através da porta.

— Tudo dói — disse ela. — Estou bem.

Ele levara uma calça de moletom e uma camiseta esgarçada. Stevie se atrapalhou, tentando descobrir como tirar a camisola do hospital. Puxou as amarras, afrouxando-a, e o tecido deslizou por um lado do corpo dela, mas o lado com a tipoia ficou entalado. Stevie conseguiu soltar a camisola e a sacudiu até derrubá-la no chão do banheiro. Tinham tirado todas as suas roupas na noite anterior, as cortado de seu corpo (o que parecia um exagero, mas pelo visto precisavam fazer isso se achassem que você tinha quebrado o pescoço ou a coluna ou algo assim). Ela estava usando uma calcinha de elástico gigante e mais nada.

— Então você recebeu alta? — perguntou David.

Stevie estava ocupada demais tentando descobrir como vestir a calça de moletom para responder. Jogou a peça no chão ao lado da camisola e pisou dentro dela, então arrastou-a para cima com a mão direita, puxando um lado de cada vez. Stevie enfiou a gola da camiseta ao redor do pescoço e conseguiu passar o braço direito, mas o esquerdo seria difícil.

— Ajuda — disse ela, abrindo a porta com o pé e mostrando as costas para David.

Ele era seu namorado, mas essa era uma situação caótica, além de pública. Stevie queria vestir a camiseta. Ele andou de um lado para o outro, tentando entender a física da situação, foi maduro o suficiente para não fazer nenhum comentário sobre a lateral do seu peito nu e guiou a manga por cima do gesso.

— Muito bem — disse ela. — Hora de ir.

— Ir? Eles não precisam...

Ela balançou a cabeça.

— Hora de ir — repetiu mais baixo.

— Tem certeza que isso é uma boa ideia? Esquece... Quero dizer, isso é uma ideia clinicamente adequada?

— Eu estou bem — reforçou Stevie, entrando no quarto em suas sapatilhas antiderrapantes e procurando onde eles poderiam ter colocado seus sapatos e os demais pertences dela que haviam sobrevivido à noite passada.

Ela encontrou os sapatos e restos de suas roupas numa sacola plástica rotulada como PERTENCES DO PACIENTE numa cadeira perto da janela. Abriu o saco e analisou o conteúdo. Sua camiseta do acampamento fora cortada de fora bem no meio e havia condensação de umidade presa dentro da sacola. Stevie enfiou a sacola embaixo do braço bom e foi até a porta espiar o corredor. Sua enfermeira não estava por ali. Se eles se apressassem, teriam uma boa chance de chegar até os elevadores. Sem esperar mais um minuto, ela saiu de fininho do quarto, seguida de perto por David.

— Tem certeza? — perguntou ele ao chegarem ao elevador.

— É sério — disse ela. — Eu só quebrei o braço. Estou bem.

O elevador chegou e ela entrou, então ele a seguiu. Ninguém prestou a menor atenção quando eles saíram pela porta da frente do hospital e seguiram até o velho Nissan. David abriu a porta para ela, e Stevie se encolheu no banco do passageiro, decidindo ignorar as dores pelo corpo. Ela se recostou, fechando os olhos contra o sol por um momento. David entrou do lado do motorista. Stevie sentia os olhos dele sobre ela, mas David teve o bom senso de ligar a ignição e não perguntar de novo se ela tinha certeza.

— Boas notícias para você — disse ele. — A chefe do acampamento surtou quando vocês dois saíram de bicicleta para a cidade e nunca mais voltaram. Carson e Nate inventaram uma história de que vocês estavam pedalando na cidade quando um carro apareceu rápido e vocês dois desviaram e caíram.

— É bom ter um adulto irresponsável do seu lado. É a única maneira de conseguir fazer as coisas.

— Acampamento? — perguntou David. — Casa do Carson?

— Acampamento — respondeu ela. — Mas não o lado do Pinhas Solares. O seu lado.

— Você quer me explicar por que saiu andando do hospital sem esperar uma ou duas horas pelo médico? Aposto que tem um motivo.

— Alguém tentou atirar na gente ontem à noite — contou Stevie, abrindo os olhos e olhando pela janela.

A luz forte a incomodou por um momento, mas ela se acostumou.

— Alguém...

— Tentou atirar na gente.

— Quem?

A mente de Stevie estava funcionando rápido demais para explicar. Todos os fios, as linhas, a bagunça emaranhada de coisas... estavam se ligando em sua cabeça de uma forma que ela não conseguia articular.

— Vamos saber em breve — declarou ela.

Quando os dois chegaram ao camping, Stevie cambaleou para fora do carro e imediatamente andou até a trilha arborizada que margeava o lago.

— Temos que dar a volta — falou ela.

— Aonde estamos indo?

— Ali — respondeu, indicando o Ponto 23.

Eles começaram a longa caminhada ao redor do lago, o corpo de Stevie doendo por todo o caminho. A força com a qual ela acertara a água tinha distendido todos os seus músculos, e seus pulmões e garganta ainda ardiam. Seus tênis continuavam encharcados e faziam barulho a cada passo. De tempos em tempos, Stevie saía da trilha para ter uma visão clara da água.

— Estou procurando minha mochila — disse ela. — Tive que tirá-la quando caí na água. Ou ela afundou, ou alguém a recuperou.

— Tem importância? É só uma mochila.

— Eu estava com o diário de Sabrina Abbott. Eu o encontrei. Não tive oportunidade de ler, mas encontrei.

— Você encontrou? Onde?

— Dentro de uma tartaruga na casa de Allison. Eu já teria lido, mas alguém tentou nos matar.

— Então você estava certa em relação a Allison.

— É o que parece — respondeu Stevie.

A mochila não estava em lugar nenhum.

Eles tinham chegado ao espaço onde o bosque se abria e a pedra se projetava à frente, em toda a sua terrível glória. A cabeça de Stevie começou a rodar quando ela se aproximou. Recuou vários passos e ficou de joelhos, examinando a vegetação rasteira e as raízes das árvores com a mão boa.

— Acha que consegue achar um projétil de bala? — perguntou ele.

— Talvez...

David se abaixou também, examinando o solo. Stevie interrompeu seus esforços por um momento para se virar e observá-lo passando os dedos pela terra. Ele era um dos bons. Estranho. Difícil. Mas sempre mostrava seu valor.

— Talvez alguém no acampamento tenha um detector de metais — disse David. — Eu posso ir até lá e perguntar.

Stevie voltou a analisar o chão da floresta. Ela tateava o solo, cavando com os dedos.

— Você pareceu brava quando eu encontrei vocês ontem à noite — comentou David.

— Acho que eu estava.

— Nós dois temos problemas. Sérios problemas.

Stevie subitamente se deitou de barriga para cima no chão. Ela se espreguiçou, olhando o céu azul.

— Encontrou alguma? — perguntou David.

— Não.

— Você está bem?

— Aham.

— Cansada?

— Sim. Mas preciso fazer algumas coisas ainda hoje.

— Tipo contar à polícia que alguém tentou atirar em você? Não se preocupa, eu já sei a resposta para essa. Falo essas coisas para o meu próprio divertimento.

— Eu preciso de um Rolê do Pensamento — respondeu Stevie. — E preciso dos talentos manuais de Janelle. Pergunta por quê.

— Tem cem por cento de certeza de que não quebrou a cabeça?

— Obrigada por perguntar — disse ela, olhando para o namorado e sorrindo. — Vou te dizer por quê: porque é o que Frances Glessner Lee faria. Está na hora de mostrar Barlow Corner num estudo resumido.

27

Em muitos dos mistérios de assassinatos que Stevie amava, o detetive reunia os suspeitos numa sala, e então explicava quem é inocente antes de chegar a quem cometeu o crime. Ela nunca entendeu direito por que os suspeitos iam querer comparecer a algo do tipo, exceto talvez pelo fato de que esses livros se passavam em décadas anteriores, e não havia muito o que fazer naquela época. No entanto, nesse dia ela entendeu. As pessoas compareciam porque todos querem saber a resposta; especialmente numa cidade pequena, onde todo mundo conhece todo mundo, e um assassinato lançara uma sombra por décadas sobre eles.

Valia a pena pular uma sessão de Netflix para descobrir a identidade do assassino.

Neste caso, mal exigiu qualquer esforço. Tudo o que Stevie precisou fazer foi entrar no aplicativo de bairro Nextdoor e postar uma publicação na página da comunidade de Barlow Corners dizendo: DESCUBRA O QUE ACONTECEU EM 1978. HOJE, 20H30. Stevie inseriu o endereço do celeiro de Carson. Para garantir, mandou Carson ir à cidade e avisar nos lugares certos que alguma coisa ia rolar. As engrenagens da cidade fizeram o resto. Às oito e meia daquela noite, as surreais paredes laranja da Casa Pula-Pula pareceram vibrar conforme uma pequena multidão de moradores de Barlow Corners entrava e ocupava seus lugares no mar de pufes. Era um bom comparecimento, mais do que Stevie precisava. As pessoas-chave tinham vindo: Paul Penhale, Susan Marks, Patty Horne, Shawn Greenvale e a sargenta Graves (a última recebera a gentileza de uma ligação).

Stevie passara a maior parte do dia trabalhando num notebook emprestado, revisando a apresentação de slides de Carson. Estava carregado e pronto para uso. Ela só precisava de mais uma peça, que ela esperou andando de um lado para o outro no canto da sala. Finalmente, David entrou pela porta do celeiro e se aproximou.

— Está pronto — disse ele. — Vai entrar pela porta dos fundos.

— Tá bom. Está na hora — falou ela, mais para si mesma.

Carson e parte de sua equipe montaram as câmeras e os equipamentos ao redor do celeiro. Stevie acenou com a cabeça para ele, que reduziu as luzes.

Ela se posicionou na frente do grupo. Havia em torno de trinta pessoas. Gente de sobra para seus propósitos, e não tanto a ponto de ser apavorante. Mesmo assim, certamente Stevie estava nervosa.

Nate e Janelle entraram silenciosamente e seguiram rente à parede para se sentar mais perto da primeira fileira. Stevie engoliu em seco e começou a falar.

— Obrigada por virem. Como sabem, nós estamos aqui para fazer um podcast sobre o caso da Caixa no Bosque, na esperança de contar o que aconteceu em 1978 e tentar ajudar a oferecer um desfecho. Mas o que quero falar com vocês esta noite é sobre a história que uma cidade conta sobre si mesma.

Ela apertou o botão, e a foto da estátua dedicada a John Barlow no Bicentenário apareceu na tela, em toda a sua glória de poliéster dos anos 1970.

— Aqui estão dois momentos famosos de Barlow Corners em uma foto — disse ela. — Em 1976, a cidade construiu uma estátua para o seu fundador, um herói da Guerra de Independência chamado John Barlow. Seu grande ato de heroísmo, ao que parece, foi roubar alguns cavalos britânicos e atrasar uma batalha por algumas horas. E ele era dono de pessoas escravizadas. Isso não é muito heroico. Mas as pessoas constroem mitos, não é? Conte a história vezes o suficiente e ela se tornará verdade. John Barlow *deve* ser um herói, ele tem uma *estátua*. E então essa foto foi tirada, afinal esta não parece ser a perfeita cidade americana, construindo uma estátua para um herói da Guerra de Independência? Uma nova história para sobrepor a primeira narrativa. Mas havia algo de errado em Barlow Corners.

Stevie esquadrinhou a sala.

— As pessoas escapam impunes das coisas aqui — continuou ela. — E então surge uma nova e terrível história para somar, quase como uma lenda urbana ou um filme de terror. Quatro monitores do acampamento foram para o bosque usar drogas... e nenhum saiu vivo. A princípio, a polícia pensou que o caso tivesse relação com as drogas, afinal, por que não teria? Mas isso não fazia sentido. Era uma pequena quantidade de maconha, que foi deixada no local do crime. A cena se parecia com as dos assassinatos do Lenhador, mas também continha erros críticos, e o DNA encontrado na camiseta de Eric não era compatível com o do famoso assassino em série. A maioria das pessoas duvida dessas teorias hoje em dia, mas então quem poderia ser o culpado? Havia desconfiança pela cidade, porque algumas pessoas poderiam ter tido um bom motivo para querer Todd Cooper morto. Todd Cooper atropelara Michael Penhale, um menino inocente, e ninguém fez nada sobre isso. Ele se safou por ser filho do prefeito, mas ele era culpado, e basicamente todo mundo sabia disso. Ninguém julgaria a família Penhale por querer vingança...

A cor se esvaiu do rosto de Paul, e seu marido, Joe, parecia estar prestes a pular do assento. Stevie atravessou a frente da sala depressa, parando ao lado de Susan Marks.

— Alguma coisa me incomodou na conversa que tive com você. Eu não consegui entender o que era até agora.

Susan olhou para Stevie com um brilho de interesse nos olhos.

— Tem uma coisa que as pessoas fazem às vezes, quando inventam uma mentira — continuou Stevie. — Elas criam detalhes, detalhes específicos. Paul me disse que ele e Shawn estavam na casa do lago naquela noite aprendendo a tocar "Stairway to Heaven" no violão. Isso fazia sentido. Mas então você me contou a mesma coisa. Você foi muito vaga sobre todo o restante. Disse que realizou algumas inspeções aleatórias e foi dormir. Mas você fez questão de me contar sobre o violão e a música. Quando eu saí da sua casa, cruzei com Shawn na rua.

Stevie ergueu o olhar para Shawn, que cruzou os braços sobre o peito.

— Ele já não queria falar comigo — disse Stevie. — Mas foi *muito incisivo* em sua negativa em falar comigo quando eu disse que tinha conversado com você. Vocês três pareciam mesmo querer que todo mundo soubesse que Paul e Shawn estavam na casa do lago tocando "Stairway to Heaven", como se essa fosse a *coisa mais importante* que aconteceu naquela noite. Só tem uma única razão para vocês serem tão específicos e contarem a mesma história de novo e de novo do mesmo jeito: porque ela não é verdade.

Shawn abaixou a cabeça e fechou um pouco a cara. Paul levou as mãos aos olhos e enxugou uma lágrima, enquanto seu marido dava batidinhas em seu braço. Susan continuou olhando para Stevie com uma desconfiança crescente.

— Paul, você não estava na casa do lago — concluiu Stevie.

Todos no celeiro ficaram em completo silêncio, então a resposta de Paul pareceu ressoar.

— Não — disse ele suavemente. — Eu não estava. Não é culpa de Shawn e Susan. Eles só estavam me ajudando.

— Eu sei — respondeu Stevie. — Shawn de fato estava lá naquela noite, supervisionando o lago. Ele provavelmente estava tocando violão e aprendendo "Stairway to Heaven". Susan, você realmente passou lá para conferir se havia um salva-vidas a postos, mas duvido que tenha notado qual era a música que ele estava tocando. Não acho que você fosse uma grande fã de Led Zeppelin.

Susan soltou uma leve risadinha desdenhosa.

— Paul — continuou Stevie —, você estava em outro lugar, mas não estava assassinando ninguém.

— Não. — Ele entrelaçou as mãos no colo. — Não, eu não estava. Já faz tanto tempo. É tão ridículo que tenhamos precisado manter essa história. Eu não estava fazendo nada de errado.

— Não estava mesmo — concordou Stevie —, você estava se encontrando com um garoto.

Paul fez que sim com a cabeça.

— Ele era de outra cidade. Tinha vindo de carro para me encontrar no bosque. Então os assassinatos aconteceram e eu precisei de um álibi. Eu não podia ser gay naquela época. Teria sido expulso da cidade. Certamente não me permitiriam trabalhar no acampamento, eles teriam pensado que um cara gay não poderia trabalhar com crianças, porque...

— Porque isso foi em 1978 — completou Stevie. — Foi o mesmo motivo pelo qual você precisou manter segredo, por mais que já tivesse conhecido sua esposa e estivesse se apaixonando.

Essa última foi para Susan, cujo lábio tremeu um pouco e depois fez um aceno positivo para Stevie.

— Então, o que aconteceu? — perguntou Stevie delicadamente.

Susan olhou para Shawn, que suspirou e assentiu.

— Na manhã seguinte — contou Susan —, eu conversei com todos os monitores em particular, um por um, para descobrir exatamente o que tinha acontecido naquela noite. Quando cheguei a Paul... ele não conseguiu responder direito. Disse algo sobre estar dando uma caminhada. Eu entendi imediatamente o que isso queria dizer. Eu sabia que ele era gay. Sabia quem eram quase todos os meus alunos gays, e sempre tentava protegê-los. Eu sou lésbica e também estava no armário, mas era adulta. Paul era só um menino, e já havia passado por tanta coisa naquele ano. Eu sabia o que aconteceria com ele se precisasse contar à polícia que estava se encontrando com um garoto. Ele poderia ter mentido, inventado que estava com uma garota, mas aí poderiam perguntar quem ela era. Então eu lembrei que Shawn estava sozinho na casa do lago. Paul e Shawn eram amigos, bons garotos. Percebi que tanto Shawn quanto Paul poderiam ter problemas com essa situação; Shawn por causa de Sabrina, e Paul por causa de Todd. Então eu tive a ideia de eles dizerem que estavam juntos. Para protegê-los, entende. Eu chamei Shawn...

— Ele foi maravilhoso — disse Paul. — Eu tive que me assumir, bem ali, e ele teve uma reação incrível. Você foi incrível.

— Não foi nada de mais — falou Shawn. — Você sabe disso.

— Eu pedi para Shawn contar em detalhes o que estava fazendo — continuou Susan —, e aí fiz os dois criarem a história ali mesmo e ensaiá-la. Eles estavam na casa do lago, tocando violão. Eu os fiz especificar a música, para que os detalhes batessem. Eu também contaria a mesma história. Você precisa entender, nós não achamos que seria necessário mantê-la por tanto tempo. Eu imaginei que a polícia falaria com todo mundo, então descobriria o culpado e pronto. Eu sabia que aqueles garotos não tinham nada a ver com o crime e precisavam de proteção.

— Mas então o crime nunca foi solucionado — disse Paul. — Eu queria contar a verdade, mas isso causaria problemas para Shawn e Susan. Quanto mais famoso o caso ficava, mais nós precisávamos nos ater à história, porque mudá-la seria uma grande questão. Tivemos que continuar contando a mesma versão de novo e de novo.

Ele soltou um longo suspiro.

— Estou aliviado — falou. — Meu Deus, como estou aliviado. Obrigado. Obrigado a vocês dois.

A plateia da Casa Pula-Pula começou a se remexer, sentindo que as coisas tinham chegado ao fim.

— Essa não é a grande revelação — disse Stevie, erguendo o braço bom. — É parte dela, mas não é tudo. Vejam bem, isso ainda é sobre a história que a *cidade* conta sobre o que aconteceu naquela semana de 1978, as quatro vítimas de assassinato... — Stevie ergueu o olhar para o trapézio pendurado no teto. Hora de saltar para o céu; ou pelo menos balançar para as janelas. — ... só que essa narrativa está errada. Não foram quatro vítimas. E quando entendemos isso, tudo começa a fazer sentido.

Um longo silêncio se seguiu.

— O quê? — perguntou Susan finalmente.

A mulher pareceu expressar o sentimento do grupo. Stevie esperava que alguém talvez dissesse algo assim, caso contrário sua pausa teria sido só estranha.

— Não foram quatro vítimas — reiterou Stevie. — Foram *seis*. Uma antes da caixa no bosque, e outra depois. Aqueles quatro monitores não foram mortos por um assassino em série nem por causa de um pouco de maconha. Eles foram mortos porque *um* deles tinha visto algo que não deveria. Essa pessoa sabia que algo terrível acontecera em Barlow Corners e tentou tomar uma atitude.

— Sabrina — disse Shawn. — Eu não faço ideia do que você está falando, mas essa pessoa só pode ser Sabrina.

— Sabrina — repetiu Stevie, assentindo. — Ela era esperta, ela era persistente. E... *ela escrevia tudo em seu diário.*

— Calma — disse Shawn. — Você está dizendo... que está com o diário de Sabrina? Aquele que Allison vivia procurando?

O braço engessado de Stevie começou a coçar furiosamente.

— Eu estou dizendo que eu... nós... encontramos o diário — respondeu ela. — Alguém não queria que nós o encontrássemos. Alguém nos seguiu, tentou atirar em nós e nos perseguiu até que pulássemos da beira do Ponto 23 para tentar pegá-lo. Porque essa pessoa sabia que Sabrina era a única testemunha.

Stevie olhou para seus amigos. Nate implorou com os olhos para ela parar.

Stevie não ia parar.

Ela direcionou seu foco para uma pessoa da sala; alguém com quem ela precisava manter contato visual.

— Essa pessoa tinha razão em se preocupar com Sabrina — continuou Stevie. — E com Allison. E comigo. Ela tentou calar todas nós. Mas não funcionou.

Pelo canto do olho, Stevie viu Nate murchar. Janelle não desviava o olhar da amiga, a expressão preocupada, mas curiosa. David, agente do caos que era, parecia pronto para embarcar em qualquer mentira que estivesse prestes a sair da boca de sua namorada.

Era agora ou nunca.

Stevie deslizou a mão ilesa para dentro da tipoia do gesso e sacou o diário.

— Quem quer ouvir o que Sabrina Abbott tem a dizer? — perguntou.

28

Aᴏ ʟᴏɴɢᴏ ᴅᴀ ᴛᴀʀᴅᴇ, Sᴛᴇᴠɪᴇ ʜᴀᴠɪᴀ sᴇ ꜰᴀᴍɪʟɪᴀʀɪᴢᴀᴅᴏ ʙᴀsᴛᴀɴᴛᴇ ᴄᴏᴍ ᴏ ᴄᴏɴᴛᴇúᴅᴏ desse caderninho. Ela marcara páginas com notas adesivas; dezenas delas. Chegara a hora de ler:

3 de janeiro, 1978
Seja bem-vindo, 1978. Prazer em conhecê-lo. Hora de estrear este diário novinho em folha que eu ganhei de Natal. Eu gosto que ele tenha uma capa vermelha lisa dessa vez. Nada contra a capa do Snoopy do ano passado, afinal sempre vou gostar do Snoopy e ninguém será capaz de mudar isso, mas esse combina mais com o que eu tenho em mente para o futuro.

Retornamos à escola hoje, depois das férias de fim de ano. Estavam falando em adiar a volta às aulas por causa de Michael Penhale, mas aparentemente era complicado demais, então iniciamos na data esperada. Nem acredito que já faz duas semanas desde que Michael morreu. Todo mundo só falava disso hoje na escola. Mesmo que não desse para ouvir as pessoas falando, o assunto estava em todo lugar. Se você visse um grupinho cochichando, sabia que era esse o motivo. Eu vi Todd Cooper umas vinte vezes. Ele estava andando por aí como se não houvesse nada de errado, como se metade da cidade não pensasse que ele matou Michael.

Meus pais disseram que a polícia verificou e descobriu que ele estava em casa quando Michael morreu. Eles acham que o culpado foi alguém de fora da cidade que não conhecia a estrada. Dana provavelmente viu mesmo um Jeep marrom, mas existe um monte de Jeeps marrons por aí.

E acho que eu também penso assim?

Piano: 45 minutos
História: 35 minutos
Alemão: 20 minutos
Redações para faculdades: 3 horas

<u>7 de janeiro, 1978</u>

Talvez eu seja estranha, mas fiquei muito feliz quando a escola reabriu. As festas de fim de ano foram legais, e eu normalmente amo essa época, mas Shawn não desgrudou um minuto. Eu costumava gostar disso, mas está começando a me cansar. Acho que é porque preciso enviar minhas inscrições para as faculdades esta semana e ainda não terminei as redações. Eu as escrevi no meu caderno e já estou quase acabando de revisá-las. Então preciso datilografar as quatro, o que vai levar uma noite inteira. (Eu realmente preciso aprender a datilografar. Sei tocar piano, por que não sei digitar? Meta para 1978: aprender a datilografar.) Enfim, mesmo que ele venha e fique apenas trabalhando aqui, sinto a presença dele no quarto. Quero ficar sozinha para terminar isso.

Talvez parte do problema seja que ele me pergunta várias vezes se eu realmente quero me inscrever na Columbia, se essa realmente é a minha primeira opção. Não seria melhor eu me inscrever na Cornell? Ou na SUNY? Ele não entende que eu quero algo totalmente diferente, totalmente novo. Quero morar onde existe cultura, e arte, e vida. Todos os tipos de vida.

Piano: 25 minutos
Cálculo: 45 minutos
Alemão: 35 minutos
Física: 30 minutos
História: 25 minutos
Redações para faculdades: 2 horas e 15 minutos

9 de janeiro, 1978

Fiquei até mais tarde na escola hoje para usar o laboratório de datilografia e digitar minhas inscrições. Achei que assim eu conseguiria alguma privacidade e finalmente terminaria isso. Shawn me encontrou. Eu nem sequer disse a ele que ficaria até mais tarde. Será que ele não tem mais o que fazer além de flutuar pelos corredores que nem um fantasma me procurando?

Ele disse que queria me dar carona para casa, o que acho que faz sentido. Talvez meus pais tenham mandado ele para eu não andar de bicicleta. Depois do que aconteceu com Michael, todo mundo está meio apavorado com a ideia de pedalar depois de escurecer.

Mesmo assim, alguém poderia ter perguntado a minha opinião.

Cálculo: 20 minutos
Alemão: 50 minutos
Redações para faculdade e formulários de inscrição: 3 horas

5 de abril, 1978

São três horas da manhã. Eu não aguento mais. Preciso dormir.

Eu cheguei em casa da escola às quatro da tarde, então pensei que fosse conseguir terminar tudo cedo. Pratiquei piano por um hora, e aí Shawn apareceu. Meus pais disseram para ele ficar para jantar, embora eu não quisesse isso de verdade. Tenho coisas para fazer. Ele ficou para "estudar" comigo na sala de jogos, por mais que ele não quisesse estudar e eu de fato quisesse. Eu me sentei no pufe e ele ficou de cara fechada no sofá, fingindo ler *O apanhador no campo de centeio*. Finalmente disse para ele ir embora por volta das oito da noite, porque sentia ele me encarando e não conseguia me concentrar. Ele reclamou. Minha mãe chegou com Pepsi, então Shawn usou isso para enrolar. Ele levou uma hora para beber, como se fosse um copo mágico sem fundo. Por fim, foi embora logo depois das nove, e eu consegui de fato começar meu projeto de física.

Quando terminei, coloquei os fones de ouvido e escutei Fleetwood Mac no escuro, sentada no chão. Esse álbum, *Rumours*, teoricamente é sobre como todo mundo da banda estava se separando um do outro mesmo que tivessem que trabalhar juntos. Era evidente que Stevie e Lindsey estavam brigando. Dá para ouvir. Começou a chover enquanto eu estava lá, e Stevie cantava: "Quando a chuva lavar você, você saberá". E, naquele momento, eu realmente soube.

Eu não quero mais namorar com Shawn. Quero terminar. Sim. Enquanto escrevo isso, percebo que é verdade. A chuva está me lavando, e eu sei mesmo.

Ah, meu Deus, vou terminar com ele.

Eu me sinto bem. Tipo, de um jeito que eu não me sinto há um tempo.

Agora eles estão cantando: "Você pode seguir seu próprio caminho". Será que estão cantando para mim?

Obrigada, Lindsey. Obrigada, Stevie.

Essa é a última vez que conto as horas que gasto estudando cada matéria, porque, depois disso, minhas horas serão minhas.

Piano: 1 hora
Cálculo: 25 minutos
Alemão: 45 minutos
Literatura: 45 minutos (lendo)
História: 1 hora (lendo)
Física: 3 horas
Shawn: acabado.

6 de abril, 1978
Decidi terminar com ele este fim de semana. Em algum lugar neutro. Um lugar de onde eu possa sair. Estou pensando na Duquesa do Leite.

8 de abril, 1978
Que maldito pesadelo.

9 de abril, 1978
Eu não consegui escrever sobre isso ontem. Foi intenso demais.

Eu o encontrei na Duquesa do Leite. Tive receio de levar uma eternidade para chegar no assunto, então resolvi ir direto ao ponto. Eu disse: "Acho que deveríamos terminar".

Ele me encarou. Era óbvio que não fazia a menor ideia de que isso estava prestes a acontecer. Acho que no início ele pensou que eu estava brincando. Comecei a repetir a frase. Ele disse: "Não". Sem maldade. Sem raiva. Parecia só confuso? Então eu meio que entrei em pânico, porque Shawn parecia tão perplexo e triste.

Não quero dar detalhes sobre o que aconteceu na hora seguinte. Teve muito choro. Da parte dele. Eu só fiquei parada ali. Shawn ficou me implorando. Em público.

Eu o deixei lá e voltei pedalando para casa.

Então precisei contar pra minha família. Eles surtaram de um jeito que eu não esperava. Meus pais não gritaram comigo, mas definitivamente me interrogaram, tipo: tem certeza disso? Será que você não está sendo precipitada? Juro por Deus que eles me perguntaram mais sobre o término do que para quais universidades eu estava me inscrevendo. Eu mencionei isso, com muita calma, e minha mãe disse: "Você pode fazer faculdade em qualquer lugar, mas só se casará com uma pessoa".

O que nem faz sentido.

Eu disse que não sou igual a eles. Eu não quero me casar com meu namorado do ensino médio e ficar nesta cidade para sempre. E eles mandaram um papo furado, dizendo que sabiam disso, mas Shawn era tão maravilhoso, blá-blá-blá e formatura etc.

No meio disso, Allison chegou dos seu passeio de patins e perguntou o que estava acontecendo. Quando descobriu, ela caiu em prantos. Parecia até que alguém tinha morrido. Eu entendo. Ela tem doze anos, e Shawn está por perto desde que ela tinha nove. Ele é tipo um irmão mais velho. Mas o que eu ia fazer? Me casar com ele porque a minha irmãzinha o ama?

Enfim, a casa ficou um caos por umas duas horas. Até Cookie começou a latir sem parar. Fui para o meu quarto, coloquei os fones de ouvido e escutei música. Botei Rumours para tocar. Ouvi a música "Never Going Back Again" cinco vezes. A faixa seguinte é

"Don't Stop". Sinto como se elas estivessem me guiando. "Não pare de pensar no amanhã, não pare, ele logo vai chegar."

É melhor que chegue mesmo.

Atualização, 22 horas

Está tudo bem aqui em casa agora. Acho que meus pais perceberam que eu estava falando sério sobre o que eu queria, e eles confiam em mim. Allison bateu na porta e perguntou se eu queria ir jantar no Sizzler. Estamos bem. Ela entende. Ela é demais.

12 de abril, 1978

Ai, meu Deus. Eu fui aceita na Columbia. Eu consegui uma bolsa de estudos.

Não pare de pensar no amanhã.

Não pare, ele logo vai chegar.

14 de abril, 1978

Aconteceu uma coisa interessante no almoço hoje.

Eu e Shawn não temos o mesmo horário de almoço. O dele é no quarto tempo. Mas, por nenhuma razão que eu consiga imaginar, ele apareceu no almoço do quinto tempo. Foi a primeira vez, desde a noite do término, que eu fiquei real e completamente afobada ao ver ele. Eu me virei para a fila do almoço e senti ele se aproximar pelas minhas costas. Ele disse: "A gente pode conversar?".

Eu respondi que só queria almoçar. Àquela altura, eu sentia que ia vomitar. Ninguém quer um pão com carne moída nessas condições.

Ele insistiu, e eu comecei a agarrar o trilho das bandejas, então uma coisa aconteceu. Diane McClure, que estava algumas pessoas à minha frente na fila, recuou e se juntou a mim.

Ela disse: "Sabrina falou que só quer almoçar".

Shawn gaguejou alguma coisa, mas Diane não deu papo. Então ele desistiu. Eu juro por Deus que quase comecei a chorar de gratidão.

Diane estava trabalhando como garçonete no dia em que terminei com Shawn na Duquesa. Ela viu tudo acontecer, acho que sacou o que estava rolando ali na fila. Ela me perguntou: "Por que você não vem se sentar com a gente?".

Diane anda com Eric, Patty, Greg e Todd. Eu não sei se quero me envolver com esse grupo, sabe? Eric é de boa, e eu conheço Todd, mas não quero realmente andar com eles. Patty e Greg estão sempre se agarrando, a qualquer hora, em qualquer lugar.

Mas foi uma salvação bem-vinda. Eles estavam numa das mesas de piquenique do lado de fora, e, de verdade? Correu tudo bem.

Diane disse que eu podia almoçar com eles todo dia se quisesse, e talvez eu faça isso?

2 de maio, 1978

De volta ao meu novo grupo de almoço hoje.

Não sei como me sinto sobre estar próxima de Todd Cooper. Eu nunca concluí exatamente qual era minha opinião sobre o que aconteceu com Michael. Acho que, antes, eu estava mais inclinada a acreditar que a polícia estava certa, que Todd não tinha nada a ver com o acidente. Mas, agora que passamos mais tempo juntos, vejo que ele é um babaca. Não deliberadamente assustador nem cruel, mas um cara que facilmente poderia machucar alguém por acidente. Ele não parece notar que as outras pessoas são de verdade, sabe? Isso faz sentido? É como se ele pudesse atropelar alguém e saber que fez isso, e de alguma forma convencer a si mesmo de que não foi sua culpa. É a impressão que ele me passa. Quer dizer, eu ainda não tenho certeza e me parece terrível e impossível, mas...?

Diane é totalmente dedicada a ele. Acredito que ela mentiria por ele.

Eric é...

É, Eric é diferente. Eric é legal? Talvez Eric seja mais do que legal?

31 de maio, 1978

As provas finais terminaram. Acabou. O ensino médio acabou.

6 de junho, 1978

É tão estranho não ter nada para fazer. Eu não sei se em algum momento antes já fiquei sem nada para fazer. A orientação e o treinamento do acampamento começam na sexta-feira que vem, então tenho uma semana e meia para fazer o que eu quiser. O que as pessoas fazem com o tempo livre?

Eu estava arrumando meu quarto, porque não sabia o que mais fazer, quando Diane ligou.

Ela me disse que o pessoal ia se encontrar na casa da Patty. Ela tem piscina. Diane perguntou se eu queria ir. Eu falei que sim. Então ela e Todd vieram me buscar.

Eu sabia que os Horne tinham uma bela casa, mas nunca estive lá dentro antes. Fica no fim da rodovia Sparrow. É enorme. Atrás da casa tem um pátio com piscina que se estende quase até a borda do bosque. O sr. Horne tem uma geladeira de cerveja e não se importa se a usarmos, até apareceu para fazer umas salsichas na churrasqueira.

Foi divertido? Eu estou me divertindo?

Talvez sim?

8 de junho, 1978

Duas coisas aconteceram hoje. Eu não sei o que fazer com nenhuma delas.

Depois do almoço, Greg apareceu na minha porta e perguntou se eu queria uma carona até a casa de Patty. Eu disse que sim. Quando chegamos à rodovia Sparrow, ele não estacionou na entrada para carros; estacionou no fim da rua e nós andamos até lá. Eu perguntei por que paramos tão longe. Ele respondeu que Patty deu permissão para usar a piscina, mesmo se ela não estivesse lá para abrir. Mas isso irrita o sr. Horne, então ela disse para ele estacionar no fim da rua e entrar pelo portão dos fundos. Dessa forma os vizinhos não falam nada para o pai dela sobre pessoas entrando e saindo quando nenhum dos dois está em casa.

Eu perguntei onde Patty estava, e Greg explicou que ela estava fazendo compras. Ele disse que Eric e Diane chegariam em breve. Diane estava terminando o turno na Duquesa e Eric estava fazendo "coisas de leiteiro". (Descobri que, quando Eric compra erva e faz entregas, ele chama isso de ser "o leiteiro". Há alguns meses, eu teria ficado mais assustada com isso. Eu mudei.)

Enfim, nós nadamos, curtimos. Greg é namorado de Patty, então tudo bem estarmos ali. Até que escutamos um barulho vindo do interior da casa.

Greg disse: "Merda, merda! Pega suas coisas!".

Ele estava rindo, mas vi que estava falando sério. Peguei minha bolsa e a toalha e o segui para dentro do quiosque da piscina.

Foi aí que as coisas ficaram muito, muito estranhas.

O sr. Horne e um homem saíram da casa e se sentaram à beira da piscina, não muito longe do quiosque onde estávamos, e começaram a conversar. O nome do homem era Wendel alguma coisa. Ele dizia que não via o sr. Horne desde Harvard. O sr. Horne começou a fazer piada, perguntando como o homem o encontrara. O homem disse que estava na sala de espera do consultório do dentista folheando a edição do Bicentenário da revista Life quando viu a foto com o sr. Horne e todos nós.

Aí, o sr. Horne começou a falar em alemão. O homem perguntou por quê, e o sr. Horne disse que, sempre que falava sobre a guerra, ele preferia o alemão, para o caso de vizinhos conseguirem ouvir, por causa da natureza do que eles fizeram. O homem pareceu entender.

Meu alemão não é perfeito; eu sou boa o suficiente para basicamente acompanhar uma conversa, mas parte dela era avançada/idiomática demais. Estou escrevendo o que me lembro. Eu não consegui entender tudo.

A conversa foi mais ou menos assim:

Homem: Depois de Berlim, eu nunca mais ouvi notícias suas. Achei que os russos tivessem matado você.

Sr. Horne: Eles quase mataram.

Homem: Você passou quanto tempo preso lá?

Sr. Horne: Oito meses.

Homem: Você está bem de vida.

Sr. Horne: Eu estou confortável.

Então eles falaram sobre a casa por um tempo e sobre algumas coisas militares que eu não entendi. Além disso, Greg estava tentando chamar a minha atenção e eu tive que pedir para ele parar. Voltei a acompanhar a conversa e entendi que o sobrenome dele era Ralph ou algo parecido.

Homem: Quem você estava seguindo? Van Hessen? (Algo assim.)
Sr. Horne: Sim.
Homem: Acho que nunca encontraram ele, encontraram?
Sr. Horne: Achei que tivessem encontrado o corpo dele.
Homem: Não. Eles nunca o encontraram.
Sr. Horne: Você se mantém informado.
Homem: Sim.
Sr. Horne: Depois que eu saí, não quis olhar para trás.
Homem: Isso me surpreende.
Sr. Horne: Por quê?
Homem: Você sempre foi tão... bem, faz muito tempo.

Então Patty chegou em casa e os interrompeu. O sr. Horne pediu para o homem voltar à noite, por volta das sete horas, e disse que grelharia alguns bifes. O homem disse que voltaria. O sr. Horne perguntou onde ele estava hospedado, e o homem respondeu Motel Casa de Férias.

Nós continuávamos presos naquele quiosque idiota. Estava ficando muito quente. Não sei qual era o meu problema; acho que eu estava com calor, nervosa, meio tonta. Nós ouvimos o sr. Horne falar para Patty que ela poderia ir ao show dos Stones em Nova York, e ela começou a gritar. Greg se aproximou de mim e nós estávamos prestando atenção na conversa e, antes que eu entendesse o que estava acontecendo, estávamos dando uns amassos. Nem sei como começou, e não foi só ele. Eu também quis.

Daí entrei em pânico. Fiquei totalmente desesperada. Ele me acalmou e disse que estava tudo bem, que tanto ele quanto Patty ficavam com outras pessoas. Isso pareceu... ir contra a política deles de se agarrar constantemente, mas tá? Eu perguntei por que estávamos escondidos, se estava tudo bem, e ele disse que, por mais que fosse de boa, na casa dela poderia ser esquisito.

Nós conseguimos sair do quiosque em algum momento, pular a cerca e ir para casa. Eu tinha temporariamente esquecido da conversa estranha que escutara, mas, sentada aqui agora, não consigo parar de repassar aquele diálogo na minha cabeça.

Que dia mais bizarro foi esse?

9 de junho, 1978

Tá bom. Até mesmo escrever isso me faz sentir estranha.

Eu fui até a casa da Patty hoje de novo pra uma festa da piscina normal. Estava nervosa, por vários motivos. No quesito Greg e Patty, tudo estava como sempre. Nada havia mudado. Greg sussurrou para mim que tinha contado para ela, e estava tudo tranquilo. Mas ele disse que talvez fosse melhor eu não falar nada, porque isso deixaria as coisas esquisitas. Achei estranho, mas eu não estava prestando total atenção nele.

Os móveis da piscina foram reorganizados. Não completamente, mas várias das cadeiras, que sempre tinham estado nos mesmos lugares, tinham sido mexidas. E tinham moedas no fundo da piscina; algumas de um centavo, três de cinco centavos, uma de dez centavos e uma de quinze. Elas com certeza não estavam ali ontem. E também não estavam no raso. Estavam no fundo, e meio que no meio da piscina.

Eu estava encarando a água, e o sr. Horne notou. Ele me perguntou para o que eu estava olhando, e eu gaguejei algo sobre as moedas. Patty começou a tagarelar sobre como eu sou a pessoa mais inteligente do Liberty etc. O que era idiota, porque você não precisa ser inteligente para notar moedas no fundo de uma piscina.

O sr. Horne me encarou por um momento e disse: "Eu vou ter que ficar de olho em você".

Então ele disse para todo mundo: "E aí, quem consegue pegar aquelas moedas para mim? Valendo uma cerveja!".

Todo mundo, menos eu, mergulhou para pegar as moedas. Então eu ergui o olhar para o sr. Horne, que estava sorrindo. A essa altura, todos estavam espirrando água e batendo braços e pernas e afundando um ao outro e tentando chegar primeiro ao fundo para pegar as moedas.

273

O sr. Horne disse: "Foi empate! Cervejas para todos!".

Ele buscou várias garrafas da geladeira da garagem e todo mundo pegou uma. Eu também peguei, mesmo não gostando de cerveja. Então ele acendeu a churrasqueira e fez salsichas. Depois disso, pareceu uma festa na piscina normal, com cheiro de churrasco e cachorro-quente.

Mas havia alguma coisa errada. E eu não faço ideia do quê.

10 de junho, 1978

Liguei para Eric hoje e fomos andar um pouco de bicicleta. Eu devo ter parecido preocupada, porque nós encostamos perto da escola e ele perguntou o que estava rolando. Eu abri o jogo e contei sobre o que aconteceu com o Greg, e que Greg disse que estava tudo bem e que ele tinha contado para Patty. Eu também falei que sabia que eles ficavam com outras pessoas, mas as coisas ainda pareciam estranhas. Não contei sobre o outro negócio, porque o que diabo eu poderia falar sobre isso? Não sei o que há de tão estranho na história nem por que ela me incomoda.

Eric riu, mas não de um jeito maldoso.

"Isso vai ser novidade para Patty", disse ele. "Eu amo Greg como se fosse um irmão, mas ele não presta."

Fiquei meio apavorada, mas Eric me acalmou.

"Não é culpa sua", falou ele. "Se Greg te disse isso, então você não achava que estava fazendo nada errado. Está tudo bem. Greg é um babaca. Ele gosta de se safar das coisas."

Eric acabou me fazendo rir muito. Ele é engraçado.

Eric daria um terapeuta muito bom; não do tipo que trabalha em acampamento, mas um psicólogo ou algo assim.

Ele me ofereceu um baseado. Eu fiquei envergonhada, mas disse que não fumo. Ele o guardou. Sei que sou basicamente a única pessoa do Liberty que nunca fumou erva (tá bom, uma de três que eu saiba). Também sei que não é nada de mais fumar, porque, como eu disse, todo mundo fuma e está tudo bem. Eu não fumo porque sou uma CDF travada.

Eu inclusive falei isso para Eric: "Eu sou uma CDF travada".

Ele caiu para trás de tanto rir. Shawn nunca ri assim. É legal andar com alguém que dá risada de verdade.

12 de junho, 1978

Eu acordei cedo hoje. Estava sonhando com aquela conversa que ouvi entre o sr. Horne e o homem que apareceu na casa dele. Não consigo parar de pensar nisso. Aquela conversa foi estranha.

Então, já que tenho tempo de sobra e mais nada para fazer, vou até o Motel Casa de Férias. Posso aproveitar para ir pedalando até lá e tomar sorvete na Duquesa na volta. Posso aproveitar e calar a boca do meu subconsciente.

Atualização: 16 horas

Meus planos não saíram como o esperado. Não sei o que pensar sobre o que aconteceu. Estou meio que tremendo sentada aqui no pé da minha cama.

Fui até o motel e disse que um amigo do meu pai estava hospedado ali havia alguns dias e deixou uma coisa na nossa casa, e eu estava meio preocupada porque ele não voltara para buscar. Murmurei o nome Ralph, e a mulher atrás do balcão entendeu na mesma hora. Ela disse que ele de fato tinha se hospedado ali, mas nunca chegou a fazer checkout. Ele só deixou a chave no quarto.

Eu não faço ideia de onde tirei isso, mas disse que, se eu pudesse ficar com uma cópia da conta, eu levaria para o meu pai e ele poderia ajudar a cuidar disso. Ela hesitou por um momento, mas então foi até o arquivo e pegou a conta. O nome do homem não é Ralph; é Wendel Rolf. Eu não consegui ler o endereço todo, mas vi que ele é de Albany, Nova York. A conta era de sessenta e quatro dólares, referente a duas noites.

Então o homem nunca fez checkout?

O que eu acho que aconteceu? Que o sr. Horne afogou o sujeito na piscina? E, enquanto ele fazia isso, as moedas caíram do bolso do homem e foram parar no fundo?

Como se fosse um filme de Alfred Hitchcock ou algo assim.

<u>13 de junho, 1978</u>
Isso precisa acabar. Preciso tirar isso da cabeça. Tenho que destrinchar a história, encontrar um sentido nela. O que eu acho que ouvi e vi?

Estou relendo a conversa que anotei naquele dia.

Wendel Rolf: Depois de Berlim, eu nunca mais ouvi notícias suas. Achei que os russos tivessem matado você.

Então:

WR: Quem você estava seguindo? Van Hessen? (Algo assim.)
Sr. Horne: Sim.
WR: Acho que nunca encontraram ele, encontraram?
Sr. Horne: Achei que tivessem encontrado o corpo dele.
WR: Não. Eles nunca o encontraram.
Sr. Horne: Você se mantém informado.
WR: Sim.

Qual é a conclusão?
Só consigo pensar em uma coisa.
Um homem foi até a casa do sr. Horne. Eles pareciam se conhecer da guerra. Havia um clima de tensão entre eles. Alguma coisa estava errada. Então, no dia seguinte, os móveis haviam mudado de lugar. Tinha moedas no fundo da piscina. O sr. Horne agiu estranho. E o homem nunca voltou para seu motel.

Você ouve todo tipo de história sobre nazistas que fugiram. Pessoas saem à procura deles. Eles assumem novas identidades em países diferentes.

O que diabo está acontecendo?

<u>14 de junho, 1978</u>
Fui à biblioteca hoje fazer o círculo de leitura para as crianças. Quando terminei, pesquisei a seção de história inteira atrás de livros sobre nazismo e a queda de Berlim. Não encontrei nada muito específico. Separei alguns títulos que poderiam ter mais

informações. Abri solicitações de empréstimos interbibliotecas para eles. Vai demorar um tempinho até chegarem aqui.

Quando cheguei em casa, liguei para a central telefônica e consegui o contato de Wendel Rolf. Eu liguei. Liguei quatro vezes, na verdade. Ninguém atendeu.

Minha redação sobre o que eu fiz durante as férias de verão será bem estranha.

15 de junho, 1978
Liguei para o número de novo esta manhã. Sem resposta.

O que estou fazendo? O que estou fazendo?

Atualização: 23 horas
Tem uma resposta óbvia para isso tudo: o homem está de férias. Ele não está em casa.

Preciso tomar jeito. Vou para a orientação no acampamento amanhã.

16 de junho, 1978
Não acredito nisso. Shawn arrumou um emprego aqui no acampamento.

18 de junho, 1978
Bem, os últimos dois dias foram uma merda, mas a situação está começando a melhorar. Shawn está de fato mantendo distância, então as coisas não estão tão ruins.

Além disso, eu adoro crianças. Elas são um amor. Mas elas mexem nas minhas coisas. Tive que começar a esconder este diário na biblioteca do acampamento, porque basicamente ninguém além de mim entra lá. Só a nerd solitária de sempre aqui. Ainda assim, preciso de um lugar melhor.

27 de junho, 1978
Ando ocupada demais para escrever aqui, e as crianças vivem grudadas em mim. Fiz uma coisa na tenda de arte para guardar este diário, então pelo menos essa questão está resolvida.

Tive um sonho ontem à noite sobre o homem na casa dos Horne, Wendel Rolf, e passei o dia todo pensando nisso. Essa história entrou na minha cabeça e não quer mais sair. Preciso esquecer disso. Talvez eu possa fazer terapia em Nova York. Eles têm isso lá.

Acho que, enquanto estou aqui, posso conversar com Eric sobre essa situação? A gente meio que anda junto o tempo todo. Ainda não nos beijamos, mas vai acontecer em breve. Dá para sentir.

28 de junho, 1978
Contei tudo ao Eric.

Ele disse que coloco muita pressão em mim mesma. Eu me sinto mal sobre Greg e Patty, e a presença de Shawn aqui no acampamento está me deixando ansiosa. Vou começar na Columbia no outono, então me mudo para Nova York em breve. Isso tudo é... demais. Talvez eu tenha ficado obcecada com essa história porque estou sobrecarregada.

Ah, e sobre o beijo? Rolou.

1º de julho, 1978
Um fato sobre mim: sempre consigo arrumar alguma coisa com a qual me preocupar. A mais nova? O lance com Greg. Sinto que, se eu não for honesta sobre o que aconteceu, a culpa vai continuar me consumindo. Ao mesmo tempo, não quero magoar Patty. Mas ela deveria saber, certo? Eu ia querer saber.

2 de julho, 1978
É meia-noite. Eu acabei de voltar para o alojamento. Estou coberta de picadas de mosquitos.

Depois da fogueira e de todas as crianças irem para cama, fui até o alojamento da Patty, bati na parede e pedi para ela sair. Contei o que Greg havia dito, que era tranquilo usar a piscina na casa dela e que, enquanto estávamos lá, o pai dela chegou para almoçar com um amigo. Não falei nada sobre a conversa esquisita. Isso não importava. Contei que fiquei com Greg. Expliquei que Greg havia dito que eles achavam de boa sair com outras pessoas.

Ela não pareceu brava comigo, mas ficou muito chateada. Muito chateada. Tão chateada que vomitou de tanto chorar. Meu Deus.

Enfim, foi horrível.

3 de julho, 1978

Patty ficou tão chateada que foi passar o dia em casa, lá na cidade. Estou me sentindo uma bosta, mas pelo menos eu disse a verdade.

4 de julho, 1978

Feliz Dia da Independência?

Patty Horne voltou hoje. Ela e Greg estavam sentados juntos na fogueira, e eu me virei enquanto assistíamos aos fogos de artifício e eles estavam dando uns amassos. Então acho que ela o perdoou?

Eric disse: "Não se preocupa. O pai provavelmente comprou outro cavalo para ela ou algo assim para animá-la".

Sinceramente, aquilo era muito estranho. Ela estava tão chateada que precisou ir embora. E agora está tudo bem?

Eu estava sentada com Eric, e ele estava com o braço em volta do meu ombro. Shawn estava nos encarando.

Preciso sair de Barlow Corners. Este lugar é pequeno demais.

5 de julho, 1978

Meus livros chegaram hoje na biblioteca. A sra. Wilde telefonou para o acampamento para me avisar. Fiquei envergonhada de ter pedido para entregarem livros sobre nazistas na nossa biblioteca, mas, já que os tinha pedido, fui de bicicleta até a cidade durante o tempo livre em grupo das crianças, Katie estava tomando conta delas. Saindo com os livros na mão, esbarrei com o sr. Horne. Ele estava entrando na biblioteca. Eu não estava com nenhuma bolsa, ia colocar os livros na cestinha da minha bicicleta. Ele conseguiu ler os títulos.

O sr. Horne disse: "Leituras sérias para o verão".

Eu respondi: "É para a Columbia. Eles nos fazem ler um pouco durante o verão antes de começarmos. Um pouco de literatura, um pouco de história".

Ele falou "uau" ou algo assim, e estava agindo bem normalmente, mas meu coração estava batendo muito rápido. E havia... não sei? Algo na expressão dele?

Eu não sei por que fui falar isso, mas perguntei: "Você também teve que fazer isso antes de ir para Harvard?".

Ele disse que não se lembrava. Talvez. Já fazia muito tempo.

Então questionou: "Como você sabe que eu estudei em Harvard?".

Eu respondi: "Patty me contou".

O problema foi: eu hesitei porque levei um segundo para pensar na resposta, já que meu cérebro havia congelado. O sr. Horne me olhou por um longo momento e sorriu. Então disse "tchau" e "bom te ver, divirta-se no acampamento", e continuou fazendo o que estava fazendo.

Essa história toda está me deixando tão paranoica, e os livros não ajudariam com isso. Então eu voltei à biblioteca e disse à sra. Wilde que eles não eram o que eu precisava no fim das contas e os devolvi. Eu pedalei bem rápido de volta para o acampamento.

O sr. Horne não era nazista.

Eu deveria tentar relaxar um pouco, tirar uma semana mais ou menos para realmente curtir. Curtir mesmo. Ralei tanto nos últimos anos. Por que não posso me divertir que nem todo mundo?

Vou para o bosque com o pessoal amanhã. Sei o que isso significa. Eric pega a erva lá. Mas eles também se divertem.

Eu vou experimentar. Preciso quebrar algumas regras para variar, senão vou explodir. Vou viver neste verão.

Está me ouvindo, Sabrina Abbott? Você vai VIVER neste verão! É isso que vou fazer.

29

— Isso foi a última coisa que ela escreveu — disse Stevie, fechando suavemente o diário.

Ela passara quase uma hora lendo as palavras de Sabrina. Sua garganta estava seca e sua voz começou a falhar um pouco. Janelle percebeu e se aproximou com uma lata de água com gás. Stevie não gostava de água com gás, mas bebeu tudo e então precisou virar a cabeça para tentar esconder o arroto gigante que isso causou. Ela não foi bem-sucedida.

Poirot nunca arrotava depois de identificar o assassino.

Patty Horne apresentava a cor de um peito de peru aberto há cinco dias. Ela estava completamente imóvel, a cabeça inclinada de leve para a esquerda, e algo quase parecido com um sorriso enjoado se formou em sua boca. O restante do grupo estava em silêncio.

Stevie relanceou para Shawn Greenvale, que estava com o queixo encolhido contra o peito. Nada daquilo devia ter sido fácil de ouvir, não importava quanto tempo havia se passado. Mas ele aguentou firme, assim como fizera por Paul. Eles podiam ter terminado, mas Sabrina certamente namorara com Shawn porque ele era essencialmente um cara legal. O relacionamento só não dera certo.

— Então — continuou Stevie, sentindo outro arroto subir por sua garganta como um sapo e reprimindo-o dolorosamente —, vamos começar com esta pergunta: quem é Wendel Rolf, e o que aconteceu com ele depois que chegou à sua casa naquele dia? Vou precisar de ajuda para esta resposta...

Ela pegou o notebook e mudou a janela que estava em exibição. Uma imagem se projetou na tela: uma pessoa com grandes óculos e cabelo longo e liso.

— Oi — falou Stevie. — Conte a todos o que você descobriu.

— Olá, eu sou Germaine Batt, do *Relatório de Batt*.

Germaine era uma colega de turma de Stevie de Ellingham que coordenava o próprio canal de notícias on-line. Ela e Stevie tinham uma relação incomum, um tanto mercenária, e esse favor teria que ser pago. Mas valia a pena.

— Certo. — Germaine não tinha nenhum problema em dispensar todas as outras formalidades e entrar de cabeça. — Eu comecei com Harvard, porque a instituição surgiu na conversa que você me mostrou. Entrei em contato com algumas pessoas esta tarde e elas conseguiram alguns anuários para mim. Wendel Rolf se formou na turma de 1940, junto de Arnold Horne. Encontrei registros de alistamento dos dois num site de genealogia. Wendel Rolf foi dispensado com honras em 1946, e Arnold Horne em 1947. Até aí, tudo normal. Mas, então, todas as informações sobre Wendel Rolf simplesmente... desaparecem. Tive que pesquisar em arquivos de jornais locais e no Facebook o dia todo, mas encontrei um parente dele. Fingi fazer parte de uma pesquisa sobre ex-alunos de Harvard, então a pessoa falou comigo. Wendel Rolf saiu numa viagem de pesca de fim de semana em 1978 e nunca mais voltou. Foi declarado morto em 1983. Ninguém sabe se ele sofreu um acidente ou não, mas parece que sua família pensou que ele pudesse ter tirado a própria vida e quis poupá-los de algum forma e garantir que recebessem o dinheiro do seguro de vida. Dá para descobrir muita coisa se você disser para as pessoas que é de Harvard.

— Então — disse Stevie —, Wendel Rolf vê Arnold Horne, antigo colega de turma e do exército, numa foto. É definitivamente ele. Seu nome está na legenda. Ele decide fazer uma visita ao amigo. Parece bem claro que ele percebeu de cara que tinha alguma coisa estranha... que aquele não era Arnold Horne. Na conversa que Sabrina entreouviu, ele menciona outro homem... um tal de von Hessen.

— Esse foi bem mais fácil de encontrar — falou Germaine. — Otto von Hessen era um agente da inteligência nazista de alto escalão trabalhando fora de Berlim. Há muita informação sobre ele por aí. Ele foi visto pela última vez em abril de 1945, logo antes da queda de Berlim. Então desapareceu. Quer que eu abra as imagens?

Stevie assentiu, e Germaine compartilhou a tela, mostrando a foto de Harvard de Arnold Horne ao lado de uma foto oficial de von Hessen.

A semelhança era inquestionável.

— Arnold Horne estudou em Harvard e foi espião na Segunda Guerra Mundial — disse Stevie. — Ele estava em Berlim. Sabemos, pela conversa que Sabrina ouviu, que ele teve uma ligação com von Hessen. Quando Berlim estava caindo e os nazistas precisaram fugir, que maneira melhor de escapar do que assumindo a identidade de um agente da inteligência americana? Eles não eram idênticos, mas havia uma semelhança boa o bastante se você não olhasse com muita atenção. O verdadeiro Arnold Horne foi para a Alemanha, mas foi Otto von Hessen que voltou e começou uma vida nova e sossegada nos Estados Unidos, tentando se manter fora dos holofotes. Ele se mudou para uma cidadezinha onde nada nunca acontecia, administrava o banco local e não gostava de ser fotografado. E, por anos, o disfarce funcionou. Mas então Barlow Corners construiu uma estátua, um fotógrafo local tirou uma foto boa, e essa foto foi parar numa revista de circulação nacional. Wendel Rolf viu a foto do velho amigo, fez uma visita e percebeu que havia algo de errado; que ele não estava visitando Arnold Horne. Wendel Rolf nunca mais foi visto. Ele foi a vítima número um. É aí que a história começa. Provavelmente também seria aí que a história teria terminado se Sabrina Abbott não estivesse no quiosque com Greg, se ela não fosse tão observadora e determinada. Agora...

Stevie assentiu para Germaine e fechou aquela janela, então se virou para Patty.

— ... *você* entra na história. É sua formatura, verão de 1978. Você mesma me disse que era meio sem foco naquela época. Não tinha planos para o futuro depois que o verão acabasse. Greg, seus amigos, sair... essa era a sua vida. No dia em que Greg e Sabrina estavam no quiosque e seu pai se encontrou com Wendel Rolf, você não fazia ideia do que estava acontecendo. Nenhuma daquelas três pessoas queriam que você soubesse o que acontecera na sua casa naquela tarde. À noite, Wendel Rolf volta, e seu pai o mata. No dia seguinte, Sabrina retorna à casa e vê que as coisas estavam fora do lugar. Ela já estava curiosa sobre o que escutara. Você continua não fazendo ideia, nem seu pai. Mas então Sabrina fica com peso na consciência e confessa que estava no quiosque com Greg. Você sai do acampamento e conta ao seu pai, e ele se dá conta de que tudo está desmoronando. Seus amigos, aqueles que ele despreza, vão destruir a vida de vocês. Acho que rolou muita coisa na sua casa naquela noite. Acho que seu pai contou a verdade para você, ou pelo menos uma versão da história, porque você aceitou que seus amigos tinham que morrer, e precisou ajudar seu pai a matá-los. Algo tinha que ser feito, e depressa, e não dava para ele simplesmente entrar de fininho no acampamento e resolver a situação sozinho. Tinha que acontecer em outro lugar, onde não houvesse mais ninguém por perto. E você sabia exatamente para onde ir: a entrega de drogas semanal no bosque. Sabrina estaria lá. Eric, Todd e Diane... eles tiveram azar. E vai saber o que ela tinha contado para eles? Todos precisavam morrer.

Stevie abriu de volta na tela o slide com as fotos das quatro vítimas, para que Patty desse uma olhada neles.

— Você precisava estar protegida. Então, no dia seguinte, voltou ao acampamento, e de repente, estava tudo bem com Greg. Tão bem que os dois foram flagrados se engraçando e colocados em prisão domiciliar. Isso garantiu que você tivesse um álibi incontestável. Alguns detalhes dos assassinatos do Lenhador tinham aparecido no jornal. Era perfeito. Não havia internet naquela época, se Arnold quisesse os detalhes, precisaria arrumar uma cópia dos artigos de jornal. Então não é tão surpreendente que Sabrina tenha esbarrado com ele no dia cinco de julho, quando ela estava saindo da biblioteca e ele estava entrando. Aquele encontro selou o destino dela.

Stevie afastou do rosto um inseto errante que entrara na Casa Pula-Pula. Ela estava falando havia muito tempo e seu corpo começou a doer. Queria desabar num pufe e descansar um pouco, mas a história não tinha terminado. Estava na hora de abrir a caixa no bosque, hora de arruinar a surpresa.

— Na noite dos assassinatos da Caixa no Bosque — continuou ela —, seu pai entrou na mata. Ele foi até o local que você havia indicado. Ele havia sido um agente da inteligência nazista. Falsificara a própria identidade por 33 anos. Encurralar quatro adolescentes chapados no bosque provavelmente não foi nada de mais. As provas sugerem o que aconteceu lá. Todd e Diane provavelmente estavam sozinhos num saco de dormir. Eles não tinham nenhum ferimento de defesa, então possivelmente não viram quando ele chegou. Os dois foram mortos onde estavam e levados embora no saco de dormir. Já com Sabrina e Eric foi diferente. Sabrina lutou, havia ferimentos em suas mãos. Eric foi atingido na cabeça, mas conseguiu fugir. Isso deve ter sido um susto, porque, se Eric escapasse, tudo estaria acabado. Mas seu pai o alcançou e o matou nas margens do acampamento. A cena foi arrumada para parecer um dos crimes do Lenhador, e o trabalho estava feito. Exceto...

Stevie abriu uma foto de Greg.

— ... que Sabrina não era a única naquele quiosque da piscina. Greg também estava lá. Esse não era um problema que poderia ser parcialmente resolvido. *Todos* eles precisavam sumir. O que você falou quando seu pai disse que seu namorado tinha que morrer? Você ficou triste, ou ficou satisfeita por se vingar da traição dele?

Patty abaixou a cabeça, e Stevie soube que acertara em cheio com essa pergunta.

— Eu passei a última noite no hospital, depois que você nos perseguiu pelo bosque com uma arma. Você fez com que eu e Nate pulássemos no Ponto 23, e é por isso que meu braço está assim... — Stevie ergueu o gesso. — Eu estava meio fora de mim ontem à noite. Ficava tentando dormir, mas havia o reflexo de uma luz piscante que me deixava acordada. Era uma grande distração. Fez com que eu me lembrasse de algo que você me contou, Susan. Pode repetir o que você me disse que viu naquela noite no campo de futebol, quando todos os alunos se reuniram?

— A noite do memorial? — perguntou Susan.

Stevie assentiu.

— Eu vi Patty chorando no fim da entrada para carros da escola, então vi uma batida à frente.

— Não. Não foi exatamente isso que você viu — corrigiu Stevie.

— Bem, não. Eu vi um clarão de luz quando ele bateu. Ele bateu depois da curva.

— Por que você veria um clarão de luz quando Greg bateu?

— O farol dele, talvez? Quando a moto girou? Não sei, na verdade.

— Foi uma luz forte?

— Muito forte — respondeu Susan, pensativa. — Tanto que é do que eu mais me lembro. Acho que talvez fosse forte demais para ser um farol. Talvez tenha sido outra coisa.

Stevie se virou para Janelle.

— Pode trazer agora? — pediu ela.

Janelle assentiu e puxou o braço de Nate. Eles foram para um dos cômodos laterais e retornaram um minuto depois com uma grande plataforma coberta de cartolina e materiais de arte. Uma caixa representava o colégio de ensino médio. Havia uma estrada curva de tecido colada à cartolina. Alguns calombos de argila de modelar representavam as pedras na curva da estrada, e havia árvores feitas de limpadores de cano e algum tipo de substância felpuda, parecida com musgo. A placa do Colégio Liberty fora recriada com cartolina.

— Não tive tempo para fazer um trabalho mais elaborado — disse Janelle. — Mas as proporções estão certas. E aqui...

Ela entregou alguns saleiros para Stevie, cada um preenchido com uma areia de artesanato de cor diferente.

— Muito bem — falou Stevie, posicionando um saleiro cheio de areia rosa no fim da entrada para carros da escola. — Aqui está Patty Horne. E aqui... — Ela pôs um saleiro cheio de areia verde representando Susan na estrada ao lado de Patty. — Essa é você. Era mais ou menos aqui que você estava quando viu a luz?

— Sim. Eu estava prestes a entrar na escola.

— E o que Patty estava fazendo?

— Ela estava chorando — disse Susan.

— Mas o que mais ela estava fazendo? O que você me contou?

Susan parou por um momento, inclinando a cabeça pensativa, confusa com a pergunta.

— Chorando — afirmou ela. — Gritando. Muito chateada. Balançando uma lanterna.

Stevie apontou para Susan, indicando que era isso o que ela queria ouvir.

— Balançando uma lanterna — repetiu Stevie.

— Mas não é dessa luz que estou falando — argumentou Susan depressa. — Eu vi algo à distância.

— Ah, eu sei que viu — disse Stevie, lembrando a si mesma que não deveria sorrir. Stevie pegou o celular e o segurou ao lado do saleiro rosa. — Precisamos apagar as luzes por um minuto — avisou.

Carson diminuiu as luzes e o celeiro mergulhou nas sombras. Stevie acendeu a lanterna do celular. Já tinha colado um pedaço de fita-crepe ao redor da luz para estreitar o feixe. Ela o angulou bem de leve, mexendo-o na direção da placa azul-escura do Colégio Liberty. O pontinho de luz quicava para todo lado.

— Patty aponta sua luz para cá — mostrou Stevie. — Janelle, agora.

No ponto mais distante da estrada, Janelle apoiara o celular nas pedrinhas de argila e nas árvores de limpadores de canos. Ela acendeu a lanterna do celular, que não tinha nenhuma fita-crepe ao redor e estava mais forte e ampla do que a luz de Stevie. Stevie se virou na mesma hora, como planejara, e viu muitas pessoas se virarem ou cobrirem os olhos.

— Foi isso que você viu — afirmou Stevie. — Acenda as luzes novamente.

As luzes se acenderam, e várias pessoas continuaram piscando os olhos.

— Foi uma reconstrução muito boa — disse Susan. — Mas por que você precisaria demonstrar isso?

— Porque o que você viu foi uma *sinalização* e uma *resposta*. Patty apontou sua lanterna para a placa, que é claramente visível do fim da estrada. Isso significava que Greg saíra do estacionamento e estava seguindo na única direção possível, é uma via de mão única. No outro extremo da rua, o pai dela esperava com uma lanterna de alta potência. Quando Greg se aproximou, ele a acendeu. A luz foi tão forte que você viu lá do início da estrada. Greg, estando mais perto, teria sido ofuscado por tanta luminosidade. Um pouco bêbado ou chapado, sem conseguir enxergar direito, ele perdeu o controle na curva. A batida era garantida. Simples. Limpa. Efetiva. Bem como um acidente.

— Nem seria preciso estar parado ali para fazer isso — observou Janelle. — Daria para colocar algum objeto refletor lá e apontar a luz por um ângulo de forma a ficar totalmente fora do caminho. É tão *básico*.

— É mesmo — concordou Stevie. — Tão básico que parece ser nada. É um truque que alguém que estudou a arte da espionagem seria muito bom em recriar. Luzes. Espelhos. Sinalizações. Coisas irrastreáveis.

Simples, inteligente e eficaz. Acho que você aprendeu isso com seu pai e, quando teve que matar Allison, fez como ele teria feito. Allison sempre quis o diário da irmã. A polícia não estava com ele. Ele nunca foi encontrado no acampamento. Conforme descobrimos esta noite, seria péssimo para você se alguém o encontrasse. Mas se ninguém sabia do paradeiro dele desde 1978, era improvável que ele fosse encontrado algum dia. Você sempre estaria a salvo. Então, alguns dias atrás, eu entreguei a Allison um papel que encontramos no pavilhão de arte, e ela descobriu que, enquanto trabalhava com artesanatos no acampamento, Sabrina solicitou um pote de biscoito de cerâmica no formato de uma tartaruga para pintar. Ela o fez para esconder o diário. Ela também deixou a tampa bem apertada para que os campistas não conseguissem abrir. Allison se deu conta de que a tartaruga de cerâmica que ela tinha em casa era um pote, não uma decoração. Deve ter ficado tão empolgada. Foi para casa e tentou abri-lo, mas a tampa estava emperrada. Ela precisava descobrir uma maneira de abri-lo sem danificá-lo. Allison nunca danificaria algo que pertenceu à Sabrina. Ela ligou para você, uma amiga, para contar que acreditava ter encontrado o diário da irmã? Sua vida toda... tudo o que você construiu, tudo o que você é... estaria acabado. Você seria a filha de um assassino notório, não a filha de um herói de guerra. E talvez as pessoas começassem a investigar o acidente de Greg com um pouco mais de atenção. Não. Nada disso poderia acontecer. Você já deixara cinco amigos morrerem. Agora mais um precisaria partir para manter seu segredo guardado. — Susan Marks se virou e fixou um olhar devastado em Patty. — Qual era a única coisa com a qual se podia contar em relação a Allison? Sua rotina. Ela corria toda manhã e parava na Ponta da Flecha. Era perfeito. Seria a coisa mais fácil do mundo cair de um lugar daquele, e provavelmente haveria pessoas por perto que veriam a cena toda e poderiam jurar, jurar de pé junto, que não havia mais ninguém lá em cima. Sinceramente? Tenho um certo medo de *eu* ter te dado essa ideia. Quando fomos à sua loja na nossa primeira manhã aqui e estávamos olhando seus bolos, Janelle perguntou como você os decorava. Você explicou que seu truque era trabalhar de fora para dentro. Eu disse: "Como numa cena de crime". Ninguém nunca presta atenção quando eu digo coisas assim, mas acho que você prestou. Se Allison caísse, a área seria cercada e investigada de fora para dentro. Você ganharia *tempo*. Tempo para alguma coisa desaparecer. E o que desaparece numa pedra quente ao sol?

Houve uma pausa enquanto o grupo pensava se a pergunta era ou não retórica. Finalmente alguém quebrou o silêncio com um hesitante "Gelo?".

— Gelo — confirmou Stevie, forçando sua confiança interna para a voz. — Não havia tempo para um plano elaborado; nenhum molde nem nada assim. O que você podia fazer era algumas folhas de gelo. Então as colocaria na beira do penhasco para que, quando Allison pisasse, ela escorregasse e caísse. A prova ou derreteu conforme o dia esquentava ou caiu junto com ela. Quando a polícia examinou a pedra, não havia nada. Você tinha tudo o que precisava... grandes tabuleiros, um congelador de tamanho profissional, recipientes de grande capacidade como os usados para transportar produtos alimentícios elaborados... e mais uma coisa, a única que deixava um rastro.

Stevie revirou a mochila mais uma vez e pegou os restos de sua camiseta do Acampamento Pinhas Solares.

— Eu subi à Ponta da Flecha quando ela reabriu — explicou. — Derramei um pouco de água da minha garrafa para checar a inclinação da superfície, então me deitei no chão. Não percebi na hora, mas eu reidratei algo que tinha secado na pedra, e não sai. É porque é corante... corante alimentício. Você fez algumas placas de gelo largas e finas, tingiu--as com corante para escurecê-las. Ninguém notaria e, com o tempo, seria lavado pela chuva. Que bom que eu fui até lá antes da tempestade. Porque isto — ela ergueu a camiseta mais alto para dar ênfase —, isto pode ser examinado. A substância pode ser identificada, até mesmo a marca e o tipo.

Patty abriu e fechou a boca várias vezes, como um peixe arfando na areia.

— Isso é um absurdo...

— A questão é a seguinte — continuou Stevie. — Sabrina é uma testemunha agora. Ela está falando diretamente do além. E todo mundo aqui — mencionou ela, indicando o público presente — escutou. Além disso, todos que escutarem esse podcast...

— Ah, será um programa de televisão agora — interveio Carson. — Com certeza.

— ... ou assistirem a esse programa... vão analisar você como está agora, neste exato momento. Esta é a sua chance de contar sua versão. Porque, se não o fizer, outras pessoas farão isso por você. Todo mundo vai te julgar. Você não terá escapatória. Essa é a sua única oportunidade, bem agora, de dizer alguma coisa...

— Um conselho — falou David, cruzando os braços casualmente sobre o peito. — Eu diria o que Stevie quer saber. A última pessoa na sua posição também tentou negar, e acabou não dando muito certo para ela.

— Meu pai era um *homem bom* — afirmou Patty. — Ele fazia *tudo* por mim. Ele *vivia* por mim.

Havia um tremor em sua voz, refletindo a atividade sísmica que devia estar acontecendo dentro dela — a torrente e o turbilhão de décadas de peso psicológico desabando —, todos os blocos e pedras que ela empilhara para manter a verdade o mais escondida possível.

— Seu pai era um nazista. — David a corrigiu. — E assassinou cinco amigos seus.

Patty ficou tensa, em silêncio.

— Uma coisa que você provavelmente está se perguntando neste momento — continuou Stevie. — É como eu consegui esse diário. Você nos perseguiu. Você nos viu pular no lago. Você me ouviu gritando que ele tinha sumido. Aposto que o procurou. Você passou a noite toda lá? Aposto que conferiu a trilha, para se certificar de que eu não deixara cair por acidente. Certamente procurou por todo canto, para ter muita, *muita* certeza. Você voltou ao amanhecer para conferir o lago e ver se ele estava boiando? Chegou a entrar na água para procurá-lo?

A faísca de raiva que passou pelo rosto de Patty informou a Stevie que a resposta era sim, ela fizera tudo aquilo.

— Então — continuou Stevie —, você está se perguntando como eu tirei o diário do lago ileso?

— *Eu* estou me perguntando — murmurou Nate, a voz tingida de admiração.

O silêncio expectante da sala era delicioso.

— O que aconteceu é que o diário nunca foi parar dentro do lago — explicou Stevie.

— Espera — disse Nate. — O quê? Eu estava lá. Você disse...

— Eu disse que ele caiu no lago, sim. — Ela tentou, sem sucesso, não sorrir. — Eu me certifiquei de que você me ouvisse gritar. Não me lembro de fazer muito mais, porque... eu acabara de cair de um penhasco para dentro de um lago. Mas eu me certifiquei de fazer isso. Eu queria que pensassem que ele tinha sumido.

Patty se remexeu no assento com raiva.

— Você está dizendo que o escondeu? — perguntou Nate. — Quando? Nós não paramos de correr em nenhum momento.

— Preciso agradecer ao Carson por essa — disse Stevie.

— O quê? — perguntou Carson. — A mim?

— Eu não tinha muito tempo, mas eu tinha essa... — Stevie pegou a Bolsa Bolsa com estampa de madeira, aquela feita com o mesmo material usado na parede da cabana dela — ... ecobag idiota que imita madeira. É uma estampa muito boa, não é? Fotorrealista. Me enganou também. Não a culpo por não ter visto. Eu levei um tempo para encontrá-la esta manhã, e olha que eu sabia o que estava procurando. Logo antes de pularmos, eu enfiei o diário aqui dentro e o larguei. Mesmo que não sobrevivêssemos, eu pensei... que alguém poderia encontrá-lo. Precisava mantê-lo em segurança.

Então uma coisa estranha aconteceu. Patty começou a gargalhar.

Paul Penhale se levantou.

— Patty... — disse ele num sussurro rouco. — Patty... o que foi que você *fez*? Olha para mim, Patty. O que foi que você *fez*?

Ela girou na direção dele, olhos vermelhos e lacrimejando de tanto rir. Seu rosto estava contorcido numa careta de raiva, alívio e uma emoção que Stevie não reconheceu. Algo estava se libertando dentro de Patty Horne.

— Você deveria me agradecer — falou ela. — Você deveria me *agradecer*. Todd Cooper? Você sabe o que ele fez com seu irmão. Todo mundo sabe. A cidade inteira deixou ele se safar. Ele nos *contou* o que fez. Ele nos *contou* que atropelou Michael. Diane o acobertou. Eric com certeza tinha suas suspeitas, mas nunca parou de andar com ele. Mesma coisa com Greg. E o mesmo comigo. Éramos todos cúmplices. E o que você acha que eles estariam fazendo se estivessem vivos? Todd era um monstro. Eric era um traficante. Diane era uma maconheira fracassada. Greg era um bosta. Meu pai tentou me alertar, mas eu não dei ouvidos. Na verdade, se formos todos honestos, a única morte pela qual lamentaram de verdade foi a de Sabrina. A perfeita Sabrina. Mas quem estava andando com Todd Cooper naquela noite? A perfeita Sabrina. Quem estava aos beijos com meu namorado na minha casa enquanto eu não estava? A perfeita Sabrina. Me poupe da sua hipocrisia. E seja lá o que isso tenha sido... — Ela gesticulou para a tela, Stevie, a Casa Pula-Pula, a plateia. — Nada disso é... real. É só uma garota obcecada por assassinatos inventando coisas.

A sargenta Graves escolheu esse momento para se levantar e andar até Patty Horne.

— Eu gostaria de falar com você lá fora, por favor — disse ela.

— Eu não vou sair daqui com você.

— Se quiser — falou a detetive com calma —, terei todo o prazer em falar com você aqui dentro também. Sugeri conversarmos lá fora pela sua privacidade. A srta. Bell veio falar comigo mais cedo e me contou o que sabia. Eu consegui um mandado esta tarde. Você possui uma arma de fogo. — Não era uma pergunta. — Eu tenho um mandado para apreendê--la, e para coletar seu DNA para realizar um teste de compatibilidade familiar com a amostra recuperada da camiseta de Eric Wilde. Tenho um kit para coleta comigo. Só levará um minuto do seu tempo.

Graves acenou com a cabeça para os fundos da sala.

— Dois policiais estão aqui para me auxiliar — disse ela. — Se puder se juntar a eles, nós continuaremos esta conversa num lugar reservado. Só preciso dar uma palavrinha com a srta. Bell.

Graves gesticulou para Stevie segui-la até uma porta que levava a um pequeno pátio nos fundos.

— Você não mencionou que recuperou o diário — falou ela para Stevie.

— Surpresa?

A sargenta Graves tirou uma luva do bolso, vestiu-a e pegou o diário de Stevie.

— E a camiseta — adicionou ela.

Stevie entregou os restos da camiseta.

— E precisaremos conversar sobre os tiros que você *também* não havia mencionado antes. Então você e seus amigos devem ficar aqui para que possamos coletar alguns depoimentos e resolver essa situação.

Elas voltaram para dentro e a sargenta Graves dispensou a maior parte do grupo. Stevie notou que muitas pessoas já haviam gravado parte dos acontecimentos e postado na internet. Carson rodava pela sala, tentando impedir, mas aquele navio já zarpara. Ele foi até Stevie e soltou um longo suspiro.

— Eu vou vender tantas bolsas dessas — falou Carson, sem discrição alguma.

30

A LUA ESTAVA ALTA SOBRE O LAGO. HAVIA INSETOS, É CLARO, MILHARES DELES, mas as quatro pessoas sentadas lado a lado no píer não se importavam. Eles os abanavam e estapeavam ocasionalmente, mas não adiantava muito. O repelente natural que Janelle levara consigo só parecia diverti-los.

— Não sei vocês — disse David depois que o silêncio se prolongou —, mas eu já estou entediado.

Ele pegou o frasco e se borrifou de novo com o repelente grudento e doce de citronela.

Fazia uma hora que Stevie e seus amigos tinham sido dispensados pela sargenta Graves. Haveria dias de depoimento, de formulários e de conversas pela frente. Mas, por esta noite, eles estavam liberados, e tinham se oferecido como comida para os insetos.

— Muito bem — falou Nate finalmente. — Por quê?

— Por que o quê? — perguntou Stevie.

— Por que você não nos contou que estava com o diário?

— Desculpa — disse Stevie, suspirando. — Eu tive que fazer desse jeito. Veja bem, tudo o que falei sobre o assassinato de Allison, tirando o corante alimentício, não passava de um palpite. A única coisa que ligava a morte dela a Patty era o diário. Se Patty achasse que não tínhamos o diário, ela ficaria muito, muito curiosa sobre essa grande reunião que aconteceria. Eu precisava ter certeza de que ela compareceria, e precisava ter certeza de que ela ficaria genuinamente chocada. Ela precisava ficar surpresa a ponto de talvez surtar e começar a falar na frente das câmeras e das pessoas. Eu tinha que ter certeza de que ela realmente pensasse que estava segura até o último segundo antes de eu pegar o diário.

— O que você acha que vai acontecer com ela? — perguntou Janelle.

— Muitas das acusações serão difíceis de provar — disse Stevie —, mas tem umas coisas por aí. Tem câmeras de trânsito nos semáforos da cidade, então a polícia vai poder verificar se ela saiu da padaria cedo naquela manhã. Eles podem procurar os cartuchos das balas na mata e ver se são compatíveis com a arma dela. Pode ser isso que realmente vai pegá-la... o fato de ela ter tentado atirar na gente.

— O documentário não vai ajudar — falou Nate. — Patty vai virar aquele tipo horroroso de gente famosa quando virem a reação dela ao que você disse.

— Às vezes pessoas más se safam — adicionou David. — Mas sinto que essa não vai. A cidade está furiosa.

Alguma coisa zuniu logo acima de suas cabeças. Stevie se encolheu.

— Morcegos — apontou Janelle. — Estão aqui para fazer um banquete com todos esses insetos.

— Vou interpretar como um sinal — declarou Nate, levantando-se e se alongando. — Vou escrever.

Os outros se viraram para ele.

— O quê?

— Você sabe *o quê* — respondeu Stevie.

— Eu tive algumas ideias, só isso. Desde que aquele garoto começou a me seguir para todo lado, falando que não conheço meu próprio livro. Enfim. Façam suas coisas.

Ele saiu andando de volta para o acampamento.

— Aquele garoto não estava brincando — disse Stevie. — Ele me disse que faria Nate voltar a trabalhar no livro, e conseguiu. Ele... ganhou na base da irritação.

— E eu... — Janelle também se levantou — ... vou ligar para Vi. Te vejo na cabana.

Com isso, sobraram David e Stevie.

— Então — disse David depois de um longo momento.

— Então — respondeu ela, olhando para as pernas.

Havia chegado o momento de conversar, o que não era o forte de Stevie. Não esse tipo de conversa, pelo menos. O tipo de conversa sentimental, profunda, com pedidos de desculpas. Conversas sobre assassinatos destrinchados eram uma coisa; esse outro tipo que era realmente assustador.

— Desculpa — ela cuspiu a palavra; atirou-a para longe.

— Eu sabia no que estava me metendo quando fiquei com você. A gente não é como as outras pessoas.

Stevie coçou a pele exposta acima do gesso, perto do cotovelo.

— É, bem... — As palavras não tinham lhe faltado quando estava falando sobre crime. Crime era fácil; isso que era difícil. — O que você vai fazer? Sobre esse negócio de Inglaterra.

— Bem, você vai estar em Ellingham. Ocupada. Ocupada demais para mim.

— Para com isso.

— Não — insistiu ele. — É sério. Você acabou de ficar famosa de novo. Você solucionou os assassinatos da Caixa no Bosque.

— É, mas...

— Só estou dizendo que você vai estar na escola de qualquer maneira. E eu não vou mentir, a ideia de alguém que meu pai não suporta me mandando para a faculdade é bem tentadora. Daria uma *sensação* boa... — Um "mas" pairava em algum lugar entre a lua e o lago. — ... por um ou dois dias. Mas essa é a parte de mim que é igual a ele. A parte que acha que tudo é uma competição, tudo é sobre vencer e fazer inimigos. E, no fim, só o que eu estaria fazendo seria aceitar dinheiro de outra pessoa que quer me comprar. O cara não está pedindo nada... ele é legal... mas ele *também* está provocando um inimigo. Eu não quero mais que minha vida gire em torno disso. Então... não vou aceitar a oferta nem o dinheiro dele.

Stevie ergueu a cabeça num impulso e olhou ansiosamente para David.

— Eu tenho uma pequena poupança — continuou ele — e posso pegar um empréstimo. Não tenho o suficiente para um ano, mas consigo fazer um semestre. Tem um programa para o qual eu já me inscrevi. Não é superlongo. Talvez você possa passar as férias na Inglaterra. Eles têm crimes por lá. Muitos. Todo mundo vive sendo assassinado. Jack, o Estripador... esse foi solucionado?

— Não — respondeu ela. — Tem alguns suspeitos, mas parte do problema é que Jack, o Estripador, é mais uma criação da mídia do que um...

David se aproximou, inclinando o corpo na direção dela, tomando cuidado para não colocar pressão no braço quebrado.

— É por isso que eu te amo — disse ele —, sua esquisitona obcecada por assassinatos.

Ama?

— É — continuou ele em resposta à pergunta não verbalizada. — Eu acabei de confessar, e estou pronto para cumprir minha sentença.

O lago estava quieto, exceto pelo zumbido dos insetos e o zunido suave dos morcegos. Atrás deles, ao longe, havia o som das risadas dos campistas e das cantorias em volta da fogueira. Mas Stevie não escutava nada disso. Ela estava tão absorta nos beijos que todo o resto fora bloqueado, inclusive a cobra d'água que deslizava atrás deles e escorregava para as águas silenciosas do lago.

Às vezes, é melhor não saber.

NOTA DA AUTORA

Frances Glessner Lee é uma pessoa real, e tudo o que eu escrevi sobre seus Estudos Resumidos neste livro é verdade. Os estudos são usados para treinar investigadores até hoje. O Smithsonian os digitalizou e os disponibilizou on-line; eles até habilitaram uma realidade virtual para você poder entrar nos cômodos minúsculos e examinar os detalhes. Eu usei essa fonte, assim como *The Nutshell Studies of Unexplained Death* (Estudos resumidos de mortes não explicadas), de Corinne May Botz, que tem fotografias ampliadas dos estudos e explicações sobre algumas das cenas. Não são soluções, na verdade; o objetivo dos estudos é aprender a observar. Como a citação no começo deste livro afirma, o trabalho do investigador é eximir o inocente tanto quanto expor o culpado. Os estudos giram em torno de encontrar a verdade, o que pode ser complexo.

Se você tem interesse em crimes reais e investigações, eles valem muito a pena. Esteja ciente de que os estudos são representações detalhadas de mortes e, apesar de serem incríveis trabalhos de miniatura, eles também são de natureza explícita.

AGRADECIMENTOS

Boa parte deste livro foi escrita durante a pandemia de 2020, enquanto a cidade de Nova York era açoitada pela doença. Literalmente não teria sido possível sem os esforços heroicos de todas as pessoas nas linhas de frente que trataram, alimentaram, transportaram, trabalharam em caixas e governaram a cidade. Eu escrevi esta obra enquanto escutava o barulho das sirenes e as palmas diárias para os profissionais de saúde a caminho dos hospitais. Meu primeiro agradecimento deve ir a todos que nos permitiram continuar; e há tantos de vocês. Estejam onde estiverem, obrigada.

Obrigada à minha agente, minha amiga, minha parceira no crime de forma geral, Kate Schafer Testerman, da KT Literary. Onde eu estaria sem você, amiga?

Muitas, muitas pessoas da HarperCollins tornaram o trabalho investigativo de Stevie possível. Eu devo agradecer a todas. Obrigada à minha incrível e apaixonada editora, Katherine Tegen, e à maravilhosa equipe editorial: Sara Schonfeld, Alexandra Rakaczki e Christine Corcoran Cox. Do lado da produção e da arte — as pessoas que tornam as coisas bonitas e os livros fisicamente possíveis de serem segurados e lidos —, obrigada a: Vanessa Nuttry, David DeWitt, Joel Tippie, Katie Fitch, Leo Nickolls e Charlotte Tegen. E os livros nunca chegariam ao mundo sem os esforços das equipes de marketing e publicidade, então mais e mais obrigadas a: Michael D'Angelo, Audrey Diestelkamp, Jacquelynn Burke e Anna Bernard.

Nós saímos do nosso apartamento apenas uma vez durante o verão. Minha amiga Cassandra Clare tem um celeiro de escrita, e o ofereceu para nós como refúgio da cidade. Foi a primeira vez que passávamos tempo ao ar livre naquele ano. Graças a ela, fui capaz de lembrar da sensação de estar no mato, mergulhando num lago, deixando o sol assentar na minha pele. Eu contei libélulas. Bebi meu café matinal ao ar livre, embaixo das árvores, com meu cachorro, Dexy. E com nossas amigas, Holly Black e Kelly Link, eu ultrapassei alguns bloqueios que tive no livro. Aquela semana de ar fresco me carregou pelo resto do ano. A elas — e a todos os meus amigos —, obrigada.

E por último, mas nunca menos importante, obrigada ao meu marido, conhecido aqui apenas como Oscar. Ele sabe o que fez. Ah, como sabe.

Este livro foi impresso em 2024, pela Vozes,
para a HarperCollins Brasil. O papel do miolo é avena
70g/m², e o da capa é cartão 250g/m².